MINGUO TONGSU XIAOSHUO
DIANCANG WENKU

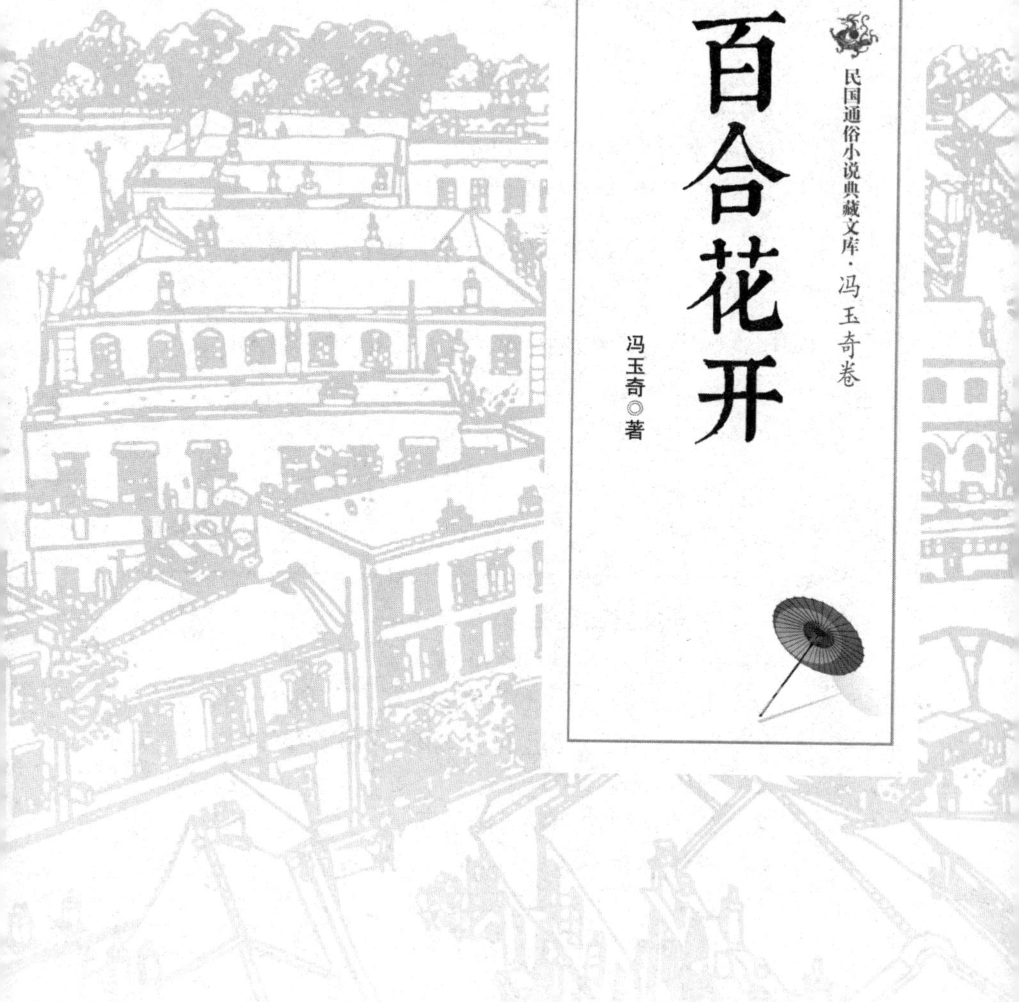

百合花开

民国通俗小说典藏文库·冯玉奇卷

冯玉奇◎著

中国文史出版社

图书在版编目(CIP)数据

百合花开 / 冯玉奇著；薛未未点校. — 北京：中国文史出版社，2017.2

(民国通俗小说典藏文库·冯玉奇卷)

ISBN 978-7-5034-8709-5

Ⅰ. ①百… Ⅱ. ①冯… ②薛… Ⅲ. ①长篇小说-中国-当代 Ⅳ. ①I247.5

中国版本图书馆 CIP 数据核字(2016)第 300270 号

点　　校：薛未未
责任编辑：蔡晓欧

出版发行：**中国文史出版社**
网　　址：http://www.chinawenshi.net
社　　址：北京市西城区太平桥大街 23 号　邮编：100811
电　　话：010-66173572　66168268　66192736（发行部）
传　　真：010-66192703
印　　装：廊坊市海涛印刷有限公司
经　　销：全国新华书店
开　　本：1/32
印　　张：8.75　字数：170 千字
版　　次：2017 年 2 月第 1 版
印　　次：2017 年 2 月第 1 次印刷
定　　价：55.00 元

目　录

一、为争产业各献殷勤 …………………………… 1
二、艳惊银宫主仆钟情 …………………………… 22
三、风狂雨暴急奔上车 …………………………… 45
四、甜蜜未留痛苦忽至 …………………………… 71
五、夜深深骤来不速客 …………………………… 98
六、意绵绵同心订鸯盟 …………………………… 129
七、奔波忙一心只为她 …………………………… 159
八、廉耻忘贪享裙带福 …………………………… 187
九、失意女双双伴白发 …………………………… 219
十、有情人对对成眷属 …………………………… 245

一、为争产业各献殷勤

盖季常是前任财政总长盖天乐的长公子，如今在北京城里可说是首屈一指的巨富。说起季常的人来，在二十年之前，倒确实是个风流倜傥英气勃勃的少年。

他曾经到海外去留过学，得了一个博士的头衔。一个拥有无数家产的翩翩美少年，当然能够博得每个年轻姑娘的欢心。所以在海外留学的时候，就有许多各国的姑娘，愿意跟他谈恋爱。无奈季常生成那副怪癖，他是不情愿和异邦女儿作为终身伴侣的。因此回国的时候，他仍旧还是孤单单的一个人。

季常是个留学生，而且又是个财务总长的儿子，更兼俊美出众。对于配偶的选择，条件当然是非常的严酷。在他理想中的妻子，程度至少是个大学毕业生。容貌固然要美丽，性情更是要温和。尤其身段及手足部分，也要适合于美的条件。你想，这样十全十美的姑娘到哪儿去找？所以这般靠做月下老人度生活的媒婆都感到辣手。虽然明知给财政总长公子做媒婆是件好差使，但是也徒唤负负了。

一年复一年，春花秋月，等闲虚度。季常眼瞧着两个弟弟都先后结婚，享尽蜜月中甜蜜的生活。而他还是孤零零的一个人，每夜与他做伴的唯有灯光下他自己的黑影。在这一个时期中，他才感到有些痛苦。好在季常是个努力于教育事业的人，自他回国之后，感觉到国内文盲的人太多。其主要原因实为教育不普及。所以他要求父亲拨款创办学校，一心培植有用的子弟。在季常的性情而说，不脱是个书呆子的风味，然其提倡教育、服务社会的精神，是堪为人所敬仰。

季常既然是个迂腐沉沉的书呆子的典型人物，他除了忠于服务教育之外，对于“钻”的工夫固然一些儿没有，而且他还常常痛恨这般政治舞台上的人物，他说做“官”和做“贼”又有什么不同？“官”之一字，无非美其名罢了。

季常既是个这样的脾气，所以在天乐死了之后，他便不再想在政治舞台上去活动了。倒是他两个弟弟仲良和文魁，一个在财政厅里任科长，一个在税务局里任科长。这两个职位可说是做官的生财之道，当然是因为天乐生前的面子关系。

天乐遗下的家产差不多近四五百万，三兄弟平均分析，也可得到一百多万。季常把一百多万财产都创办教育事业，他便预备终身服务教育。对于季常这种行动，在仲良和文魁心中想来，当然是非常的可笑，觉得哥哥真是天下第一大傻子，身拥百万家产，不享受一些人间的清福，却辛辛苦苦地买地基造校舍、创办学校，而且成天奔来奔去的亲自担任课程、教授学生，这不是生成老牛的命吗？

因为像仲良和文魁的生活，进出固然汽车，除了原有的太太之外，姨太太也娶了好多个，左拥右抱，真是艳福无穷。空闲下来的时候，舞场跑跑，麻雀玩玩，再适意一些，躺在床上，吞云吐雾地吸了几筒，这样的生活还不是赛过活神仙吗？

但事情的变迁，那是令人意想不到的。谁知二十年后的今日，地价一涨十倍以上。换句话说，季常的家产，无形中由一百万而变成一千万了。仲良和文魁连年挥霍，一掷千金，浪费的结果，自然是家境中落，大不如前的了。

在目前季常是已经四十出外的人了。二十年来的服务教育，为人群固然谋了不少的幸福，为社会国家实在也出了不少的气力。在外界的声誉，可称遐迩闻名。说起“盖季常”三字来，没有一个人不要赞叹一声，真是个教育界中的伟人。

除了名山大川之外，什么东西都在刻刻儿变换着。何况是一个人的性情呢？季常努力于教育事业，二十年来，过那孤独的生活，倒也不以为奇。然而近年来他的性情有些转变了，他见了街上走着的青年男女手挽手那种亲热的神情，他会感到羡慕。他在见到男女同学在校园中一块儿促膝谈心笑意生春的情景，他更会想起二十年前自己留学海外时候那些姑娘们追求他的欢悦。他才感到一个人的青春是宝贵的，是任何代价所买不到的。

“现在我老了，哪个姑娘还会来爱上我呢？在年轻的当儿，本来是个恋爱时期，但是很奇怪，我为什么放弃这个黄金色彩的恋爱时期，竟去干那苦闷的教育事业？虽然今日的声誉，乃是二十年来努力的收获。然则这空虚的收获，是不足安慰我现实的苦闷。结婚原是每个青年必经的道路，但我还不曾结过婚呢!”

季常在这样感觉之下，他是很需要讨一个妻子。不过在他今日的地位而说，讨一个妻子倒也是件困难的事。这困难并非是他缺乏经济，也并不是怕什么人的阻拦。而困难的地方，还是在选择对象的问题上。因为在过去自己的不结婚，为了找不到称心如意的姑娘。二十年后的今日，若马马虎虎随便地娶了一个，这不但失了二十年来不结婚的真意，而且也要被亲戚朋友所讪笑的。

不过自己已经没有二十年前那么风度了，若坚决地要保持原有择偶的条件，那么恐怕到发儿白、脚儿直，也再找不到这么姑娘来做妻子的了。好在自己是个有地位的人，今日的娶妻，一般固然是防到病痛时不致乏人服侍，而一半老实地说，我辛苦了半世，总也该享一些儿清福，以娱晚景。那么如上所说，季常现在所需的夫人，才学倒还在其次，而最重要的还是脸蛋儿生得美丽。爱美原是人之天性，何况世人大都是喜欢外表的好看。

二十年后的现代社会里，美丽的姑娘，似乎随时随地都比较容易瞧见。这原因倒并不是二十年前的姑娘都是难看的多，因为现在社交公开，女子可以享受和男子同样的权利，不比以前的少女，躲在家里，还是羞见生人的。那么季常欲娶个美丽的妻子，以娱晚景，说难也不难。

然而以季常的地位和身份而说，实在有些儿困难。有钱人家的小姐，具着花朵儿般的脸，她说世界上年轻貌美的男子正多着，我何必要嫁给一个四十开外的人？季常中意的，而别人家不中意。不过在窑子里在舞场里虽然也尽多着美丽的姑娘，但以一个教育界的伟人，去娶那些生意浪的姑娘做太太，这岂不被外界人士当作大笑话吗？在这样左右为难的尴尬情形之下，季常的结婚问题还是陷于停顿中。

是一个春光明媚的季节，在北京的气候，虽没有像南方那么热情诱人，但春风扑面，究竟已没有了严冬的寒威。盖季常近来没有像以前那么辛苦了，他除了每星期到各学校去巡视一周外，便住在一座小洋楼里，去过他著作的生活。

那座小洋楼的四周是个小小的花园，亭台楼阁，点缀在松柏杨槐的绿叶丛中，倒也显得非常的幽静。盖季常的卧室是做在楼上，下面是他的书房，窗明几净，微尘不染，清秀脱俗，确有名士之风雅。推开窗子，前面是一条走廊。廊外有一丛修竹，竹旁有一个圆圆的池塘，竹叶倒映水中。每在夕阳西下的时候，水波微荡，更会浮映出无限美好的色彩。

这个花园还是天乐在日建筑的，不过至今已修理好多次了。他们兄弟虽然已各立门户，但是为了彼此有照顾起见，所以还是住在一个别墅里。

那座小洋楼的地位本来是一个足球场，天乐原给孩子们运动的。后来仲良文魁各娶了三个姨太太，因此妻妾争宠，家庭之中时时掀起了醋海风波。季常是爱清静的人，怎禁得她们七八个女人一回儿闹一回儿吵？所以准定把运动场另筑一座小洋楼，他便迁移到这里来一个人居住。

是下午三点钟的时候，盖季常坐在窗前的写字台旁，迎着微微的春风，握了笔杆，很静悄地书写着。在过去季常是曾经著过关于教育事业的书籍，出版了好多种，均为社会人士所称崇。现在他写的是一部小说，命名为《恋爱与事业》，内容描写一个青年抛弃恋爱甜蜜的享受，努力于事业的发展，终于成为了一位时代的伟人。这部小说的事实，当然就是他本身的经过。

因为他现在是陷于苦闷的时期，但是他又不敢把自己严肃的生活开始放浪起来。所以在万不得已之下，他只好把内心的情感，寄托在诗文中，求一些儿安慰，这也无非是一种慰情聊胜于无的办法罢了。

当他写到二十年前在恋爱圈内被许多热情的姑娘所包围的时候，他的脸上不自然地会浮起了一丝笑容。放下了手中的笔杆，托着下颚，他抬头望着窗外那一丛修竹，忍不住会呆呆地出神起来。

春天的风是含了神秘的成分，吹在他的脸上，他眯了眼睛，感到有些神思昏昏，确实，春是撩人的季节。听着竹叶摩擦所发出细碎的声音，这在耳边仿佛奏出幽静而动听的音乐。他的眼帘下，蓦地在竹林中现出了美丽的一群。这是琼兰克，这是雪尔维亚，这是蓓蒂斯，这是露意丝娜。年轻的人到底充满了活泼的神情，瞧她们是多么的淘气可爱。

这时他眼底又出现了一个翩翩少年，一头乌黑的美发，是烫成菲列滨式的，覆着那副白净的脸蛋，眉清目秀，唇红齿白，多英挺的一个少年。她们都包围在那少年的四周，一个一个希望那少年给予她们甜蜜的安慰。但少年是诚实的，他搀了她们的手，在竹林中把人们编成了一个花圈。接着他把凡哇铃取出，奏出了美妙的音乐，同时她们的娇小身子，在竹林里也舞蹈起来。

春风吹动窗幔的一角，打在季常的脸上，使他从回忆中恢复过原有的知觉。窗外那丛修竹依然是静悄悄的，池塘水面上浮映的竹叶倒是非常的清晰。季常感到空虚，寂寞激起他心头的悲哀，轻轻地叹了一口气，感到一阵莫名的凄凉。

"韶光容易催人老，……"季常低低地念着，他在桌上随手取过一面圆镜，照了一照。头发是稀疏了，而且已掺和了几许灰白的颜色。额间已有了几条皱纹，眼眶子也微微地凹进了去。他有些不愿再瞧下去，很快地把镜子覆倒桌上，叹道："老了，老了。浮生若梦，为欢几何？……"

说到这里，他的眼皮儿有些润湿。于是他又想起天真活泼的蓓蒂斯，娇小玲珑的露意丝娜，幽静淑娴的琼兰克，柔情蜜意的雪尔维亚……她们也都失了青春的美丽，她们已做了孩子的母亲，她们将消失过去黄金时代的娇媚的神情，而呈现出白发衰老的龙钟之态来。季常想到这里，有些黯然，遂辍笔停写，身子慢慢地踱出院子里去。

站在一丛百合花的面前，望着阳光吮吻之下的花朵儿，更灿烂得可爱。季常心里想着，这是象征着琼兰克的脸庞。他有些伤心，伤心着青春不再。就在这个时候，忽然在那边板桥上姗姗地走来一个半老徐娘的妇人。她见了季常的背影，就笑盈盈地叫道："大哥！你没有出去吗？"

季常慌忙收束了沾在颊上的泪痕，回过身来，见喊自己的乃是仲良的妻子闵翠英。她是个三十六岁的妇人了，福气可不错，大儿子雨龙已有十八岁。以下尚有五个孩子，十六岁的是姑娘叫云仙，十四岁的是儿子叫雨苍，十二岁的又是姑娘叫霓仙。十岁的又是儿子叫雨田，下面一个最小的也是儿子叫雨林。

幸亏仲良娶的三个姨太太都没有养，据医师说她们都有暗疾，大概是不会养的了。仲良的官职早已没有做了，现在好的差使没有，烟瘾倒是很大，躲在家中，弄得骨瘦如柴，家庭开支一半还是向季常拿的。

“没有出去，你有什么事情吗？”季常知道二婶翠英是很会奉承人的，尤其在向人家求恳事情的时候。那么她今天来找自己，当然又是为了经济的问题了。于是把手搓了搓，望着她清瘦的脸儿，低低地问。

“哦！我想大哥成天的伏案著作，对于身心的健康一定很有妨害。所以我买了几张戏票，今晚请大哥听戏去，不知你有兴趣吗？”闵翠英已走到季常的身旁，一撩眼皮，笑盈盈地向他告诉着。

季常对于翠英这几句话倒是出乎意料之外的，脸上不免掀起了一丝笑意，说道：“倒难为你关心，戏票买几张？雨苍去不去？”

闵翠英知道老三雨苍是季常最欢喜的一个，将来承继起来，除了老三外，当然也没有第二个人。所以忙含笑道：“大哥爱带他一块儿去，雨苍这孩子还会不喜欢吗？票子是有五张，回头看谁要去？就谁一同去是了。”

"好的！晚上我们就一块儿去罢！昨天听说二弟有些不舒服，今天可好些了吗？"季常点了点头，把话锋转到仲良的身上去。翠英听他提起这个丈夫，忍不住叹了一口气，说道："大哥！说来说去，断命做官害了他的终身。吃惯、用惯、玩惯，现在树倒猢狲散，别的本领没有学会，抽大烟、吃大餐，这些事情是挺会的，还弄了这么三个活宝进门，如今蟹没血了呀！我瞧她们噘着嘴儿，常常跟仲良吵嘴，那真是活该受罪的。想起他这种没情没义的行为，我什么都灰心，但是为来为去瞧在这许多儿女的份上，也只好含辛茹苦地在这过这……苦日子……"翠英说到这里，心头是感到无限的委屈，眼皮儿一红，泪水竟扑簌簌地滚了下来。

季常过了这么二十年的孤独生活，不知怎的，最怕见的就是女人落眼泪。尤其是这个风韵犹存的弟妇面前，更感到了楚楚可怜。他觉得二弟在得意扬眉的时候，确实是太荒唐了一些。到现在害了妻子，为他四处地张罗，翠英真不愧是个贤德的女子。遂忙低声地安慰她道："你别伤心，二弟年纪还轻，第一要紧你劝他烟瘾戒绝了。这东西仿佛是一柄铁锁，你去亲近他，从此他便锁住你，变成监狱中罪犯一样了。所以我最恨的就是年轻人抽大烟，当初他是官场中人，我做哥哥的他话儿也不要听，现在受苦也是活该。"季常本来是劝慰的性质，说到后来，使他想起过去二弟的神气，不免也有些着恼，话儿却转变到咒骂一方面去了。

翠英听季常心中也恨仲良，一时更加伤心起来。便把手帕掩着脸儿，几乎呜咽起来。季常这就急了，忙又变了婉和的口吻，说道“你别哭呀！你的功劳谁不知道？再说雨龙这孩子也有十八岁了，今年高中毕了业，明年给他升大学，没有一回儿，他也出道了，到那时候你就福气。”

“这也还不是全仗大哥的栽培吗？我想儿女多，福是没有的，气倒是实在的呢！”翠英这才拭干眼泪，明眸逗了他一瞥，表示很感激的意思。但说到后面这两句话，她又带了感慨的神气。

“那也不能这样说的，我瞧雨龙这孩子就不错。他在学校里很用功，对于恋爱的事情倒也不大谈的。其实我说年轻的人，学业固然不能荒废，正轨的恋爱，倒也不妨谈谈，因为我觉得年轻的时候原本是恋爱时代。”季常这几句话是有感而发的，他又在回忆过去的一切。

翠英听他这样说，倒不禁为之破涕笑了，说道：“这话能给雨龙听见吗？他说大阿伯赞成年轻人谈恋爱，以后怕他就没有这样安静了。”

季常被翠英这么一说，脸儿倒是飞上了一阵红，也只好笑道：“所以我说学业是不能因谈恋爱而荒废的。”说了这么一句，身子还感到局促，于是他向前走了两步。

翠英知道季常的脾气有些古怪，他这举动也许是不愿再谈话了，于是便很识趣地说道：“大哥！那么晚上准定去。我又给你烧好了一只绝嫩的童子鸡，这你是喜欢吃的。”季常听了这话，忙又回过头来，笑道：“可是又累忙你了。”

“大哥还说这些客气话呢！几个月来就没有好的菜给你

吃。……其实自己一家人，也不用说这些客套了。”原来最近几个月季常在仲良那儿吃饭，翠英对于那位财神爷般的大伯，肯归在一处吃饭，这真是求之不得的事，所以非常高兴。只是气坏了文魁夫妇俩，冷讥热嘲地说翠英会拍马屁。

季常听了，便微微地一笑，却是没有回答什么。翠英说声回头见，她便转身匆匆地回房去了。季常待她去远，方才慢慢地踱进书房，在写字台旁又坐了下来。两眼望着那本摊在桌上的稿子簿，呆呆地出了一回子神。

“大爷！银耳茶放在这儿。”侍役阿青跟在季常身旁差不多近十年光景，季常起居一切，都是阿青给他服侍的。

季常回头望他一眼，心里暗想，阿青十六岁跟着我，如今也有二十五岁了，年龄也不小了。自己早有这个意思，此刻倒不妨和他说上一句，遂微笑道：“阿青！我想你的年龄也不小了，下半年或者明年，我的意思，给你几千元钱，你也可以去娶一个妻子，干些别的营生，总强似做仆役好一些。”

阿青做梦也想不到大爷会跟自己说出这几句话来，一时心里又喜悦又羞涩，绯红了脸儿，摇头却笑道：“不！我就跟着大爷过一辈子，也很好的。”

“你这话有趣，难道你就不想成家立业了吗？”季常对于阿青的回答，也是感到奇怪，望着他愣住了一回子。

不料阿青回答道：“像大爷那么年纪还没有结过婚，还不是照样地做个人吗？”

季常听他这样说，暗想，是的，我在年轻的时候也这样想，可是现在就不同了。遂微微地一笑，很神秘地瞟他一眼，说道："不过，你不能瞧大爷的样子的。……"阿青这回不说什么，便悄悄地退出去了。

季常望着那碗银耳茶内冒出来的热气，不免想了一回心事。就在这时候，另一个女子的声音，便在耳边流动了，说道："大哥！我来跟你商量一件事。"季常回眸望去，先见一副笑脸，虽然年龄已三十开外了，但还有那种妩媚的风姿。

这是文魁的妻子陈丽玉，她比闵翠英小四年，个性比翠英爽直些，嘴儿像尖刀一样，季常有时候见她也有些害怕。她虽然也生了五六胎，但留下的只有两个孩子。一个儿子叫雨海，一个女儿叫霞仙，年龄还只十二岁和八岁。文魁三个姨太，大姨太没有生育，二姨太和三姨太各生一女，取名梅仙和杏仙，都只有七岁。三房既然只有一个儿子，对于承继的希望当然没有了。所以，文魁夫妇是非常妒忌仲良夫妇的，尤其是丽玉，心中更加不自然。因为大伯这样一份家产，若给二房坐享其成，这不是太委屈了三房吗？所以丽玉和翠英是不和睦的。

文魁比仲良有决心，他自退出政治舞台之后，就把烟瘾戒绝，和朋友合股开了一家百货公司，所以生活上还可以过去。男子气量究竟比女子大些，他倒劝丽玉别气不过他们，一个人总要自己挣气赚钱才是。况且大哥年龄也不大，说不定他中途改变方针，再娶个妻子，那么难道说人家就不会养儿子了吗？陈丽玉听了丈夫的话，心里这就有了主意。遂静静地等待机会，实行她使二房也不能去承继的计划。

当时季常见了丽玉，心中不免暗想，这两个弟妇倒是忙的。因为她说有事情商量，遂微蹙了眉间，忙问道："三婶有什么事情跟我商量?"

"是一件天大的喜欢的事情，你听了一定会高兴。"丽玉秋波盈盈地向他乜了一眼，脸上浮现了神秘的笑，身子已步到沙发上去坐下了。

季常听她这样说，倒是呆了一呆，转椅向外转来，他的身子便对了丽玉。望着她笑脸也笑道："到底是什么事情？你快说出来我听呀!"

"大哥！你先吃了银耳茶，我回头给你瞧一样好东西。"丽玉故意放刁着，把手指了指桌上的银耳茶。

季常道："你吃吗？我叫阿青再盛一碗来。"

丽玉摇头道："不！我刚才吃过点心。大哥！你别太辛苦，身子也要紧，我瞧你脸儿清瘦得多了。"丽玉颦蹙了淡淡经过人工修饰的柳眉，明眸脉脉地凝望着他的脸颊，表示很关切的神气。

季常把羹匙舀着吃，听她这样说，便也望她一眼，说道："其实我也辛苦不了什么……"

丽玉不等他说完，接着又很认真地道："我瞧大哥起居一切，若没有一个知心着意的人儿来照顾，到底感觉很不便。现在大哥也还只四十二岁的人，娶一个大嫂的事情，倒也很要紧呢!"

季常对于这几句话，在此刻耳中听来，是很表同情的，微红了两颊，笑了一笑，说道："虽然我也这样想，不过像我现在在那样年龄地位而说，找个对象是更不容易一些。我想既已到这一般年龄，也就索性独身到老了。”季常后面这两句话，当然不是真性的流露，至少是戴了一副假面具。不过对象的不容易找，此句倒是实话，所以他很感触而又很凄凉地轻轻地叹口气。

“大哥！你别太消极，四十一二岁的年纪算不了大。况且像你那样崇高的身份，谁不敬仰？虽然你有独身到老的意思，但是在事实上说起来，恐怕万万不可能。我以大哥本身的利害而说，你是非娶不可的。譬如说天气冷了，年轻的时候还不要紧，年纪大一些，若没有人来照顾料理衣服，这是多么的痛苦。再说一个人的小病小痛是难免的，那时床边没有一个人来安慰服侍，你的精神又觉如何委顿？所以大哥的意思是错误的，我这人素来心直口快，不管人家见怪不见怪，我就喜欢多嘴。”丽玉对于他开头第一句的说话猜想，可见他也未始不在苦闷着，所以絮絮地说了这一篇话，去更打动他的心弦。

季常这就又笑起来，把半碗银耳茶放下了，拿了手帕，抿了一下嘴唇，说道：“那么照三婶的意思说，我是绝对该娶一个妻室的。”

丽玉瞧他的意态，已经完全情动了。这就站起身子，走到写字台旁来，笑道：“大哥！正经的，你若有这个心，我就给你做个月老，这盅冬瓜汤就让给我喝了。”

季常虽然年纪已经四十二岁了，但他到底还是个童男子，听丽玉这样说，他顿时也难为情起来，红了脸儿，支吾了一回，笑道：“你别说笑话，我觉得这件婚事太困难一些。”

丽玉正色地道：“我没有跟大哥说笑话，困难这句话怎么说？现在我来跟你商量的事，就是有一大姑娘，今年还只二十三岁，她曾经在师范中学读过书，性情很好，容貌也不错，我有照相带着，大哥不妨看看，中不中意？”她一面说，一面在袋内取出一张四寸大的小照，交到季常的手里去。

季常在这个情势之下，是不得不厚了脸皮，接在手里，凝眸细细地望了一回。只见是个瓜子的脸，烫发，可是不甚新式，眼睛很大，却是单眼沿的，容貌只能说平常两字。他瞧毕，便放在桌上，微笑道：“在照相上是很难辨别的，这几天我忙着著作，空闲的时间很少，我想且过了这个时期再说。”

丽玉知道他嫌那照相不甚美丽，这几句话无非是推托之词，遂笑着又道：“她的人儿比照相还要漂亮一些，我知道大哥的思想是很新颖的，那么几时约个地点，大家不妨先交个朋友。你想怎么样？”

“也好，过几天我有空的话，我可以先来通知你的。”季常心中虽然十分的不愿意，但是丽玉因为很泼辣，他在表面上是不得不这样敷衍着的。

丽玉也是个聪敏的女子，她当然明白季常是没有诚意。虽然有些扫兴，不过已经明白他有娶妻的意思，她才放心了大半。暗想，翠英的美梦恐怕不久也将打成粉碎了吧！于是她把照相仍旧拿回，望着他微微地一笑，说道：“我晓得大哥一定嫌她不漂亮，不过只要大哥有这个意思，我若见有美丽的姑娘，总会给大哥留心的。”

季常想不到她是明白自己心中意思的，一时两颊更红晕了一些，把转椅又转了回去，两眼望着窗外婆娑的竹叶，呆呆地发怔。丽玉知道这位假道学先生是很会怕难为情，这就噗哧地一笑，说声再见，便匆匆地走出去了。

吃晚饭的时候，季常慢慢地踱进了那边松雪小筑的会客室。雨苍第一个迎上来，拉了季常的手，笑嘻嘻地喊了一声“大阿伯”！季常原是最爱这个老三，遂把他手儿抚摸着亲热了一回。就在这个时候，一阵喊大阿伯的声音，几乎震耳欲聋。季常抬头一瞧，只见一群孩子，高高低低地围住了自己的四周。不知怎的，他见了这一群孩子，心中会感到一阵莫名其妙的安慰，嘴角旁掀起了一丝微微的笑意。

孩子们对于这位大伯都感到特别的亲热，原因是季常时常有玩具糖果给他们玩。所以大家围拢来，都要拉他的手。除了雨龙云仙姐妹两个比较大一些外，这里尚有八个差不多高低的小东西，你挤我拥的热闹得了不得。季常的手是只有一双，拉了他，就忘了你，拉了你，就落了他。雨林最小，还只有五岁，他挤不过众人，便恼起来哇的一声哭了。

季常见雨林哭起来，这就分开了众人，把雨林抱在怀中，凑过嘴儿去，闻了他一下香，笑道：“别哭！别哭！大阿伯抱着你。”雨林这才停止了哭，把小手抬上去，揉擦着眼泪水，滴溜乌圆的小眸珠转了转，却是破涕笑了起来。

“你这孩子真不中用，挤不过人家就会哭的。来罢！姐姐抱着你。”云仙笑盈盈地走上来，噘着小嘴儿，带嗔带笑地白了他一眼。伸出两双白嫩的纤手，拍了拍，向雨林说着。

雨林听姐这样说，便把身子扑过去。季常在他扑过去的时候，身子也不免向前走了两步。忽然一阵细细的幽香，触送到鼻管里来。季常因为这香味来得奇怪，不觉凝神辨别了一回，当他视线接触到云仙白里透红的粉颊上时，方才理会这香气的来处。暗想，这大概所谓是“处女香”吧！

云仙是个十六岁的姑娘，她的个子儿已长得高高的了。和她娘站在一起，仿佛是对姐妹。因为她发育得早，所有全身都具有一种媚人的风姿。头发是披得长长的，在那堆乌云里露着一个鹅蛋的脸。皮肤的细腻，仿佛是一块白璧。在两颊中泛起的一圆圈红晕，并不是胭脂的涂抹，完全是青春的透露。她的眉毛儿像下弦的月亮，弯弯的细而且长，覆盖着下面那双碧波样的明眸，乌圆的眼珠，更显出灵活的样子。

季常在这样打量之下，觉得像侄女儿这样的姑娘，才可以说是十全十美的了。假使我能娶云仙这样的少女做妻子，我倒也心满意足的了。这种感觉到底是一时之间的，在三分钟之后，他立刻又感到惭愧起来。自己是个伯父的身份，对于侄女儿似乎不应该有这一种邪念。于是他全身一阵热臊，两颊顿时绯红起来。

好在季常羞惭的心理是没有人知道的，那些孩子还是围在他的身旁缠绕着。不料雨苍踏了雨海的脚，一个十四岁，一个十二岁，谁肯吃亏？雨海骂雨苍猪猡！雨苍听了，便挥拳就打，雨海连忙躲开，谁知竟打中他妹妹霞仙的身上，霞仙还只八岁，于是便负痛哭起来。

这时候陈丽玉和闵翠英都走出来，雨海就高声告诉道："妈！雨苍打我妹妹。"雨苍也忙着说道："妈！雨海先骂我猪猡，我才打他的。"

"他骂你猪猡，他自己没人格，你怎么可以动手打人？"闵翠英恨恨地白了雨苍一眼，一面向霞仙招手，哄她说道："霞仙别哭，可怜委屈了你，我回头打雨苍。"

丽玉听翠英说话尖酸，骂雨海没人格，遂向雨海怒骂道："我屡次教训你，一个小孩子不许开口骂人、动手打人，你又不是没爷娘的野孩子，我回头不叫你爹打你一顿，你是不会改去的。"

翠英听她这话明明在骂自己，心里当然很不受用。但不愿多事，所以拍着霞仙的肩胛，哄她不要哭。小孩子原不懂什么的，雨海听娘要喊爹打自己，便哭着道："雨苍为什么先踏痛我的脚，他踏了我还打人，难道还是他的道理对吗？"

季常见闯了乱子，心里急得了不得。忙把雨苍、雨海两人的手儿拉来，望着他们脸颊，笑道："你们都有错处，一个不该骂人，一个不该打人，如今大家都要改过，大伯喜欢你们，明天带你们上中山公园拍照去。"雨海这就擦干泪水不哭了。

丽玉觉得这是一个说话的好机会，便向雨海笑道："你们也不用老是向大伯缠绕了，明儿大伯娶了大伯母，一有了小弟弟，就不会来疼爱你们的。玩具糖果都是小弟弟的了，你们不用梦想罢！”丽玉说到这里，故意把俏眼儿向翠英逗了那么一瞥，脸上浮起了神秘而带讽刺的笑。

这两句话仿佛是一枚利箭，直刺到翠英的心眼儿里去。她感到有些隐隐的作痛，全身热臊得连两颊也热辣辣起来。意欲也拿话去讽刺她几句，但仔细想想，何必和她斗嘴？于是低头默不作声，假装没有听见。

“可不是？雨苍也真想不明白的。不过话也得说回来，孩子们对于大伯的亲热，倒并不是为了大伯有玩具和糖果，就是没有玩具和糖果的话，难道就不该和大伯亲热了吗？”云仙是个多么聪敏的姑娘，她见母亲并不回答她，心里实在受不住，便鼓着小腮子，冷笑了一声，絮絮地对答了这几句话。

丽玉见云仙尖嘴薄舌的，说话比她娘还厉害，一时倒也奈何她不得，也只好不作声了。翠英想不到丽玉会给云仙吃瘪，心里暗暗痛快，倒忍不住笑起来。这时候仆妇们端上饭来，摆了碗筷。姨娘们也各自从房内走出，都向季常叫喊。仲良、文魁也从上房内出来，向季常叫声大哥。这一间会客室里有了这许多人，真是热闹得了不得。

吃毕晚饭，季常向众孩子们很高兴地说道：“今晚我上戏馆子瞧戏去，谁喜欢跟我一块儿去？”季常说这句话原是很随口的，不料你也去我也去的声音，顿时哄然地大响起来。季常扪了两耳，笑道：“轻些儿，轻些儿，我的耳鼓也被你们振聋了。”

仲良、文魁都笑道：“大哥如要带了这一般小东西出去，那真可把你累死了。”

季常也笑道：“雨林睡得很早的，他在戏馆里要打瞌盹的。”

雨林爬到季常的膝踝上去，小脸含了笑容说道：“我不会睡的，我一定不会睡的，大阿伯！你要带我去的。”

“带你去就带你去，你别吵，时候早哩！”季常拉着他小手，微微地笑。

闵翠英向季常丢个眼色，把雨林抱了去，笑道：“大阿伯和你们说着玩的，他这两天著作真忙哩！哪里还来工夫去听戏？”

季常会意，便笑着站起，假说回书房去了。季常到了自己的书房，阿青倒上了一杯热气腾腾的玫瑰茶。季常道：“你给我端一盆脸水，我要修一修胡子。”

阿青笑道：“大爷晚上还到什么地方去吗？”

“听戏去，是二婶请的客。”季常握了精巧的瓷茶杯，呷了一口玫瑰茶，微微地笑着。

阿青点了点头，便悄悄地去倒了面水，又给他取出香皂、剃刀和一面挺大的圆镜子。待季常修好胡子，只听一阵咭咯的皮鞋声，翠英领着雨苍和霓仙两人来了。笑道：“大哥舒齐了没有？”

“咦！雨龙和云仙都不去吗？”季常披着一件花呢的夹大衣，拿了一根司的克，向翠英低低地问着。

“雨龙说要到同学那儿去，云仙这妮子不爱听戏，情愿在家里瞧书本。我想就是我们四个人去吧！”翠英听季常这样问，便含笑回答着。

“你戏票不是有五张吗？”季常正说着，阿青把那顶呢帽送上来，插嘴微笑道："大爷！多了一张没有用，让我一块儿去听听罢！"季常把呢帽接过戴上，含笑点头说道："也好，你把三少爷四小姐看管得牢。"

阿青听了，乐得什么似的，便连声答应。一手搀了雨苍，一手拉了霓仙，先出去吩咐赵贵备车。于是五人跳上车厢，汽车便开到银宫大戏院去了。

银宫是北京城里最大的一个戏院，里面的角儿，都是一等红的。季常坐的是楼上包厢里，侍者泡上香茗，端上水果瓜子。这时全院的座位已经坐得差不多了，舞台上的戏也正演得热闹。因为这是一出一出的，开场戏是"大闹嘉兴府"长拷短打，满舞台的全是英雄。雨苍和霓仙瞧得津津有味，四只小眼睛集中在舞台上，只管呆呆地出神。

季常的感觉，当然和这两个孩子是相反的。他对于唱功戏还感到有些兴趣，至于武戏差不多瞧得头也痛了。所以他的视线倒并不是接触在舞台上，只管向四周细细地打量。在季常的初意，是欣赏一回银宫戏院建筑的伟大。不料经他这么一打量，倒又引出一件桃色纠纷的恋爱故事来。

二、艳惊银宫主仆钟情

季常的两眼当时在接触到隔壁包厢之后，仿佛有一块磁性的吸铁石把他整个的神魂都吸引过去了。你道为什么？原来隔壁包厢中正坐着一位艳妆的少妇。她身穿一件银丝拷花的乔琪绒旗袍，颈项下圈着一串挺大的珍珠，在下端中心又悬了一颗亮晶晶的钻石。耳鬓旁的珠环，荡来荡去，愈增妩媚的风姿。她的头发是经过电烫之后，又用人工一度修饰的，所以做得非常美丽。服饰既如此雍容华贵，而风姿更是仪态万方，瞧过去十分的幽静稳重。在仗亮的灯光笼映之下，觉珠光宝气，真仿佛是个从前皇宫中的人物。

季常在万分倾慕之余，到底尚有遗憾。因为那女子的脸儿是对准着舞台，自己所瞧到的只有二分之一的一半，故而未窥全貌，心中不免暗暗着急。“怎不回过脸儿来？”

那少妇的身旁还有一个丫鬟模样的姑娘，也是生得娇小玲珑，妩媚可爱。她可没有像主人那么稳重，两道秋波也时常向四周瞧望。当她瞥眼瞧见季常失魂落魄馋涎欲滴的神气，便回过头去，向她主人低低地不知说了些什么话。这就见那少妇略为侧转粉脸，水汪汪两道具有勾人魂灵魔力的秋波，向季常斜乜了过来。

季常被她秋波这么一瞟，更是魂不附身，呆若木鸡。心中暗想，这女子的脸蛋，怎么如此酷肖云仙？两颊丰腴十分，肥若贵妃再生。眉目间透露风流之情，令人为之意消。一时忘记了羞涩，同时也忘记了本身是个教育界的伟人，他的眼睛差不多已呆滞起来。那少妇见他年纪虽然四十左右，头发偏薄得已掺和了几许灰白的颜色，但那样的服饰看来，总是一位有名的人物。所以眸珠在长睫毛里一转，不禁向他展然一笑，立刻又别转脸儿去。

在那少妇一笑之时，季常还发现她颊儿上有个浅浅可爱的东西。虽然这倾人的笑涡是生在别人家的脸上，和季常根本毫不相关。但说也奇怪，在季常的心中还会感到一阵莫名的快慰和欢喜。

女人的魔力，究竟甚于金钱。独身了二十年的季常，今晚骤然发现了这么娇艳的一个尤物，他那平静的心境，终于激起了微微的波纹。季常低了头儿，暗自地思忖。瞧她的容貌，至多不过二十左右的年龄。看她的服饰和意态，是透露着少妇的风度。不过这也不能肯定地说，也许还是个闺中女儿，谁又知道呢？假使是个姑娘的话，我总要设法把她娶了去，以慰生平的愿望，岂不痛快？季常在这个兴奋感觉之后不到三分钟，他不免又悲哀起来。自己已经是四十开外的年纪了，以我的地位固然是崇高，然风度到底不及年轻的人了。常言道："嫦娥爱少年。"那么美丽的姑娘，难道就会来爱上我这个中年了吗？

季常想到这里，忍不住轻轻地叹口气。一时又觉得她对我之笑，到底是秋波送情，和我表示好感呢？抑是带有轻蔑的态度，来讽刺我癞蛤蟆想吃天鹅肉呢？季常在这样感觉之下，内心实在非常羞惭，以我这样崇高的地位，谁不赞美？谁不敬仰？如今却被她轻视，这岂不是太可耻了吗？唉！女人究竟是个爱好虚荣自私的东西，他心中开始有些儿怨恨。

不过怨恨只管怨恨，女人的魔力是依然存在的。所以季常抬起头来，视线还是尽向隔壁包厢中掠过去。因为“秀色可餐”这四个字里他感到了兴趣，觉得在这千载一时的艳遇中，确实有一番欣赏的价值。

事情是出乎人的意料之外，在季常的心里，以为你只管轻视，我也只管欣赏。因为眼睛是生在我的脸上，你没有权力可以来阻止我的瞧你。谁知那少妇的秋波，本来是很平静的，如今仿佛被微风吹过而波动起来，也时时地向这里盈盈地斜瞟。同时在一瞟之后，偶然也来了若有意若无情的一个媚笑。

于是季常心中开始又疑惑起来，也许她没有轻视我的意思吧？换言之，她也许是和我表示好感。她大概有些认识我，因为我的照相在报上是常有刊载的机会，这样想来，她是个知识分子，她心目中一定很崇拜为事业而成功的伟人，那么她一定有爱上我的意思。对的！否则她何以也时常望着我笑呢？这绝妙的机会，岂可失之交臂？

季常在万分失望之余，他感到光明，他感到生气。于是他凝眸含颦地点了点头，在运用他普及教育的头脑，思忖和她亲近的办法。

经过几分钟之后，季常拉了拉旁边的阿青。阿青的全副精神都集中在舞台上，对于季常的扯拉，还以为是雨苍的手，便一面捏他的手，一面说道："三少爷！你瞧李世善的武功真不错呢!"

他话还未完，手的感觉似乎不像三少爷的小手，心中一急，忙回头来瞧，见是大爷在拉自己，更慌得两颊绯红，立刻放脱了手，说道："大爷！你有什么吩咐吗?"

季常唔了一声，手儿抬到他的肩胛上按了按。阿青会意，便把身子凑过来。季常于是附着他的耳朵，低低地说了一阵。阿青听完了大爷的吩咐后，点了点头，脸上浮了神秘的微笑，说道："我知道……"

季常生恐旁边翠英见疑，便瞪他一眼。阿青知道大爷是叫自己别声张的意思，遂悄悄地掀开垂幕，走出包厢去了。

外面是个走廊，一面靠扶梯，一面是男女的厕所。在走廊边也摆了几张沙发和盆景，壁上还悬着名角的戏照。阿青在沙发上坐了一回，从袋中摸出烟卷，吸了一支。两眼望着第三号包厢内出神，但是望见的原只有一块绿绒的垂幕，一时暗想，不走出来那真叫人束手无策的了。于是他又很颓丧地垂下头来，望着手中那根卷烟，却已经只剩了一个烟蒂了。当阿青把烟蒂掷向旁边痰盂罐子去的时候，忽听一阵细碎的脚步声，响入耳鼓。遂急忙抬头去望，嘿！那还不是这个丫头吗?

在阿青眼帘下映出的，是只有一个姑娘的背影，姗姗地步进女厕所中去。虽然没有瞧清楚她的脸蛋，不过她窈窕的腰身，已够人魂消。于是阿青的脑海里不免想起白天中大爷的一句话——“你的年龄也不小了，下半年或者明年，送你几千元钱，去娶个妻子。……”想到这里，不免笑出声音来。假使大爷娶了她的主人，那么我的媳妇也是稳稳的了。阿青心里不住地荡漾，他感到有些儿甜蜜。

阿青慢慢地站起身子，也步到女厕所的门口。他从格子玻窗缝中张进去，只见那姑娘一面对镜搽着雪花膏，一面和厕所里的女仆闲谈着，谈话的声音是很清脆的，阿青不免有些神往。心里暗想，这姑娘真可爱，我阿青不知有没有这个艳福？

就在阿青出神的当儿，忽然吱呀一声，门儿开了。阿青鼻中的感觉，首先闻到了一阵幽香。但两眼望到那姑娘的脸颊，却是显现了娇嗔，低声地叱道：“你这人偷偷张张的在做什么？”

“哎哟！想不到这是一扇门，我还道是板壁，所以我在向耶稣做祷告。”阿青因为这是女厕所的门口，当然被她问得两颊绯红，心中一急，这就情急智生，竟被他想出这几句近乎滑稽口吻的话来。

那姑娘听他这样的回答，一时把粉颊儿再也绷不住了，乌圆的眸珠一转，竟是露齿嫣然地笑起来。阿青见她娇媚地笑了，胆子便大了一些，说道：“里面是什么地方？我真对不住你。”

那姑娘见他兀是装假曲死，几乎要笑出声音来。但忽又故作娇嗔道：“你生了眼睛没有？连这三个字也不识得了。”

“并不是不识得，因为我闭了眼睛做祷告，所以没有理会。原来这里面是厕所，但是很奇怪，姑娘走出来的时候，却有一阵芬芳的幽香，莫非耶稣也跟你一块儿走出来的吗?”阿青尽管拿笑话去引逗她。

那姑娘红晕了两颊，恨恨地啐他一口，笑嗔道：“你满口胡嚼的什么？还不快让我走路？你拦住着想抢东西吗?”

阿青见她虽然娇嗔满面，然从她笑的意态上猜想，可见她并非真怒，女孩儿家是惯会假惺惺作态的。凭阿青那副脸蛋，也不会十分惹人的厌吧！于是他又笑道：“姑娘你这话把我当作下流人了，我是规规矩矩耶稣的信徒，哪里会抢你的东西？再说你此刻身上也没有什么东西可以给我抢呀?”

“那么你快走开，谁高兴和你瞎缠?”她感觉到阿青这几句话中，似乎含了一些神秘的意味。她的芳心忐忑地乱跳，两颊愈加浮现了青春的色彩。雪白的牙齿，微咬着她红红的嘴唇皮子，恨恨地白了他一眼。

“姑娘！请你不要动怒，我们年轻的人，大家应该和和睦睦，吵闹起来，不是给人家瞧见了不好意思吗?”阿青见她娇嗔的神情，是更增加了妩媚，便仍旧涎皮嬉脸地微笑着。

姑娘回味他这两句话，竟是在讨自己的便宜，心里真是又羞又恨，倒竖了柳眉，眼睛瞪了瞪，撩上手来，扬了一扬，做个要打的姿势，嗔道：“你说的什么？……是不是你要我量你几下耳刮子?”

“那我可没有这个意思，假使姑娘你愿意量我几下耳刮子的话，我总可以承受你的恩赐。”阿青却并不躲避，反把脸颊儿凑过来，情愿给她打几下。

天下的事情最怕的是老面皮，那姑娘听了阿青的话，同时又见他这个情景，一时把手反而提不上来，恨恨地道："讨厌鬼！你再不走开，我可喊起来了。"

阿青听她要喊，心里不免也着了慌。忙赔笑说道："我和你闹着玩，你认什么真？"

姑娘把脸儿一扳，娇声叱道："你这人怎么自说自话的？谁认识你是什么人？我要你闹着玩吗？"

"你既不认识我，那么你怎的和我谈了许多的话？可见我们是已经由不认识而变成认识的了。"阿青这张油嘴也不知是打哪儿去学来的，说得理由十足。

听到那姑娘的耳中，竟是无话可答，忍不住抿着嘴儿噗哧的一声笑起来了。但既笑了出来，又感到十分的难为情，两颊飞过了一阵红，秋波恨恨地逗了他一瞥，说道："你快让我走罢！回头我小姐要找人呢！"

"姑娘！你别忙，正经的我很想和你谈一回儿。"阿青见她夺路要走的神气，遂急忙把她的手儿拉住了。

那姑娘要想挣扎，却是气力不够，她回身臊红了脸，向他瞪眼嗔道："我没有空，你这人如何有这么啰唆？"

"何苦来生这么的气？我们交个朋友也不要紧的。"阿青赔了笑脸柔声儿央求着。

"那么你要说话也得好好儿说，拉拉扯扯，给人家瞧见了像什么样儿？"姑娘见他这么说，便平静了脸色回答，显然她的态度慢慢地软化。

"我怕你逃跑了，其实我原不想拉你。"阿青听她语气婉和了许多，心里不住地荡漾。望着她清秀的两颊，嘴角旁透露了一丝得意的微笑。

“我为什么要逃跑？难道怕你吞吃了我？”姑娘兀是一脸的娇嗔着，俏眼儿恨恨地白着他，说完了这两句话后，似乎感到有些羞涩，低下了头。

“我怎么敢吞吃了你？……”阿青放了她手，一面已是笑出声音来。不料那姑娘没等他说下去，一骨碌转身，却是逃进第三包厢里去了。

阿青待要追上去拉住，可是已经来不及了。暗想，这妮子倒可恶，我竟上了她的当。不知她还走出来吗？假使她不走出来的话，这叫我在大爷的面前如何交代？想到这里，把手抬上去抓了抓头发，心里着实感到有些儿焦急。

阿青呆住了一回，觉得还是进去瞧一回儿戏再说。遂掀起垂幕，走进第二包厢里去。只见舞台上已经在演那桑园会，秋胡戏妻的一剧。季常见阿青进来，便望他一眼，阿青明白大爷这一眼望来，就是代表事情怎么样的意思。遂含笑点了点头，季常似乎也很理会的样子，心眼儿里是只觉充满了甜蜜的滋味。

阿青回眸偷偷地向第三包厢内望去。只见那姑娘和她主人絮絮地说着话，两人的粉颊上都浮现了桃花的色彩、媚人的笑容，仿佛很欢乐的样子。偶然那姑娘把俏眼儿也掠了过来，她瞧见阿青木然的神情，却又逗过来一个倾人的娇笑。

阿青被她撩拨得心里痒痒的，神魂有些飘荡起来。大拇指和食指合在一起捻了捻，因为刚才是握过她的手儿，此刻两指感觉上似乎还有些滑腻和柔软。心里想着，照刚才她对我的神情看来，虽然是一味的娇嗔，但在娇嗔中是带了柔媚的意态，可见她那芳心里一定也有爱上我的意思。也许我阿青近年来真的鸿运高照，命中注定有这么美丽的姑娘给我做妻子吗？阿青在这一阵思忖之下，当然是乐得心花怒放，几乎独个儿也会笑出声音来。

当桑园会成了尾声的时候，阿青忽然瞥见隔壁包厢已没有了那个姑娘，一时怎肯错过这个机会？遂掀了垂幕，急急地走出，可是外面也不见她的影儿。阿青以为她又到厕所里去了，遂走到门口去张望。不料这时身后突然有阵细碎的笑声，阿青急回头去望，正是那个姑娘，抿着小嘴儿在笑。心里觉得很不好意思，猛可走上去，把她的手儿握住了，红着脸颊说道："姑娘，你太捉弄我了。"

"你现在又在做什么？大概又向耶稣做祷告。……"她这回并不挣脱，尽让阿青握住了手。俏眼儿斜乜他一眼，忍不住吃吃地笑起来了。

阿青感到她妩媚得可爱，同时也感到她淘气得可爱，便也笑道："这回我不是做祷告，却是在寻耶稣。"她听阿青把自己当作耶稣，这就啐了他一口，不禁又笑了起来。

"姑娘！你为什么骗我，你说不逃。为什么又逃了？"阿青望着她低低地说。

"我没有逃，我是瞧秋胡戏妻去的。"她镇静了脸部的表情，很认真地回答。

"其实你用不到去瞧舞台上的秋胡戏妻，刚才我们不是也在演秋胡戏妻的剧情吗？"阿青却涎皮嬉脸地去撩拨她的情感。

那姑娘听他这样说，起初还不解。及至仔细一想，方才理会过来。因为这句话是太明显一些，当然是感到太难为情了。同时觉得一个姑娘在一个陌生男子的面前，似乎也过分吃亏一些。她于是立刻扳起了脸孔，把手恨恨地挣脱了，娇嗔着道："你这人油腔滑调的真是可恶……"说着，便怒气冲冲地转身走了。

这么一来，把阿青真急得了不得，立刻抢过她的头，拦住她的去路。打躬作揖地说道："好姐姐！亲妹妹！你饶了我这一遭儿，我下次再也不敢了。"

一个怀春时期内的少女，怎经得一个年轻的男子这么样的叫喊？在她那颗芳心中，早已爆发出火样的热情来。在这热情中会抽出恋爱的嫩芽，结成甜蜜的欢果。那姑娘本来是向他故意的娇嗔，此刻被他亲妹妹好姐姐一喊，她全身感到软绵起来。由于芳心跳跃的快速，使她两颊感到热烘烘发烧。啐他一口，秋波逗了他一个白眼，恨恨地道："谁和你涎脸？"

"姑娘！你别生气，真的，我还不曾请教你的贵姓和芳名？"阿青见她那样可人的意态，虽然是爱到了极点，但不敢使她过分的难堪，所以又很正经地问着。

"我姓陈名叫玲弟，你姓什么的？"玲弟这才把娇嗔的意态消失了，微微地一笑，很轻柔地反问着他。

"我叫胡阿青，虽然没有念过几年书，但我们大爷是个海外留学生，才学好得了不得。我跟他好几年，所以普通的文章我也会写几篇的。"阿青知道像玲弟那样丫头的身份，她一定也爱很斯文的少年，所以他把大爷的头衔掮出来，同时做个自我介绍也广告式似的吹嘘了几句。

陈玲弟披着嘴儿噗哧地笑出来，说道："你真聪敏，在戏馆子里就是说戏馆子里的话，文章也有普通和特等的分别吗？那么一定还有包厢文章了……"说到这里，忍不住笑得花枝乱抖了。

阿青觉得玲弟这几句话未免含有些讽刺的成分，两颊这就显现了一些赤化，连忙给她解释道："你别错理会我的意思，我所说的普通乃指很平常而言的，并不是什么特等，包厢，那么照你说来，不是还有月楼花楼了吗？"

玲弟听他这样说，笑得更直不起腰来。阿青见她这神情太媚人了，情不自禁地走上一步，把她手儿又拉住了，说道："你别笑痛了肚子，我们还是说些正经话吧！那么你今年几岁了？"

玲弟这才止了笑，抬头瞅他一眼，说道："你问我年纪做什么？女孩儿家年龄也由你瞎问的吗？"

阿青想不到玲弟倒有这么的老练，一时反而涨红了两颊，愕住了一回。良久，方才低低地笑道："我们既做了朋友，彼此不是应该要知道详细一些吗？其实我也没有什么恶意的存心，你告诉了我，我也不会给你卖掉的。"

玲弟呸了一声，笑骂道："你又胡说白道地乱嚼，你有本领干这些事？"

阿青忙也笑道："我是一个比方，你又认真了。那么你到底几岁？女孩儿家总喜欢大脚装小脚，看阿青最老实，我今年二十有五，还没有娶个妻子哩！"

"谁管你有娶亲没娶亲？你这人真是无赖。"玲弟两颊一圈一圈地红晕起来，秋波恨恨地逗给他一个妩媚的娇嗔。

阿青却笑得噗哧有声，说道："虽然你不管我这些事，但我总觉得报告了比较妥当。"玲弟恨恨地白他一眼，低头又笑起来。

"咦！你说呀！难道你一定不肯告诉我吗？"阿青握了她手，连连摇撼了一阵。

"那么你先猜猜看，我到底有多大年纪？"玲弟微昂了红晕的脸儿，娇憨地媚笑着。

"你也真刁的，我猜着不到二十岁的吧！"阿青望着她花一般的脸，很得意地说。

"二十岁差一年，十九岁了，告诉了你，又怎么样呢？"玲弟见他目不转睛的神气，秋波故意又似嗔似恨如喜如羞地白了他一眼。

"我想我们都是人家的仆役，若称呼先生小姐，反觉不自然。所以我的意思，你就不妨喊我名字，我也大胆呼你玲弟，一方面固然随便些，而同一方面也表示亲热一些，你想好不好？"阿青见她那样娇羞不胜的意态，实在非常的可爱。他不肯放弃这个难得的机会，慢慢地一步一步地亲近着。

"谁高兴和你亲热？我真不会来喊你的。"玲弟听他这样说，芳心中虽然感到十分的甜蜜，但总不好意思承认我们该亲热些儿，所以兀是噘着小嘴儿娇嗔着。

"你不喊我，我明白你心中的意思，就是比喊我还要表示亲热些儿。"阿青知道她是怕羞，遂忍不住又笑嘻嘻地说。

玲弟啐他一口，却又凝眸含颦地瞅住了他，怔怔地问道："你这话算什么意思？我不懂，你得给我说出一个道理来，我得搥你。"玲弟说着，还把手儿扬了一扬。

"当然我有充分的理由，不过我说出来，你不许恼怒的。"阿青把脸儿仰开些说。

"为什么不许？你倒做我的规矩。"玲弟鼓着两腮，有些儿生气。

"在你面前说话都要斟酌过的，那么就说不能罢！你总别生气了。"阿青望着她嗔意的脸颊，觉得更妩媚一些，忍不住又含笑央求着。

"那么你快说，要如说得不中听，我仍旧要恼怒的。"玲弟说时，脸上忍不住浮起一丝笑意来。

"你要恼怒的，那我情愿不说。"阿青还故意地放刁。

"不恼怒就不恼怒罢！你快说，你快说！"玲弟的心中虽然明知阿青说出来的总不是正经话，但是她很愿意听听他说的俏皮话，因为至少在自己心灵上增加了一些甜蜜的成分。她赤裸裸地承认，确实她已爱上了阿青那么一个长大伟梧的少年了。

阿青被她催逼得没法，只好平静了脸色，表示很认真的神气，说道："我说譬如一份旧式的家庭，两口子在一块儿说话，因为上面还有公和婆，在公婆的面前，总不好意思肉麻地称呼哥哥和妹妹的，若喊名字，有没有这样的文明，因此两口子大都不称呼，就是说起话来，彼此也用'喂！喂！'做代名词的。不过这原是我瞎说说的，你别以为我占你的便宜。假使你要恼怒的话，我烂脱了嘴巴也不敢说。”

因为阿青已经声明在先，当然这叫玲弟是不好意思再恼怒的。同时听了他末了的一句话，心里真是又恨又好笑，所以秋波白了他一眼，倒反而又笑起来，娇嗔着道：“你这张贫嘴就说得出这许多理由，谁高兴和你再说下去?”玲弟说到这里，两颊一红，回身便又要走了。

阿青急得连忙拉住了，笑着央求道：“好妹妹！我还有许多的话要对你说哩！你怎么好走了？你府上是住哪儿的?我明天还来拜望你。”

玲弟原是故意做作，被他拉住，便又回身笑道：“我没有家，我是住在主人公馆里的。你不用来望我，因为我主人生平最恨男子。……”

阿青听她这样说，心头倒是吃了一惊，慌忙地道：“什么？你家主人最恨的是男子，那么她难道永远不和男子亲近吗？她丈夫有没有的?”

“你话说得清楚些，当心吃耳光，人家还是个姑娘呢!”玲弟含嗔地说。

“原来是个姑娘，那么她府上难道就没有男子的吗?”阿青听了，倒代大爷欢喜了一阵。含了满面的笑容，低低地问。

“当然没有的，我们老太太是早已死了，老爷在三年前也没有了，只剩了可怜一个小姐，在北京城里又没有什么亲友，所以偌大的一个家里，就只有我和小姐两个人，怪寂寞的。所以我劝小姐今晚来听一回戏。”玲弟趁此机会，絮絮地告诉着，叹了一口气，表示很感伤的样子。

“既然怪寂寞的，怎么还最恨男子呢？”阿青蹙起了眉毛，忘其所以似的说出了这几句话。

“呸！你这话奇怪，有了男子难道就会热闹起来了吗？”玲弟啐了一声，两颊立刻涂上了像胭脂那么的一圈红。

这句话把阿青也问得两颊绯红，支吾了一回，方才嗫嚅着道：“我倒没有这个意思。但很奇怪，你家小姐为什么要最恨男子呢？”

“呆子！我和你说着玩，你就认真。”玲弟秋波白了他一眼，抿嘴絮絮地笑。

“我是非常老实，谁像你那么刁滑？我想你真愿意跟我交个朋友的话，你就应该告诉我一个地址。”阿青这才放下了一块大石，很柔和地说。

“西车站路，一百十四号，那边一座住宅房子就是。”玲弟这才轻声儿告诉他。

“我忘记了一句话，你主人姓什么的？她的芳名叫什么？”阿青趁机又问了上去。

“谁叫你问这些话的？”玲弟明眸睃住了他，她似乎早已料着了的模样。

“……没有谁叫我问的，是我自己问一声。”阿青微红了两颊，有些口吃的成分。

“哼！你瞒不了我，我早已经知道的了。”玲弟噘了噘嘴，冷笑了一声，表示很明白的神气。

“既然你早已知道，那么我就告诉了你，是我大爷叫我来问你的。”阿青在女人家的面前已没有了主意，他情不自禁地会把肺腑之言向她吐露。

“你大爷是谁?”玲弟心里暗自好笑，表面上却故作惊吓的意态。

“在包厢里的那个西服男子，不就是我的大爷吗?”阿青低声儿地说。

“你家大爷要问我小姐的姓名做什么？那不是奇怪?”玲弟兀是颦蹙了柳眉，向他很不解似的发问。

“没有什么别的意思，我家大爷很想和你家小姐做个朋友。”阿青索性直接地说出来。玲弟噗哧地一笑，瞅他一眼。说道：“人家说难兄难弟，你们倒是难主难仆。你家大爷少说也有四十上下年纪了，如何自不量力地要跟我家小姐花一般儿的姑娘做朋友呢?”

“虽然我家大爷年纪大一些，但是他实实在在还是个处男子哩!”阿青听她这样说，心头替大爷未免有些黯然，不过他还竭力地给他做说客。

玲弟对于阿青这句话还以为是开玩笑，便啐他一口，笑嗔道：“谁信你这些鬼话？那么旁边坐的这个妇人和两个孩子是他的什么人?”

“我说的句句实话，那个妇人是他的弟妇，两个小孩是他的侄儿女，我家大爷真的还没有结过婚。”阿青一面认真地解释着，一面又微微地笑。

“那么你家大爷到了这么年纪，干吗不结婚?”玲弟见他不像开玩笑的样子，忍不住又很奇怪地问。

“我详细地告诉了你，你就会明白了。我家大爷姓盖名叫季常，他的爸爸在二十年前是任财政总长的，大爷是他的大儿子，还有老二老三两弟兄，他们都早已娶了妻子。只有大爷自从海外留学回来，却没有结婚。因为大爷在二十年前真漂亮，家里既有钱，才学又贯中西，这么一个人才，他的对象是多么的不容易找。所以作伐的人虽多，大爷却个个不称心，这样一年一年地耽搁下来，竟直到现在那么的年纪了。如今他见了你家小姐，觉得艳若仙子，实在美到极点，所以非常羡慕，欲交个朋友，叫我探出打听小姐的贵姓大名，家住何处？我想大爷年龄虽大，地位很高，说起'盖季常'三字，你家小姐假使是学校中人，她也一定晓得这个大名的。"阿青听她兀是不相信的神情，遂低低地把季常身世全告诉了她。

玲弟听了，暗自记在心头，笑道："照你说来，你家大爷还是个时代的伟人了。"

阿青正色地道："那可不是谎造的话，你若不信，尽可以向外界打听的。"

玲弟沉吟了一回，微微地笑道："不过我家小姐的脾气很古怪，她也许不愿意跟年龄大的男子做朋友的。"

"你家小姐究竟几岁了？我家大爷也只不过三十八岁的人呢！"阿青大帮季常的忙，故意少说了四年。

"我家小姐才二十岁呢！给你大爷养也养得出的。"玲弟抿嘴嗤嗤地笑。

"只差十八岁的年纪，交个朋友有什么关系？即使彼此性情相合，意气相投，就是结成夫妇，那也不算稀奇。"阿青却竭力地不以为然，微微地傻笑。

"你又说不出好话来，我走了，小姐要喊的呢！"玲弟红晕了两颊，白了他一眼，回身又要走了。阿青拉住了忙道："你别忙！你家小姐姓什么叫什么？还没有告诉我呢？"

"姓花名叫如兰，得了罢！到戏馆子里原是听戏来的，真讨厌！被你乱七八糟地胡缠了一回。"玲弟挣脱了他的手，秋波逗给他一个娇嗔，身子便向第三包厢里走。当她掀起垂幕欲跨步进内的时候，回过头来，却向阿青又送过来一个倾人的媚笑。

阿青被她临去那秋波一转，有些神往。一颗心儿是不住地荡漾，只觉甜蜜蜜的像糖一样。暗想，这一次谈话，真是满意到透顶的了。但愿她小姐也爱上我大爷，那么他对他，我对我，嘿！那不是意想不到的艳福吗？想到这里，他忍不住独个儿笑出声音来。

不料就在这个当儿，忽见季常迫不及待地走出来。他向四周张望了一下，见没有什么旁人。方才向阿青悄声儿地问道："喂！阿青！事情到底怎么样啦？"

"大爷！说起来话长，我们回家去好好儿谈罢！"阿青想不到大爷会走出来追问，一时倒不禁为之愕然。但立刻又含了笑容，向他低低地回答着。

季常瞧他得意的样子，想来事情是很顺利的，这就一百二十个的放心，点了点头，和阿青又默默地走进包厢里去。

这时舞台上的戏是在演白门楼，闵翠英瞧到陈宫被斫之时，便回眸向季常望了一眼说道："大哥！照人情上说，曹操实在不该杀陈宫，假使没有陈宫放走他，曹操哪里有今日得意的一天。所以曹操此种负恩之行为，实为后世人所唾骂的呢!”

“可不是?虽然陈宫后来弃他而走,但他到底没有下毒手杀他。可见陈宫的人,比阿瞒确实忠厚。曹操所谓忍可我负天下人,天下人不能负我的政策了。不过自私自利的小人,在现时代的社会里,也不知有多多少少呢!”季常听她这样说,便也很感喟地回答着,同时还深深地叹了一口气。

“还有吕布的死,也未免有些冤枉,假使刘备不说丁原董卓的话,曹操倒有爱怜之意。我说刘备的嘴也太快,这种损人不利己的事,亦非吾人所取。人谓刘备忠厚,其实比曹操更恶。”闵翠英对于白门楼剧情有些感触,觉得这真是一个个的时代典型人物。

季常听她这样议论,便笑着道:“在这里对于吕布的死,刘备是大有利益的。二婶说损人不利己的话,那你真太忠厚了。当时朝廷失势,群雄纷起,吕布一员猛虎似的勇将,亦为刘备所忌,若不早除,岂非后患无穷。这便是刘备的聪明之处,所以后世的人都称刘备为枭雄,实在一些不错。如今你的见解却偏重于个人的感情,而忽视了事实的需要,原来这种行为,便是处事做人的一种圆滑的手段,试观现在社会上,许多人都存着尔虞我诈的心理,可见古今如出一辙的了!”

季常滔滔不绝地说到这里,偶然回头去望隔壁包厢里一眼,心里倒是一惊。他立刻站起身子,匆匆地奔到外面,见外面一个人也没有,于是他又情不自禁地由扶梯而下,步到银宫大戏院的门口。只听哗啦啦的声响不绝于耳,凝眸细瞧，哎哟！竟是落得好大的雨。大街旁的商店玻璃橱窗上都沾满了水渍，受了灯光的反映，闪闪烁烁的，仿佛倒散了水银的模样。行人站在屋檐下躲雨，有的好像落汤鸡似的，人力车夫都在大敲竹杠。

季常探头探脑地望了一回，心里仿佛失却了一件什么东西般的。心中暗想，奇怪！为什么未到剧终就走了？难道阿青把话冲撞了她，所以讨厌我而走了吗？若果如此，那真该死！该死！

“大爷！怎的该死？你到楼下来做什么呀？”在季常连喊两声“该死”的时候，后面阿青已悄悄地跟上来了。走到他的身旁，悄声儿地问着。

“人儿没有了，还不是该死吗？”季常平日是不轻易发怒的，今晚上他居然板起了面孔，猛可回过身子，瞪了阿青一眼，脸儿是涨得红红的。

阿青见大爷从未有过的怒容，倒反而笑起来说道：“大爷急什么，那个丫头有地址给我呢！她说小姐姓花名如兰，家里很有钱，只可惜父母全没有了。所以平日生活非常孤寂，大爷假使愿意跟她做个朋友的话，那么就不妨请过去玩玩。大爷！你想，我给你事情办得这么好，你如何还向我发脾气？这不是叫我灰心吗？”阿青为了要博得大爷欢心，所以不得不加些油盐酱醋上去。

季常听阿青这一篇话，方才回嗔作喜，笑出声音来道：“这样说我竟错怪了你，阿青！那么她还是个大姑娘吗？她府上在哪儿？她明天真愿意我去玩吗？”

阿青听他连说了三个她字，这就可见大爷心中是那分儿喜悦的了。遂故意作刁地拉了他向楼上就走，说道："大爷突然地起身就走，二奶奶倒吓了一跳，叫我追上来看到底发生了什么事？我想这事情回家总可以详细地告诉你，你此刻快上楼去吧！不然，二奶奶也走下来找你，那还像什么样儿？"

季常一听这话原也不错，遂只好纳闷走回包厢来。翠英急忙问道："大哥做什么去？"季常愣住了一回，脸儿微微地一红，方说道："是到厕所去的。"阿青听了，忍不住嗤地一笑。幸而翠英已回过头去，没有理会。季常瞪了他一眼，一向尊严的他，此刻连他自己也几乎笑起来。

这时季常坐在椅上，他根本不是在瞧戏，也不是在听戏，心里只管想着这个花如兰姑娘，觉得连她名字都怪可爱的。于是他的脑海里又浮起了一个倾人的娇靥，眉如春山隐，眼若秋波横，芙蓉其颊，杨柳其腰，更有娇媚笑涡，尤令人心醉魂消。虽西子复生，王嫱在世，也无出其右。季常神魂颠倒的只管沉思在花如兰姑娘的身上，不知不觉竟是十二时敲过，于是舞台上的戏也是剩了尾声了。

坐了汽车回家，季常和翠英道了晚安，各自回房。在楼上房中，季常先向阿青急急问道："阿青！你此刻快先告诉我，这位花小姐今年几岁了？家住何处？她真喜欢跟我做朋友吗？"

阿青却故意慢慢地先倒上一杯茶，还走到窗旁，把帷幔轻轻地拉拢。季常见自己性急如火，而他却安闲似水，不禁大声地说道："阿青！大爷问你的话，你聋了耳朵不成？"

"已经到了家里，时候长哩！何必急于要知道？大爷！我告诉你，你别性急。花小姐是住在西车站路，一百十四号的那个住宅里，今年还只有二十岁，母亲早年就殁了，父亲也过了两年，如今家里只有花小姐和那个丫头玲弟两人，所以很寂寞。她听了大爷的名儿，非常敬仰，故而愿意和你交为朋友，明天大爷不妨去拜访她一次。"阿青见大爷发了脾气，方才不敢再为难他，含了微笑，很快地告诉了他。

季常是乐得心花儿都有些开放，只觉满心甜蜜蜜的，干笑了一声，点了点头，遂匆匆地脱衣就寝了。

第二天起来，雨依然落得很大，季常心里未免有些不高兴，望着千丝万缕的雨点，心里紊乱得像麻一样难受。他瞧瞧桌上摊着的那本《恋爱与事业》的稿件，哪里还有心思再去续写？遂伸手把稿件藏入抽屉内，悄悄地掩上了。

到了下午的时候，雨不但没有停止，而且落得更大一些。阿青见大爷愁眉不展的神气，遂微笑道："大爷！你有雨衣雨帽，那怕什么？骑一匹马前去，不是很好的吗？"季常听了，踌躇了一回，因为爱如兰姑娘心切，所以便毅然答应了。于是阿青把他雨衣雨帽并皮靴取来，一面给他去预备马匹了。

季常戴了雨帽，披了雨衣，穿上皮靴，骑在马上的姿态，倒大有英雄的气概。他在大雨纷纷之中，骑着马匹，向西车站路进发，这样热心诚意地不顾一切，到底是为了一个心爱的姑娘。较他二十年来创办教育事业的情绪，似乎更兴奋了一些。

在走进西车站的时候，地段比较冷静了一些，两旁植有几株树木，叶子儿经雨水的洗击，显得碧绿绿的更加可爱。季常从绿叶丛中望见有座红瓦片盖成的小楼房的屋顶，心里暗想，这一个住宅也许就是了。遂扬起一鞭，加快了一些。一阵马蹄声响，早已到了楼房的门前。却是个西班牙的式样，外面一个矮木栅，围成了一个小小的院子。院子里种着花草树木，高的矗立云霄，矮的伸手可撩。在铁栅门的两旁是水门汀浇成的，上面有块蓝底白字的牌子，正是一百十四号的字样。

季常瞥眼瞧见，如获珍宝，正在满心欢喜，忽然见屋子里亭亭玉立地步出一个女子来。她站在屋檐下的石级上，明眸盈盈地望了出去，齐巧和季常望进来的视线接了一个正着。她忽然跳了跳脚，显出挺高兴的样子，笑盈盈地招呼道："咦！你不是盖季常博士吗?"

三、风狂雨暴急奔上车

陈玲弟回到第三包厢里，满面含了得意的笑容，一颗芳心似有无限的快乐。花如兰见她这个神情，心里当然明白，不免也暗暗欢喜。秋波脉脉地斜瞟了她一眼，悄声儿地问道："玲弟！事情怎么样了？"

"果然不出我们所料，他想和小姐交个朋友呢！"玲弟一面凑过嘴儿低低地回答，一面却忍不住噗哧的一声笑起来了。

如兰芳心别别地一跳，两颊有些儿发红，忙说道："他说些什么话呢？"

玲弟道："话是说得许多，小姐！我想戏也别听了，早些回家去好好儿地告诉你吧！"

如兰暗想，我们听戏的目的，本来醉翁之意不在酒的，如今既然钓上了一条鱼，也还是早些回去的好。于是点了点头，让玲弟给她披上了大衣，遂姗姗地步出包厢去了。

在走到银宫大戏院门口的时候，那是意想不到的事情，天会落着倒坍样的大雨，如兰和玲弟倒是愣住了一回子。望着灯光反映下的点点亮晶晶的雨水，心中未免有些发急。玲弟笑道："那可怎么办？"

如兰笑道：“还不如叫辆车子吗?”

“不用喊汽车了，小姐！你瞧那边不是停着好多辆马车吗？他们原是等待散戏后兜生意的，我们就坐马车也一样的，反正又没有什么人瞧见。”玲弟听小姐这样说，她心里有些心疼着挺贵的汽车费，所以她给小姐想出一个经济办法来。

如兰因为自己外面看来，谁都知道是位贵族的小姐。所以她怕自己的秘密被人家窥破，听了玲弟的话，回头还向四周望了望，见果然没有什么人注意，方才含笑点了点头。

玲弟于是向那边街旁停着的马车招了招手，早有一辆马车放马过来，车夫把缰绳收住，跳车下来，向两人微笑着问道：“小姐是上哪儿去的?”

“西车站路，一百十四号。”玲弟给小姐代回答着。车夫点了点头，把头上那顶笠帽戴戴整齐，步到车旁，把车厢拉开，如兰和玲弟急急地跳上。砰的一声，那车厢便又关上了。

“出来的时候星月皎洁，谁知此刻就落得好大的雨。”如兰抬着手儿，拿手帕拭着颊上被沾的雨水，口里很感触地自语着。随了这两句话，一阵马蹄嗒嗒的声音，那车身就在大街上渐渐地颠簸起来。

“小姐！想起来真也叫人好笑，一个三十八岁的男子，还说还是个处男哩！”玲弟望着如兰白里透红的娇靥，轻声儿地说了一句，嘴角旁不禁露出一丝神秘的微笑。

“你信他胡说，我猜这人色迷迷的一定是个守财奴。”

如兰听说还是处男，倒不禁为之展然失笑。但她在一个感觉之下，不免鼓着小腮子，又显出很卑视的模样。

“我当然也不会相信，但他仆役阿青很认真地告诉我，说这话全是真的，说起他主人名儿来，也许小姐也知道的。”玲弟也笑盈盈地说着。

“这样说来他倒是个有名的人物了，你且告诉他的姓名叫什么？”如兰听了，芳心倒是一动，遂凝眸含颦地又追问着她。

“他的名字叫作盖季常，从前曾经到海外留过学的。小姐！你到底听见过这个人吗？”玲弟见小姐很着急的样子，遂很快地说了出来。

“盖季常……”如兰照样自说了一句，忽然哦了一声，笑道：“是的，这人在教育界里非常有名气，听说他自海外回国，二十年来，一心努力于教育事业，倒真的还是个单身汉呢！但不知刚才身旁一同瞧戏的妇人和孩子是他的谁？”

玲弟听小姐果然也晓得的，这就觉得盖季常果然是个有名人物，很喜欢地道：“小姐！你放心，这个妇人是他的弟媳妇，孩子也是他的侄儿女，你瞧他们的神情，真的也没有显得亲热呢！我想季常二十年来的孤独生活，一定是十分的苦闷，所以现在他也许很需要娶一位美貌的新夫人，怪不得他见了小姐，就像苍蝇见了血一样的不肯放松哩！”玲弟说到这里，俏眼儿淘气地逗她一瞥，忍不住抿了嘴儿嗤嗤地笑。

如兰听她这样说，似乎还感到有些难为情，轻轻啐她一口，也低了头儿笑。暗想，听说盖季常在教育部里是荣任了高等顾问，他的产业外传至少也有一千多万。虽然他是个四十开外的人了，但到底还是个童身呢！假使他果然有意于我的话，我的身份不是立刻增高万倍了吗？如兰这样想着，自然十分快乐。遂向玲弟又悄悄地问道："那么他还向你说些什么话呢？"

"阿青说他大爷从前所以不结婚，是为了找不到好的对象，如今他见了小姐，觉得非常羡慕，所以问小姐姓名叫什么，家住什么路，爸妈有没有？他实在很愿意跟小姐做个朋友。"玲弟见小姐在一度沉思之后，又这样地问，遂继续地低低地告诉。

如兰不待她说完，便忙又问道："你怎么样的回答他？"

"我说老太太是早殁的，老太爷死了也不多几年，家里只有我和小姐两个人，所以生活十分寂寞，假使你家大爷真愿意跟我小姐做朋友的话，不妨来我家玩玩，同时我把地址也告诉了他……"玲弟接着又笑嘻嘻地说。

"陌陌生生的怎么就叫他到家里来玩，那不是怪难为情的吗？"如兰听了，心里虽然很喜悦，但究竟有些不好意思，颊上飞起了一阵红，含笑着说。

玲弟听她这两句话，简直还带有些埋怨的口吻，倒不禁笑出声音来，说道："小姐这话就有趣，那么你到戏院做什么去？如今既有了这么一位财神爷爷看中了你，你如何又怕起难为情来呢？我想盖大爷一个中年男子，突然得了一个如花如玉的姑娘，对于负情两字，可说是绝对不会的。小姐！你说我这话对吗？"

如兰没有回答，秋波羞涩地瞟她一眼，微微地笑。忽然又低低地道："瞧他的产业当然令人喜欢，瞧他年龄，差不多可以做我的爸爸，实在又叫人不乐。"说到这里，似乎非常感喟，忍不住深深地叹了一口气。

"小姐！你也别那么说，世界上的事情本来难以两全的。有产业的，总是上了年纪的人；假使年轻貌美的，大多数都是贫寒的，即使有钱，也都在家长手中；要既有貌、又有钱的少年，到哪儿去找哪？况且像盖大爷那么年龄地位的人，是不容易得到的。所以明天他要来我家的话，你倒不能冷待了人家。"玲弟见她又喜又愁的意态，颇引人楚楚爱怜，遂柔声儿很正经地安慰着她。

如兰点了点头，两眼望着玻璃片上糊涂的雨点，却是怔怔地愕住了一回子。忽然如兰感觉到车身停了下来，遂微侧过身子，到玻璃片上去张望，原来已到了四岔路口，横马路正有许多车马在经过，所以这儿停车了。

在经过三分钟之后，不料发生了一件神秘莫测的怪事。突然之间，车厢的门儿开了。外面匆匆跳上一个西服少年来，他既跳上了后，立刻把车门又关上了。

在这骤然不防之间，当然这个不速之客是来得出人意料之外的。如兰芳心这一吃惊，顿时花容失色，不禁竭声地大喊起来。但那个少年似乎已经料到她要大喊似的，在她还未喊出声音来的，他先伸过手去，把她的嘴儿扪住了。一面向玲弟瞪了一眼，低声地喝道："不许声张！"

玲弟见了这个神情，生恐小姐受亏，遂不敢叫喊，死灰了脸儿，身子只管瑟瑟地发抖，简直有些泥塑木雕的神气。就在这当儿，车身又在街上慢慢地颠簸起来。经过几分钟之后，从狂风暴雨中似乎远远地还送过来一阵隐约的枪声。

“我们决不叫喊，你放了我的小姐吧！这样子我的小姐不是要被你闷死了吗?”玲弟见那少年抱住了如兰，只管把小姐的嘴儿紧紧地扪住着。遂放低了喉咙，轻轻地央求着。

那少年听了，这才放开了手，把身子离开得远一些，显出很和善的样子说道：“你们别怕，我不是什么歹人。请你们两位救一救我，我是很感激你们的。”

如兰深深地透了一口气，把身子吓得直靠到玲弟的怀中去。颦蹙了翠眉，明眸中含了无限恐怖的目光，向那少年脸儿上掠了过来。

只见那少年穿了一套灰青条子花呢的西服，却是并没有披着大衣，因为被狂雨侵袭了后，那衣服会加上了一层深灰的颜色。头发虽然是菲列滨最流行的式样，但此刻稀湿得像一堆乱草，蓬松松的都倾斜到额下来。同时脸颊上也沾满了雨水，神情确实是非常的狼狈，然而在狼狈之中，到底还遮掩不了他脸部英挺的气概。如兰在无限惊怕之余，一颗芳心不免暗想，倒是个怪俊美的少年。

那少年见两人听了自己的话，并不作答，只管呆呆地发抖，知道她们实在是吓怕了的缘故，遂低低地又道：“我们不会来加害你们的，只要你不叫喊。……”

谁知少年话还未完，玲弟一眼瞥见小姐的嘴儿上下左右全是鲜红的血渍，一时还以为那少年魔法害人，紧紧抱着如兰的身子问道：“小姐！你嘴儿有痛没有？怎么这许多血渍呀?”

如兰一听这话，急得脸无人色，更加芳心乱跳地说不出话来。那少年瞧见此情景，忙又说道：“小姐别怕，因为我扪过你的嘴，所以血水沾在你嘴儿上了。瞧罢！这不是我手里淌出来的血吗?”说毕，还把那只左手向她们摊过去。

“你、你、你莫非是在做盗匪吗?……”如兰回眸一瞧，果然他的手儿上还在冒着鲜血，虽然惊魂稍定，但心中还是感到有些害怕，情不自制地向他这么地问了一句。

“不！不！我决不是什么为匪作歹的强徒，我……我……是……好人哪！……”那少年听她误会自己是个盗匪，遂连说了两声不字，但说到后来，心头若有说不出来的隐情，红晕了两颊，话声带有些儿支吾的成分。

“你既不是盗匪，你手怎么会给人家打伤的?”如兰觉得这事情很有些蹊跷，遂仗着十二分的胆量，秋波凝望着他的脸儿，轻轻地发问。

“这是……因为……唉！不用说了，总之，我是出于不得已才跳上车来的。假使你们慈悲为怀的话，请你们救救我，给我再坐一程路，我就立刻可以下车的。只是小姐嘴儿旁的血渍，快先拭去了！免得被人见了起疑……”那少年欲语还停地呆了一回，却又深深地叹了一口气，摇了摇头，不肯告诉，表示很为难的神气。接着他又望到如兰口旁的血渍，遂向她又很正经地说着。

如兰瞧他这个情景，心中愈加奇怪，同时听他很温柔的话声，似乎也不像是个歹人。遂胆子又放大了一些，很认真地说道："那么你到底为什么如此的？你得实说，你要不从实告诉，我一定要叫喊起来。"

那少年踌躇了一回，方才说道："不过你别丧天良，……"

如兰眸珠一转，似乎有些理会过来的样子，正色地道："你放心，我说可以救你，我决不因种种关系改变初衷的。"

"好！你瞧罢！这是我的证章，我是一个高中的学生，同时也是国民党的党员。我们目睹国内军阀的拥兵自肥，不顾人民的福利，重温旧时封建割据的迷梦。就像这里势力最大的孙将军，他只知道榨取民脂民膏，弄得怨声载道。如今他还派遣爪牙，欲置革命青年于死地，就是我的受伤，何尝不是他的所赐呢！"那少年把右手在袋内摸出一个国民党员的徽章，给她瞧了一瞧，同时滔滔不绝很低声地又说出了这几句话。

如兰暗想，果然不出我之所料。但还恐有诈，把他手中的徽章取来。不料那少年却又捏住了，不肯给她。如兰倒是愕住了一回子，颦锁了柳眉，说道："既然是革命志士，正大光明，何必鬼鬼祟祟，不肯给人瞧一瞧呢？"

"人心难测，我怕有什么意外的变故，请小姐原谅我。……"那少年低低地回答。

"哼！既然如此信不过我，那又何必叫我救你？同时更用不到逃进我的车厢里来了。"如兰听他这样说，心里好生不悦，冷笑了一声，噘了噘小嘴，拿话儿去讽刺着他。

"小姐！你别生气，我知道你是血性中人，当然不会有害我的意思，那么你只管拿去瞧罢！"少年见她娇嗔的意态，颇令人感到可爱，心有未忍，终于把那个徽章亲自递到如兰的手里去。

如兰是个情场中有经验的人，在少年突然跳上车厢之时，当然谁也感到极度的害怕。如今知道他是个革命军的同志，而且又这样的年轻貌美，不免动了爱怜之心。所以此刻把徽章握在手里，便欲故意戏弄他一下，冷笑道："你道我是谁？现在你也可上了我的当，我把你立刻送到军部里去定罪。"

少年猛可听了这话，这一吃惊，真是非同小可。遂将她的手儿狠命拉住了，脸儿已转成了铁青的颜色。如兰连忙放开了手，秋波斜乜了他一眼，笑道："因为你信不过我，所以我和你开个玩笑，不料你就急的这个样儿。"

少年把徽章急急藏在袋内，心里却感到很不好意思。暗想，这姑娘倒也刁得可恶，因为她向自己嫣然娇笑，而这笑的神情至少是含有些儿意思的，所以两颊由铁青的早已一阵一阵地红晕起来。低了头儿，望着自己浸满泥水的皮鞋，黯然地出了一回子神。

如兰瞧他这样怕羞的意态，虽然还是个很嫩脸的孩子，芳心荡漾了一下。不料这时玲弟的嘴儿却凑到她的耳边去，悄声地微笑道："小姐！若以容貌而论，这个少年倒是个挺美的人物。"

如兰想不到玲弟会这么说，俏眼儿向她一瞟，却是微微地笑。

因为彼此不说什么，所以四周的空气是特别的静寂，因了静寂的缘故，听那外面的风声和雨声也是震耳欲聋。

少年心头是非常的焦急和忧愁，他虽然望着自己脚尖在出神，但心里是在暗暗地思忖，我们这许多同志的死活不知如何。雨不停地落，叫我一时里又怎能下车。那姑娘不知真心肯救助我吗。假使她真的是军阀手下的女儿，我的生命不是有绝大的危险吗？

少年经此一想，他全身顿时局促不安起来。不禁抬头向她偷偷地望了一眼，只见那姑娘开了黑漆的手皮匣，对了里面那方小镜子，拿着手帕儿，正在揩拭嘴角旁的血渍。瞧她的举止，是非常的安闲，不像刚才那么惊慌局促的样子。于是暗自向她打量了一回，只觉那女子实在非常艳丽，似乎有些像自己的妹子。一时想起刚才抱住她身子扪她嘴儿的情景，心里在难为情之中又感到十分的喜悦。假使我有那么一个娇媚的姑娘做朋友，倒也是件意外的奇缘呢！

少年在这样感觉之下，他立刻又责备自己的不是，一个正在为事业而求进取的青年，如何见了一个美丽的姑娘就想谈恋爱了呢，这岂不是太无赖了吗？况且我还不知她的身世，万一有害于我，那真所谓色不迷人人自迷了。想到这里，便不再想留恋，任车外风狂雨暴，他向如兰说声再见，遂拉开车厢，欲跳下车子去了。

他这个突然的举动是出乎人的意料之外，如兰对此益信他是个有血有肉有智有勇的少年，决不是等闲人可比的。因为芳心中有了一分敬爱的意思，她就情不自禁地把他身子拉住了，说道："外面雨下得大呢！你难道就不怕患病了吗？"

少年对于如兰会拉住自己的举动，也是防不到的，回过身子，望着她粉颊儿怔了一怔。如兰乌圆眸珠一转，笑道："你不用害怕，我也不会害你的，况且我素来敬爱的就是有勇敢的青年。假使你不嫌我家地方龌龊的话，你就不妨先到我家去坐一回。因为我怕你这样湿淋淋的，也许会受寒生病，这岂不是自寻痛苦吗？"

少年听她这两句话，心里倒是着实的感激。把拉开的车厢，又关了上来，低声地道："我倒并不是怕你会加害我，因为我已经是很对不住你，若再到府上去吵扰，实在太不好意思了。"说到这里，又觉得惭愧。因为在她第一句话中猜想，至少她是笑我太胆怯的意思。所以他颊儿又感到热辣辣的，仿佛喝过了一杯姜茶。

"那倒无所谓不好意思的，你们不怕一切困难和危险，替大众创造幸福。如今你们遭到这样的不幸，我们又岂能垂手旁观吗？"如兰听他这样说，遂很认真地安慰他。

"姑娘这份儿美意当然使人感动心头，不过我怕姑娘的爸妈会见怪吗？"少年点了点头，觉得这位姑娘的思想果然不平凡，明眸含了无限感激之意，向她脉脉含情地望了一眼，又低低地说着。

如兰见他考虑得这样的周密，可见他们是曾经受过一度合格的训练的遂摇了摇头说："我老实地告诉你，我家里除了我和玲弟婢子外，是找不出第三个人的。"如兰说着，把手又指了指身旁的玲弟。

不料这话听到那少年的耳鼓，心里又引起无限的疑窦。暗想，这姑娘到底是哪一路的人物，怎么家里只有她们主婢两个人呢？遂凝望着如兰的粉脸，很猜疑地问道："那么你的爸妈竟是没有的了。”

如兰正欲回答，那车身又停了下来。玲弟探头向玻璃片上一望，说道：“小姐！家里已经到了。”说着话，她拉开车厢，先跳了下去，把铁栅门的锁儿开了，奔进屋子里去了。如兰回头向少年说道：“你等回儿，她是到屋子里拿伞去的。”

少年还有些委决不下，他没有回答什么话，眼睛望到车厢外面，见是一座小洋楼的住宅。暗想，这情景好像也是一分有钱人家的模样。就在这沉思的当儿，玲弟张着雨伞出来。如兰便不避嫌疑地拉了他的手儿，一同跳下车来。把手中皮匣交给玲弟，一面接过她手中的伞，和那少年踱着步进屋子里去。这里玲弟付去了车资，把铁栅门砰的一声关上了。

少年被如兰软绵绵的纤手拉住着，他已失了自主的能力，默默地跟随她步上了石级，走进会客室，里面已亮了五盏梅花式的电灯。如兰把伞收起，放在壁角旁，手儿向少年摆了摆，微笑道：“你请坐一回儿吧！”

少年虽然点了点头，却是不敢就坐，两眼望着室中的摆设，倒是颇为考究，且收拾得微尘不染，一时又呆住了一回子。

这时玲弟也笑盈盈地走进来，她向如兰耳边低低地说了一阵。如兰红晕了娇靥，若有羞涩之态，嫣然一笑。但玲弟的身子先走到楼上去了，如兰望了那少年一眼说道：“你且跟我到楼上去坐一回儿。”说着，身子也向前引导。

少年也不知道楼上是什么所在？因为这是别人的家里，

主人既然这样吩咐，自己当然不能独个儿留在楼下，所以只好跟着她由扶梯步到楼上去。如兰在一个房门口停止了步，向他弯了弯腰笑道："请里面坐。"

少年不敢先步进房去，忙把手儿一摆也笑道："小姐先请。"如兰瞧他这种神情和语气，倒有些像在演戏，遂抿嘴笑了笑，自管先走进房去。

当那少年跨步入室的时候，鼻子里就先闻到一阵细细的幽香。连忙定睛一瞧，原来是个姑娘的妆阁。在正中抛着一张黄澄澄的半铜床，床上雪白的被单，折叠着两条粉红的绸被，被儿上又有一只绣花的枕儿，真是非常的清洁。下首窗旁的壁角斜放了一张梳妆台，横对了一具三门玻镜大橱。靠西壁旁一张席梦思，旁边放着克罗米梗子的茶儿，茶儿上有架新式的留声机。床边的夜壶箱上有盏石膏裸体美人的台灯，美人手臂举得高高的，撑了一顶绯色绸的罩子，十分的精美。少年再也想不到她会不避一些儿嫌疑地竟把一个陌生的少年引到她自己的卧室里来，虽然是一脚跨进了，但心头别别地是跳得厉害。

这时那个丫鬟玲弟很快地步到了少年面前，微微地笑道："少爷！你快把衣服脱一脱，凉气浸到身子里，是容易生病的呢！"说着，伸过手来，似乎欲给他脱衣服的意思。少年觉得不好意思，红了两颊，退后一步，把西服上褂自行脱下。玲弟很快地接过，便把衣服去挂到衣钩上去。

少年把手帕取出，擦了头上的雨水，忽然触痛了手上的伤痕，他痛得双眉紧锁起来。如兰此刻便向他招了招手，笑道："你过来，我给你包裹了。"

少年这才醒来似的瞧到如兰是站在梳妆台的面前，向自己娇媚地笑。遂抢步走上去，先向她深深地鞠了一个躬，谢道："承蒙小姐如此热心相待，真叫我感激不尽。但不知小姐贵姓大名，也好叫我心里记得。"

"姓花名如兰，不知先生您贵姓大名？"如兰见他这样情景，心里自然不胜喜悦，忙着一面还礼，一面也请教他的名字。

"敝姓盖名叫雨龙，花小姐不避嫌疑，认我为知己一样，我心里总不敢有忘你的大德。"雨龙一面告诉，一面把明眸只管向如兰粉脸上脉脉地瞟。

如兰的粉颊是更显得娇红了一些，对于雨龙这几句话，却是并不作答。她回过身子，在梳妆台抽屉里取出一卷纱布和一卷橡皮膏，同时又取出一瓶止痛药水。然后回身又对他微微地一笑，说道："怪可怜的，流了许多的血了吧！"

雨龙觉得她这一句怪可怜的话，似乎有些对待孩子那么的口吻，虽然有些难为情，但内心的感觉是包含了甜蜜的成分。遂走上一步，说道："虽然流很多的血，但却不感到如何痛苦。因为没有我们的流血，是创造不成功光明前途的。"

如兰听了，当然很感动，点了点头说道："你有志气，……"说时，把他手儿拉过来，先用药水棉花浸了一杯温水，给他拭净了血渍。然后方敷上了药水，包了纱布，封上了橡皮膏。一切舒齐，俏眼儿掠了他一下，笑道："还痛吗？"

雨龙对于她柔情蜜意的这一阵子包裹，心里真是感到极度的兴奋，哪里还会有一些儿痛苦呢，今听她这样问，遂向她又鞠了一躬，笑道："有花小姐那么一个医师给我包扎，就是痛也不觉得了。"这两句话未免有些得意忘形，如兰心里虽然喜悦，但表面上却逗给他一个妩媚的白眼。

雨龙也觉得自己这话带有些轻薄的意思，心里非常懊悔，今见她薄怒含嗔的神情，更加焦急，绯红了两颊，不免垂下了脸儿。如兰见他这样局促，忍不住暗自好笑。玲弟却端了一盆脸水，放在梳妆台上，笑道："盖少爷！你洗个脸儿罢！"

雨龙这才醒来似的抬起了头，忙向玲弟叫声："姐姐！多谢你。"遂挨近台边，自管梳洗了。如兰见他把头发梳光了后的脸蛋，更觉得白里透红，风流潇洒，令人爱煞。因此秋波呆呆地盯住了镜中雨龙的脸儿，却是出了一回子神。

如兰这种木然的意态，雨龙虽然背对她，但从玻璃镜子内也可以发觉得到。因为如兰天生成也是个美人的胎子，在一个青春时期的少年心中，当然也为之神往。所以在四目相接之下，两人都抿着嘴儿笑了。

"花小姐！我很奇怪，你的爸妈难道都过世了吗？"雨龙回过身子，又向她低低地问。

"这事说来话长，我们且慢慢儿地谈吧！"如兰说着，携了他手，一同到席梦思上坐下。

玲弟倒上两杯香茗，并又拿来一双拖鞋，对雨龙说道："盖少爷！你那双皮鞋换下来，我给你拿布儿去揩干了。"

"已经累忙了你，我怎敢再劳姐姐的驾？反正我回头又得在路上跑的，所以还是随它去罢。"雨龙抬头望了玲弟一眼，脸上含了浅浅的笑。

如兰听了，遂笑道：“我把高跟鞋脱了，怪不舒服的。”说着，遂弯了腰肢，把高跟鞋脱去，套上了睡鞋。玲弟遂把高跟鞋拿着到床边去了。雨龙偷眼望着如兰的俏脚儿，真是扁薄得可爱，心里不免又荡漾了一下。

不料如兰的秋波又盈盈地逗到雨龙的脸上来，酒涡儿一掀，微笑着问道：“盖先生！我先问你，你的年纪很轻，不上学校里去读书，干吗却在做如此危险的工作，难道你的爸妈就不会阻止吗？”

“我和妹妹在中华中学读书，我今年可以毕业了，不过我对于正当的功课，虽然尚能努力，而在课余之暇，也喜欢活动一下。因为我觉得在这个时代里，一味读死书是没有什么用处的。我的父母固然不希望我在课外活动，可是这是不能阻止我的意向的。”雨龙很感兴奋地回答着。

“那么你今年是几岁了？”如兰想着他高中可以毕业，遂又低低地问他。但既问出了口，倒又有些难为情，两颊上飞过了一阵红。

“花小姐！你猜一猜？”雨龙望着她海棠吐艳的娇靥，憨憨地傻笑。

“那我怎么猜得着？唔！大概十五六岁吧！”如兰秋波脉脉地盯住着雨龙的脸颊，小嘴儿一掀，不觉嗤的一声笑出来。

“你还猜大了几年，我只有十二岁。”雨龙从她脸部的表情上看起来，知道她这一句话，是故想地在和自己开玩笑，遂索性更说得小了几岁。

“呸！正经的，你说，到底几岁了？”如兰见他虽然显得很认真的神气，不过谁相信他还只有十二岁，只就啐他一口，俏眼儿逗给了他一个娇嗔。

“正经的，我已经是十八岁的人了。你瞧我这人很老相吗？”雨龙见她含嗔的样子，实在妩媚到了极点。一面笑着说，一面把她直瞧了一个够。

“怎么不老相？瞧起来至少也有八十岁的年纪了。”如兰口里虽这么说，手指儿恨恨地却在雨龙额头上戳了一下。

雨龙是个情窦初开的小伙子，怎禁得如兰这样柔媚手腕的摆布，他的神魂有些飘荡起来。把她白胖的纤手握住了，抚摸着亲热了一回，笑道：“花小姐！恕我冒昧，你的青春多少？”

“我是你的姐姐，今年二十岁了。”如兰绯红了两颊说，她内心的热情已制不住它爆发出来。水样的媚眼，只管向他脉脉含情地瞟。

“谁相信你二十岁？最多不过十七岁罢了，你是我的妹……”雨龙的心是在荡漾，像春风吹动了微波那么地柔软着。他说到“妹”字的时候，又生恐她动气，因此把第二个妹字缩住了，望着她微微地傻笑。

“我真的二十岁了，年龄骗着你干吗？所以我是只能做你姐姐的了。”如兰的芳心中，也是同样地感到喜悦和甜蜜，一撩眼皮，也柔声地说着。

“那你真嫩极了，我无论如何猜不到你已经二十岁的了。”雨龙的明眸还是集中在她的脸儿上。如兰却啐他一声，噘起了小嘴，又笑又嗔地说道：“谁要你拍马屁！”

"我素来拍不惯马屁，真的，你绝对瞧不出有二十岁。假使我真有那么一个姐姐或妹……的话，那我是多么的快乐。"雨龙说到妹字的时候，使他想起自己确实有个像如兰那么美丽的云仙妹妹，所以他顿了一顿，虽然有些违背事实，但自己的目的，并非为了这一点，因此他还是那么说了下去。

"你这话可是真的吗？那么我就呼你为弟弟的了。但是我有那么一个顽皮的弟弟，我就觉得有些儿担心。……"如兰把手抬上去，按在他的肩胛上，她感到十二分的得意。

雨龙故作不明白似的神气，笑道："你担心什么？难道怕我，……"如兰不待他说下去，就娇嗔着道，"怕你怎么样？你说，你说……"

雨龙被她这么一来，倒又害怕了。绯红了脸儿，支吾着道："怕我欺侮你是不是？"如兰听他转变出这一句话，恨恨地打了他一下肩胛，却是吃吃地笑出声音来。

"我还没有欺侮姐姐哩！你怎么就打我了，你做姐姐的不是应该疼爱着弟弟吗？"雨龙被她打了一下，便偎在她的身上去，故作撒娇的神气。

"我把你救到家里，给你包好伤处，这样对待你，还不能算为疼爱你吗？只不过你能否像姐姐那样地疼爱我吗？……"如兰的身怀里经雨龙一偎，她顿时感到有股子热的电流通到血管里去，使周身的细胞都会膨胀起来。意欲推开他，但却又舍不得。两颊泛现了玫瑰的色彩，手臂半抱了他的身子，向他柔情蜜意地说着。

"当然，我明白姐姐不但是爱我的一个人，而且还是我的恩人。我怎么不爱姐姐呢？我在姐姐的面前敢大胆地说，我除了姐姐以外，从今不再爱第二个女人。”雨龙听她这样说，也觉得如兰确实是爱上了自己，否则，她以一个姑娘的身份，怎么肯让我一个年轻陌生的男子走进她的闺房里来呢？所以他是深深地感动着，两手搭在她的肩胛上，望着她粉颊儿嗤嗤地笑。

如兰听了他这两句话，心里真有说不出来的安慰，掀着笑涡儿，也许是乐而忘形的缘故，她伸张了两手，猛可把雨龙的脖子抱住了，笑道：“弟弟！你真的不再爱第二个女人了吗？”说到这里的时候，忽然内心有个感触，使她满腔的热情都冰冷下来。忽又叹了一口气，把雨龙的身子推开了，说道：“不能！不能！我决不能接受你这个纯洁的爱情。”

雨龙突然听她说出了这几句话，心头倒是吃了一惊。同时瞧她粉脸灰白的神情，更加莫名其妙。咦了一声，怔怔地问道：“姐姐！你这是为什么啦？难道弟弟有什么地方得罪了你吗？”

“不！并不！因为我想起了自己的身世，我不敢爱上你，因为我的良心在责备着自己，我不应该去迷惑一个有勇气的少年啊！弟弟！你可怜我，你原谅我，假使我把身世告诉了你，你也一定不会再来爱我的。”如兰说到这里，无限伤心陡上心头，眼皮儿一红，她背过身子，伏在沙发的臂膀上，忍不住抽抽噎噎地哭起来。

在这一片春情的空气中，突然刮起了一阵罡风，喜悦顿时变成了悲哀。雨龙望着如兰一耸一耸的肩儿，倒是愕住了一回子。暗想，奇怪得很！她到底是个怎么样的身世呢？为什么她要这样的伤心呢？因为如兰的美貌，在雨龙心中已有了一个不可磨灭的印象。所以他毅然下了一个决心，把如兰的娇躯抱到怀里来。安慰着她说道："姐姐！你别伤心，任你怎么样的身世？我总绝不改变爱你的初衷。你快不要哭，我给你哭得心也碎了。"雨龙说着，还把手指去抹她颊上的泪水。

如兰听他这样说，心里感激得不知如何是好。躺在他的怀里，泪眼模糊地望着雨龙挺俊美的两颊，说道："弟弟虽然这样真心地爱我，但我觉得深深的惭愧。我不敢欺骗你，我实在已是个少妇的身子了。"

"那么姐姐的丈夫在哪儿呀？"雨龙听她这样说，因为自己是个年轻的男子，所以大吃了一惊。立刻把如兰身子扶起来，他的脸色显出了无限的惊慌。

"弟弟！你别怕，我丈夫是已经死了。……"如兰淌着心酸的眼泪，话声有些儿颤抖的成分。她拉住雨龙的手，悄声儿地安慰着他。

"那么你应该全告诉我，你家里到底还有什么人？我在你的房中，不是太危险了吗？"雨龙有些寒心，他忧虑着此刻有人会撞进来，把他定个调戏良家妇女的罪名。

"你放心，家里确实只有我和玲弟两个人。"如兰见他要站起身子来的模样，遂正了脸色，很认真地安慰他。雨龙这才放心又坐下了，望着她花含细雨红逾润那样的娇靥，呆呆地似乎还等她说出一个详细来。

如兰当然也明白他的意思，遂把手儿揉擦了一下眼皮，低低地又道：“我是个命苦的女子，五六岁的时候，父母全都没有了，这里是我姑爹的住宅，也是我自小儿跟随姑爹姑妈长大的地方。在我十六岁的时候，姑爹就叫我和一个姓张的少年结婚，谁知不到一年，我丈夫就死了。翁姑视我为眼中钉，骂我为扫帚星，日夜责骂，后来甚至毒打。我吃不起这个苦，就回家来向姑妈哭诉。姑妈膝下因没儿女，所以把我领归，从此便和夫家在无形中而脱离了关系。不料过了两年，姑父姑妈都在那年发时疫症而逝，因此这一座房子内只剩下了我和玲弟两个人。姑爹生前也并没多少积蓄，而我虽有普通学识，但也不能作为生产的技术，所以我和玲弟两个弱女子真是一对可怜虫呢！”如兰絮絮地说到这里，泪水也不免夺眶而出。

雨龙这才明白了底细，皱了眉毛，沉思了一回。望着她满身珠光宝气的钻石珠环，很不解地说道：“你姑爹生前既没多少积蓄，但你身上的饰物不是都很珍贵的吗？”

如兰听他这样问，一时忘其所以然地答道：“唉！我老实地告诉你，这全是假的呀！”

雨龙听了这话，心头未免有些不悦，说道：“那你也太爱虚荣了。”

如兰被他这么一说，两颊顿时绯红。暗想，我何尝爱虚荣？还不如假装贵族小姐去引诱富家翁的吗？但这意思怎好向他说出口？心中一急，这就有了主意，便笑道：“你以为我爱好虚荣吗？其实那是为了面子关系。我从前一个同学，今天在国华饭店结婚，走拢来的贺客都是贵族小姐和太太，我既然不能推却去道喜，但也不能穿了很寒酸气味的衣服去吃酒，这在我还不是出于万不得已的吗?”

这几句话才把雨龙瞒住了，点了点头，说道：“原来你刚才是吃酒回来的吗？不过我们年轻的人，第一要紧的是朴素诚实，我希望姐姐以后别戴那种饰物，就是有钱的话，我们也不需要那些没用的东西。”

如兰听他这样说，因为自己是不诚实，内心当然感到无限的羞惭。遂伸手把自己颈项下那串珍珠猛可拉下来，掷在地上。正色地道：“聆君一席话，胜读十年书。弟弟！从今以后，我将跟着你一同俭朴起来。”

雨龙对于她这冷不防的举动，起初倒是吓了一跳，以为她故意作刁。及至听她说出了这两句话，不禁又喜欢起来，猛可握住了她的纤手，热诚地说道：“姐姐！过去的种种，譬如昨日死，未来的种种，犹如今日生。虽然姐姐已经是个少妇的身子，但是我还把姐姐当作姑娘那么看待。好在你现在是自由的，并不受任何人的约束，那么我仍旧有爱你的资格。姐姐！你别心灰，你不要自视太低，死了丈夫，而又遭翁姑的虐待，这是非人的生活，我们不能为了旧礼教的束缚，而丢送了自己的一生。所以只要立志光明正大，姐姐可以并不用表示一些儿惭愧的。”

雨龙这一篇话给予她不少的勇气，她在茫茫的黑暗之中，又摸索到一线光明。她的眼眶子里是充满了泪水，紧紧地摇撼着他的手儿，说道：“弟弟！我今后的幸福，全是你的所赐。”说时，泪水却在颊上挂了下来。

雨龙知道她是感动得太厉害了的缘故，遂偎着她身子，柔声儿笑道：“姐姐！你别孩子气，我始终是爱你的一个人。”如兰到此，情不自禁把整个的娇躯都倒入玉龙的怀中去了。两人正在郎情若水妾意如绵脉脉地温存的当儿，谁知玲弟端着两杯咖啡茶走上来了。她见小姐和盖少爷这样亲热的神情，心头像小鹿般地乱撞，使她脑海里不免想起阿青的容貌来，虽不及盖少爷的俊美，却也有英武的气概。

两人听有走路的声音，慌忙坐正了身子，回眸望去。见了玲弟出神的意态，大家都感到不好意思，不免红晕了脸儿，瞅了她一眼。玲弟嫣然一笑，把咖啡茶送到两人的面前。

喝过了咖啡茶，时候已经是十二时多了。雨龙便站起告别，如兰虽有留他宿一宵的意思，但羞答答的却是说不出口。倒是玲弟说道：“盖少爷！外面雨依然落得很大，这儿既讨不着街车，又没有雨衣可以借给你，就是凭了一柄小小的伞，恐怕也是无济于事的。所以我说，假使盖少爷家里不会着急的话，就宿了一夜去吧！”

如兰听玲弟代替自己说了，心里好不欢喜。遂把秋波盈盈地斜乜他一眼，娇媚地一笑，说道：“弟弟的意思怎么样？”

雨龙听着窗外的风雨声音，真是落得很大，但睡在这儿，孤男寡女，究竟不便。况且我家里妹妹也要着急的，因为我和云仙同睡一室，她见我整夜不回，岂不是要焦急死人了吗？于是他摇了摇头，说道：“恐怕母亲要记挂，我向你借柄伞戴一戴是了。”

如兰听他这样说，当然不好强留，遂在衣钩上给他拿下那件西服上褂，亲自给他穿上了。雨龙回身握了她的手，摇了一阵，笑道："多谢姐姐！过几天我一定再来拜望你。"

如兰明眸中含了无限情意的目光，逗了他一瞥，点头说道："姐姐那颗寂寞的心，是极其需要弟弟来安慰的。"这时，玲弟把伞取来，交给雨龙，于是三人匆匆地走下楼去。

如兰和玲弟送雨龙走后回到楼上，玲弟见小姐呆呆地似乎在想什么心事般的，遂微笑着说道："小姐！你真爱上他了吗？那么明儿盖大爷来望你，你怎么样地应付他呢？"说到这里，忽然若有所悟，咦了一声，笑道："这就凑巧了，怎么他们两个人全是姓盖的，莫非他们是一家人吗？"

如兰起初倒也没有理会这些，今被玲弟一提，仔细想一想，果然盖季常和盖雨龙大家都是姓盖的，这就蹙起了眉峰，沉吟了一回，笑道："难道他们真是一家人吗？那就有趣了。我这人也糊涂，和他话倒说得许多，却并没有问一问他爸妈的名字，做什么事业的。这些我竟忽略过去了。"

"好在过几天他还会来望你的，小姐！你怎么把那串珍珠抛在地上呀？"玲弟说到这里，忽然瞥见地上那串珍珠，遂连忙拾起，把话锋又转变了。

"你给我藏起来，这些东西我都不要戴了。"如兰听她这样问，把珍珠耳环、宝石钻戒等饰物全脱下来，交到玲弟的手中去。

玲弟见了小姐的举动，呆呆地发怔，说道："那是为什么缘故？"

如兰笑道："你不知道，这是雨龙的意思，他的意思是对的，今后我又得到光明的前途了。”

玲弟见小姐这样倾心于盖少爷，便望着她四月里蔷薇那样的两颊，笑道：“那么你又改变方针了，不爱金钱了吗?”

“金钱买不了青春，青春是无价之宝，况且他是个热血的青年，太令人感到可爱了，我忘不了他，他也忘不了我，因为打今晚起，我俩的心确实是合在一块儿了。”如兰听玲弟这样问，遂情不自禁地把心眼儿里的话全都赤裸裸地嚷了出来。

玲弟想不到自己到楼下去煮了两杯咖啡的工夫，小姐和盖少爷的感情竟浓厚得这一分儿的程度，一时忍不住噗地笑出声音来，说道：“这样说来，小姐是非他不嫁的了。不过金钱也未始不是一样好东西，假使那个盖博士来拜望小姐的时候，你也千万别放松他，因为世界上唯有这一种人，在女人身上会情情愿愿花费大钱的。”

如兰红晕了脸颊，啐她一口，笑道：“得了罢！在你身上有几个人花过大钱的？你就知道得这么详细。”

玲弟两颊也红起来，笑道：“我是正经话，小姐就拿我开玩笑，有谁肯在我身上花大钱，除非是小姐的了。”

如兰听了也不禁好笑起来。骂了一声痴丫头，胡说白道地尽乱嚼。因为时已不早，主婢两人，也就各道晚安，脱衣就寝。

次日午后，如兰吃过饭，见天空中的雨兀是不肯停止，心里暗暗记挂雨龙，不知昨夜回家时雨把他淋得如何样儿了呢？谁知正在这时，一阵马蹄声嗒嗒地响到了门前。如兰希望雨龙来了，所以情不自禁地跨到石级上去。不料瞥眼瞧见的并非别人，却是昨晚戏院里遇见的盖季常。想不到这样的大雨，他真的会来瞧望自己，这也真可谓诚心诚意极了。一时想着玲弟的话，她眸珠在长睫毛里一转，掀起了酒涡，笑盈盈地招呼他了。

四、甜蜜未留痛苦忽至

盖季常牵了马匹，挨近铁栅门的旁边，探首向里面张望了一回，心中正在踌躇不决。谁知屋子里却有个如花如玉的姑娘，笑盈盈地奔出石级来。同时还柔声儿地呼了一声盖季常博士，这是出人意料之外的，使季常的心里未免有些惊喜欲狂。这就放大了胆子，牵马进来。向如兰很恭敬地行了一个鞠躬礼，微笑道："好大的雨，您小姐怎么知道我叫盖季常的?"

花如兰听他还要明知故问，假惺惺地作态，遂也撇开了昨夜戏院里相遇的事情，一撩眼皮，噗哧地笑起来，说道："您盖博士的大名，我们年轻学子，是早已如雷贯耳的了，哪里还有个不知道的吗？难得您这样大雨请过来，里面坐罢!"

就在这个当儿，玲弟也匆匆出来，如兰吩咐玲弟照管马匹，便请季常到会客室里去坐了。季常在踏进会客室的时候，心里可就暗想，原来这位姑娘也知道我是教育界中有名的人物，那么她一定也是个学校中人了。

"盖博士！你快把雨衣雨帽都脱下了。"如兰却回过身子，向他笑盈盈地说着。季常点了点头，把雨衣雨帽脱下，如兰早已接了过去，亲自给他挂上衣钩。

季常在她回身的时候，弯了弯腰肢，含笑说声：“劳你的驾。”如兰把手一摆，显出很大方的神气，说道：“盖博士！你别客气，请坐罢！”

季常见她待人接物，如此和蔼可亲，心里愈发敬爱。虽然身子是在沙发上坐下了，但他两眼却兀是在她脸儿上滚来滚去地瞧个不停。觉得如兰今日的装束与昨晚所见的又大不相同，昨晚上仿佛是一朵艳丽的牡丹，灿烂无比，令人心醉神迷。今日不但服饰朴素，而且淡抹脂粉，清雅脱俗，真像一朵幽香的兰花，芬芳扑鼻，更使人神魂颠倒，几乎不克自持呢！

如兰见他目不转睛的样子，倒不禁又为之嫣然娇笑，索性在他身旁坐了下来笑道：“盖博士！你那努力于教育事业的精神，确实是我们年轻人的模范，令人敬仰之至！”

季常在她坐下的时候，闻到一阵细微的幽香，这幽香使季常已经有些神魂飘荡，怎禁得如兰再如此柔语称赞？季常在这受宠若惊之下，不免有些脸颊发烧，忙回眸望她一眼，也笑着说道：“承蒙你这样褒奖，倒叫我感到不好意思。你小姐尊姓？今日冒昧前来，我感到有些孟浪，请你不要见怪是幸。”

如兰见他一味地假装含糊，当然是为了避免特地而来的难为情，遂微笑道：“你这话太客气，像盖博士那么一位有名的人物，就是请他到家里来，恐怕也很难哩！如今居然大驾降临，那真是我的光荣，怎谈得到孟浪两字呢？不过我姓什么，盖博士是应该猜一猜的？”如兰后面这两句话未免近乎滑稽，她秋波斜睨着季常，抿着小嘴儿嗤嗤地憨笑。

季常当然也有同样的感觉，不禁愕然了一回。但从她憨然娇笑的意态上看来，分明知道她是含有些神秘的作用。这就两颊一阵发烧，那颗心儿忐忑地跳了起来。虽然内心是感到极度的不安，但他表面上总不得不镇静了态度，笑道："你这话真有趣，姓字比不得年岁和其他的，这怎么能猜得到呢?"

"别人当然猜不到，但是你也许可以猜得着的。"如兰转着灵活的眸珠，兀是媚人地娇笑。

季常对于她这两句话，愈加感觉到神秘起来。一时面红耳赤，几乎弄得无话可答。心中暗想，我自做教授以来，所教学生不计其数，学生所问，从来没有回答不出的话儿，想不到今日却是语塞了。但不说话也不是个道理，遂忙又说道："你怎么知道我是猜得着的?难道我和你有特殊的关系吗?"季常虽然这样问，但却有些冒险性质，万一那姑娘把昨夜阿青说的话老实告诉出来，那叫我不是羞得无地自容了吗?所以他望着如兰可人的娇靥，心里是怀了鬼胎。

如兰见了他那种局促的情景，也知道他是够受的了。遂不便使他过分地难堪，一撩眼皮，噗地笑道："盖博士!你忘记了吧!从前我在学校里的时候，常常喜欢听你的演讲，记得我们在中华中学的时候，不是天天有见面的机会吗?后来我转了学，所以便疏散了。"

季常听她这样说，心中方才落了一块大石。不禁哦了一声，把她脸儿又细细地打量着，说道："那么照你说来，我们是曾经做过一度师生关系的。不过我所教的学生实在太多，所以对于你的姓名完全记不起了。”季常口里这么说，心中却在暗暗地想，难道这位姑娘真的做过我学生吗？不过也是可能范围之内的事情，人家怎么会冒认呢？

如兰听他这样说，便嗤地笑道：“那么我就告诉你，我姓花名叫如兰，这么一提，你也许记得了。”

季常见她说完了后，便吃吃地笑，笑得非常的可爱，心里未免荡漾了一下。说道：“花如兰……”说了三个字，皱起了眉毛，故作沉思的样子，忽然又道：“哦！是了，不过你那时候一定还幼小，没有像现在那么越发长得美丽了。”

“真的吗？盖博士一定说反话。”如兰把手搭在季常的肩上，掀着酒涡儿嗤地一笑，显出孩子似的淘气的样子。

季常神魂有些飘荡起来，他内心感觉是糖样的甜蜜，忙说道：“真的，我说的完全是实话，花小姐！你的美丽真有些像我的侄女儿。”

“盖博士！你怎么占我的便宜？”如兰明眸脉脉地掠他一下，露齿嫣然地笑起来。

“花小姐！你别误会，我的侄女儿和你的脸儿确实差不多，只不过年龄小几岁。”季常正了脸色，很认真地告诉着。

“盖博士！你怎么知道我的年龄比你的侄女儿大呢？”如兰觉得他这一句话是露了马脚，遂瞟他一眼，加紧地问了下去。

“我的侄女儿还只有十六岁，我想花小姐的年龄总还要大几岁吧！”季常听她这样问，心里也有些理会到，两颊不免浮现了一层红晕，慌忙很随便地回答着。

如兰噗地一笑，说道：“本来你是我的教师，教师和自己父母差不多，盖博士假使喜欢的话，我倒愿意跟你认个干爹。”

季常听她这样说，不觉有些儿心灰，但他还是存了亲热的希望，摇头笑道：“花小姐不是离开学校很多年了吗？我们撇开师生的地位而说，我们就不妨认个朋友，至于收你做干女儿，那我可有些不敢当。”

如兰当然也明白他内心的意思，笑了一笑，遂不再说下去。这时玲弟端上两杯咖啡茶来，她的俏眼儿向季常望了一眼，故作惊讶之色，笑道：“这位大爷好生面熟，似乎在哪儿曾经瞧见过了。……哦！哦！昨晚银宫大戏院里，大爷不是也在瞧戏吗？”

季常被玲弟这么一说穿，两颊立刻又涨得绯红。只得讪讪地笑道：“昨晚的弟媳妇请客，银宫里的确真的在瞧戏，但是我却没有注意到你们。花小姐！昨晚你们也在银宫吗？”季常说到后面，回眸望着如兰的粉脸，故意又这么地问了一句。

如兰笑着点了点头，一面接过咖啡杯子，一面向玲弟说道：“这位是盖季常博士，从前我在他那儿曾经读过书的。今天难得到我家里来，晚饭一定吃了去，你去厨房里烧几样好的菜吧！”

“晚饭我是不吃了，花小姐！你千万别客气吧！”季常虽然是满心欢喜，但口里还是虚伪地客气着。

“这样大风大雨，盖大爷特地来望我的小姐，晚饭是一定要吃了去的。……”玲弟抿嘴笑了笑，秋波逗给他一个含了神秘意思的媚眼，身子又匆匆地奔出会客室去了。

季常的心儿跳得快速一些，两颊的感觉，是热剌剌的，他望了如兰一眼。不料如兰的明眸，也掠在季常的脸上，微微地笑。因为是心虚的缘故，所以使季常的心里更感到局促不安起来。在这样情景之下，他简直感到有些儿痛苦了。

“盖博士！你怎不喝咖啡？冷了就不好喝。”如兰见他低了头儿，仿佛有些羞人答答的样子。遂把茶几上那杯咖啡端来，亲自递到他的手里去。季常见她如此温情的意态，一面含笑接过，一面对于如兰的倩影，在他心坎儿上更刻了一个不可磨灭的印象。

两人静静地喝着咖啡，四周的空气是显得分外的沉寂。只有外面的雨点，依然洒洒地很调匀地落着。如兰放下玻璃杯，回眸瞟了他一眼，微笑道：“我听说盖博士从前也是个大家庭，兄弟姐妹很多吧！”

“我一共三兄弟，二弟仲良，三弟文魁，他们都娶了妻子，两家小孩算起来一共有十个。所以我一回去，喊大伯的声音，几乎震耳欲聋，真是热闹得了不得。”季常听她这样搭讪着，遂也放下杯子，很喜悦地回答着。

“那么你的夫人没有生育过吗？”如兰纤手掠了一下鬓间的云发。凝眸含颦地望着他。这句话当然是故意发问的。

“这个……花小姐难道没有知道吗？我自海外留学回国，一心努力于教育事业，直到现在，还没有结过婚哩！”

季常听她这样问，已经苍老的面皮上，不由自主地也浮现了一些青春的色彩。低低地告诉了这几句话，他已有不胜羞涩之态。

“哦！原来盖博士还不曾结过婚，为事业而牺牲了恋爱，这种精神确实令人佩服的。”如兰佯作还只有知道般地哦了一声，脸上显出很惊异的神气，但嘴角旁还是露了一丝诱人的笑意。

季常对于如兰这次的赞美，却是鼓不起什么兴趣，他并不作答，反而深深地叹了一口气。如兰很不解似的笑道：“为什么你很感伤的样子？你不是还年轻吗？”

如兰这些话至少是含了一些吗啡的成分，把季常那颗颓唐的心，刺激得兴奋起来。望着她倾人的脸蛋，笑道：“花小姐！你不觉得我已经苍老了吗？”

如兰见他惊喜的神情，不免嗤地笑道：“也不见得怎样苍老，再说你的心一定是很年轻的，因为你不是还没有结过婚吗？”

季常被她这两句话撩拨得愈加情动起来，他红晕了两颊，很想向如兰求爱，但自己究竟是个博士的地位，在一个初次见面的年轻姑娘面前，似乎太失了自己的身分。因此他向如兰微微地笑道：“花小姐这话就不错，我的心确实很年轻，有时候我还常常喜欢干那冒险的工作。”

“所以我说不管年老年轻的，最要紧的是要有精神，像你那种的精神，确实是很令人佩服的。”如兰俏眼儿瞟他一下，把那杯咖啡凑到嘴边，微微地又呷了一口。

季常见她的神情并说话的口吻，处处是显出十二分的崇仰。一颗心儿，真是有说不出的甜蜜。遂把杯子里的咖啡一口气喝完了，在茶几上放了杯子，回头说道："花小姐！虽然我俩的年龄差得多了些，但是我们的性情却很相合，一个人最难得者就是情投意合，今承花小姐如此殷殷招待，我实在非常感激。所以我很想和花小姐做进一步的认识，多知道一些关于花小姐的身世，不知你肯告诉我吗?"

如兰把雪白的牙齿，微咬着鲜红的嘴唇皮子，默默地似乎在想一回心事。今听季常这样说，遂把眉毛儿紧锁起来，轻轻地叹口气，脸上浮现了哀怨的神色，说道："盖博士！说起我的身世，实在是怪可怜的，父母是都没有了，如今家中只剩了我和丫头两个人，思想起来不是叫人伤心吗?"

"那么你现在还读书吗?"季常见她眼皮儿红红的，有些楚楚动人，遂柔声地问她。

"我还是去年辍学的。"如兰把手背拭着眼皮，意态还带有些儿稚气。

"假使你喜欢继续求学的话，我绝对可以帮助你。"季常觉得这是一个赐恩于人的好机会，他望着如兰秀丽的面庞，很诚恳地说。

"年轻的人，对于读书是没有一个不喜欢的。不过我爸死下来的产业都被一个远方的叔父吞没了，如今他已远走高飞，我对于生活还正欲没法，哪里再有心思读书呢？所以盖博士的一番美意，我也只好谢谢的了。"如兰听他愿意帮助自己读书，觉得这也是一个机会，遂临时编个谎，絮絮地说得那么的委婉动听。

“听你这几句话，可见并不是不爱读书，因为被生活所累的关系。这样就容易解决，花小姐！我们说得亲热一些儿，仿佛是兄……妹一样，所以对于你的生活，我倒可以给你负完全的责任。好在开学还不多几天，这学期你还可以去读书呢！至于你哪一个学校，这倒随你挑选的，你是中学的程度，像中华，燕华，京华，这三个学校就任你喜欢好了。”季常听她婉言谢绝了，心里很为扫兴。不过细思她所以谢绝的原因，是为了生活没着落的关系，那就好办。季常这就又喜欢起来，向如兰低低地说，说到兄妹两字的时候，他自己也感到有些肉麻，因此顿了一顿，把语气特别地放低，很快地含糊过去。但说到末了，他又显出很真挚的意思，两眼凝望着她，似乎欲等她一个圆满的答复。

如兰是个聪敏的姑娘，对于他这初步的追求，当然是很明白的。她在经过一度思虑之下，满心是充满了喜悦的成分。遂猛可站起身子，向季常深深地鞠了一躬，又道：“盖博士如此热心见爱，那真是我的重生父母了。我想中华中学创办得很好，我一定拣定中华是了。”

季常见她答应下来，心里真是乐得不知所云，便忙也站起身子，趁势握了她的纤手，说道：“花小姐！你说重生父母的话，太过分了，我如何敢当？那么你准定到中华中学插班去，明天早晨九点钟我在那边等着你，你一定要来的。”

“你这话有趣，有书读还不喜欢吗？当然准时到的。”如兰掀着酒涡儿，很得意地说。同时把左手中那只玻璃杯放在茶几上，拉了季常，显出孩子那么的神情，笑着又道：“盖博士！我们到楼上去坐一回好吗？”

季常见她对待自己的态度，也可谓是亲热到了极点，一时心儿的喜悦，真像春风吹动水波那么的荡漾。点了点头，身子就跟着她走到楼上去了。

在跨进楼上房中的时候，季常想不到竟是她的卧室，他感到有些意外的惊喜。回身紧紧握住了她的手，笑道：“花小姐！你竟不当我为外人了。”

“盖博士！你既负担我的一切，你这一分儿的恩情，不怕你厌憎的话，你真像我的爸爸一样，我怎么还敢把你当作外人看待呢？”如兰很感激地说。

季常本来满心是充了甜蜜的滋味，今听她这么一说，倒反而感到有些失望，摇头说道：“花小姐！你不是说我的心还很年轻吗？那么你别把爸爸的比方来称呼我，难道除了父女的亲热外，就没有别的称呼了吗？”季常虽然是大胆地说出来，不过心是跳跃得厉害，他的两颊也跟着感到有些热躁。

如兰听他这么说，粉颊浮现了胭脂的色彩。乌圆眸珠转了转，露齿嫣然地笑道：“那么照你的意思说，我该怎么样的说法来感激你呢？”

如兰真也淘气得可爱，这句话竟把季常给问住了。虽然他回答的话就在喉咙间，然而他却始终不好意思说出来。支吾了一回，方才说道：“这些儿帮忙，我说是用不到感激的，因为我们年纪还轻，将来互相帮忙的时候正多着呢！花小姐！你说是不是？”

如兰听他说我们年纪还轻的一句话，心里真感到好笑，但也只好抿了嘴儿，点了点头，说道："不错！那么我以后不再说这些话了。盖博士！好吗？"

"好是好的，这儿我尚有个请求，以后最好请你不要叫我博士好吗？"季常点了点头，望着她忍不住又好笑着说。

"那我就呼你盖先生吧！盖先生！你请坐，房间是脏得很的。"如兰一面含笑说，一面请他在沙发上坐下了。季常坐在席梦思上，望着室内的摆设，倒也颇为富丽堂皇。对面壁上有三张镜框，框子里都是如兰的小照，一张坐着，一张立着，一张半身的，微昂了粉脸，做个仰望之势，浅笑含颦，美目流盼，堪称国色天香。

季常暗暗地正在赞美，如兰笑盈盈地又送来一支雪茄烟，说道："盖先生一定吸烟的，你瞧我这人好糊涂，自己不会抽烟，就往往容易忘记拿烟敬客的。"季常含笑接过了，如兰亲自给他燃了火，季常说声多谢！如兰却水盈盈逗给他一个娇嗔。

季常这一下午是完全陶醉在如兰柔媚的手腕下，他已忘记了时间，他已忘记了一切，他只希望和如兰永远永远地相聚在一室，不要分离。

季常在这样依恋不舍的情景下，结果，他当然是吃了晚饭走的。临走的时候，如兰又亲自给他披上雨衣。季常握了她手，很温和地说道："花小姐！明天不管雨下得这么大，你一定要来的，我等着你，知道吗？"

如兰点头答应，送着季常走出。谁知刚步到院子，就有一道银光，从天空直照射下来。如兰抬头一望，不但雨已停止，而且浮云堆中，钻出一个挺大的月亮，皎洁无比。一时哟了一声，笑道：“想不到天已晴了呢！”

“本来落了一整天的雨，也是罕见的了。花小姐！那么明儿见吧！”季常说着话，已解了拴在树上的马缰绳，跨身骑上，回头向如兰一招手，他把丝韁放松，那马就踱出铁栅门，向前飞跑了。

季常回到家里，阿青早已迎出来，把马牵住，让大爷跳下。便含笑问道：“大爷一下午都在花小姐家里吗？晚饭是不是她那里吃的？”

“不是，我从花小姐家里走出，又去瞧望一个朋友的。”季常不好意思说是的，所以他又圆了一个谎。

阿青因为自己是个介绍人，似乎对于这件事一定要知道详细一些，便不立刻走开，又问道：“那么花小姐招待大爷还客气吗？”

季常现在因为不需要阿青了，所以他又摆出大爷的架子，说道：“你啰唆什么？快去喂料给马儿吃吧！”说着，便匆匆地步进书房里去。阿青牵着马匹，把嘴儿向他一噘，恨恨地向他背影扮个鬼脸，也只好把马牵到马槽里去。

季常在书房里脱了雨衣雨帽，在沙发上坐了一回，因为刚才在如兰那儿曾经喝过一些酒，全身是觉得怪热燥的。他嫌室中的空气太沉闷了一些，于是站起身子，慢慢地踱出了书房门口，走近走廊前卍字形栏杆的旁边，迎着春天里微微的风，使他那颗心儿更感到异样一些。

那丛竹的杆子儿是挺直的，上面盖了黑越越的竹叶，被晚风一阵阵地吹送，那枝叶儿是不停地摇摆着。奏出来的声音是婆娑地作响，很调匀的，仿佛有种催眠术似的，尤其在静寂的夜里，听了那种声响，心头慢慢地会感到清净，像脱离了烦恼的浊世一样。

天空中还有几朵水云没有散去，但大部分都显得很碧青的了。经过暴雨洗击后的月儿，那脸容更晶莹莹的可爱。照着池塘的上面，好像池水上倒泻了一片水银，一圈圈，一点点，闪闪烁烁，耀人眼目，蔚为奇观。

季常凭栏远眺，抬头仰望明月，觉月中映现了一个姑娘的娇靥，浅笑含颦，令人醉心。他心里是说不出的甜蜜和喜悦，他掀起了嘴儿，不禁嗤嗤地笑起来。

谁知这时候，阿青从竹丛后面绕过来，走路的姿势是很急促的，仿佛有什么事情一般。季常瞥眼瞧见，遂喊住他道："阿青！什么事儿？走得这样急。"

阿青听了喊声，便抬起头来，见大爷倚着栏杆旁边，遂止了步，就告诉着道："我忘记报告了一件事，刚才军法处处长曾经有电话来，说有事情要跟大爷面谈。我说大爷没有回来，他说大爷一回来，就请他上军法部里来，大爷此刻到底去不去？"

季常忽然听了这个消息，眉毛儿不禁深深地锁起来。心中暗想，有什么好事情，左不过是借款子罢了，遂淡淡地说道："晚上不高兴去，要去也得明天了。"不料话还未完，室中的电话铃又响起来了。季常遂离开栏杆，匆匆走到室中的电话机旁，握起了听筒，凑在耳边，只听那边有个山东口音的说道："这儿是盖公馆吗？叫你们大爷听电话。"

这口吻季常听出就是处长赵大虎的声音，遂忙答道："你是赵处长吗？我就是盖季常，听说你已经来过电话，齐巧我出去了，真抱歉得很！不知老兄有什么见教吗？"

"有些儿事情跟兄台商量，最好你此刻就请过来，要不咱放汽车来接你。"赵处长的声音是相当的洪亮，季常忙把听筒拿开一些。眉毛虽然是蹙着，但嘴里还笑嘻嘻地说道："不用，不用，那么我准定此刻就来吧！"

"很好！咱在这儿恭候着你。"季常听他说完这两句话，把电话就搁断了。遂也放下听筒，搓了搓手，心里有些怨恨。

"大爷！谁来的电话？"阿青走过来，望着季常不悦的神色，低低地问。

"断命又是那个赵老虎，你吩咐阿贵备车吧！"季常抬起头来，懒懒吩咐着。

阿青知道大爷今夜再去会客是出于不得已的，遂也帮着骂声："讨厌鬼！穷鬼！尽看相大爷的钱财。"说着，便匆匆地走出去了。

待季常披了大衣，步出院子的时候，阿贵早已备车等候。阿青拉开车厢，给季常跳上，然后砰的一声关上了车门。他自己坐在阿贵的旁边，汽车便开到军部里去。

军部的大门口是比监狱的门口还防备得严密一些，二十步以外就放有了四个掮枪的步哨。门口两旁更站着八个兵，挺胸凸肚，是分外的神气。汽车到了门口，就有一个兵士上来询问，季常递过一张名片，那兵士接过一瞧，立刻双脚一并，手儿加在额上，行了一个军礼。接着一声吆喝，那大铁门便开起来。阿贵遂拨动机件，慢慢地开着进去。

阿青偷眼望着两旁八个卫队，把枪都举得高高的，身子仿佛泥塑木雕般的动都不敢动一动的。这样声势威吓之下，在常人不免要心惊肉跳，但阿青跟随季常，这种情景，时常遇见，所以也不足为奇。

汽车在院子停下，就有卫兵前来开门，迎接季常下车。阿青跟着季常，步上石级，沿路卫兵站着，无不举手行礼。阿青在外面一间停住，他是进不得处长室的，所以他瞧着大爷随了一个卫兵走进处长室去。

季常步进室中，卫兵便即掩门退出。赵大虎坐在写字台旁边的转椅上，见了季常，便站起身子，未说话之前，先来了一个哈哈，说道："盖老兄！好久不见了，请坐请坐。"他说着话，已到季常面前，和他紧紧地握了一阵手。

"我常想来拜谒，又恐误了老哥公务，所以不敢造次。数月不见，你的脸儿又发胖得多了。"季常在和他握过一阵手之后，便也含笑向他搭讪着。赵大虎听了，却又呵呵地大笑。一面和季常在长沙发上坐下，亲自递过一支烟卷。季常在身边摸出打火机，先给他燃着了火。这时勤务兵也送上两杯香茗，悄悄地退了出去。

"赵处长今日唤小弟到来，不知有何贵干?"季常吸了一口雪茄，喷了烟气之后，方才望着一脸横肉的赵大虎，低低地问。

"这事情完全是关于老兄的生命财产的，孙将军愤怒得了不得，倒是咱说这不关兄台的事，不过总有些关系。"赵大虎右腿搁在左膝上，还微微地摇摆着，这种坐的姿势是相当的悠闲。他望着季常清癯的两颊，却是浮现了得意的笑。

“什么？赵老兄！我难道干了犯法的事情了吗？”这消息骤然听到季常的耳里，顿时大吃了一惊，两手抖了抖，那支雪茄却是掉到地下去，脸儿变成灰白的颜色。

“不！不！你别怕，事情总有办法的。”赵大虎见他吓得这个样儿，便笑得更有劲一些。俯过身子，拾起了雪茄，仍旧交到季常的手里去。

季常接过雪茄，也忘记了道谢。他脸部惊慌的神色，并不因为他安慰而稍转平和。皱起了双眉，还是急急地问道：“赵老兄！你快快地告诉我，到底是怎么一回事？”

赵大虎笑了一笑，很安闲地呼了一口雪茄，慢吞吞地说道：“昨夜侦缉队在胡同第十三弄里破获了一个乱党机关，那时有许多年轻小伙子在里面开会，他们发觉了侦缉队后，便击破灯泡，四周乱逃。结果，只捉获了五个叛徒。审问之下，在他们口供中知道令侄雨龙也是其中一份子。你想，孙将军得悉之下，岂不是要大发雷霆了吗？在他的意思，本来今天就要派兵前来捉拿，后来我劝他息怒，且先问了盖老兄再做道理。因为老兄对于咱们，素有照顾之功，咱们也不能不给些面子，孙将军这才罢了。今晚咱请老兄前来，就是为了这个事情。”

季常听他说完，脸儿突然变色，上下排牙齿几乎格格作响，恨恨地骂道：“小畜生胆敢做此不法之事，那还了得！赵老哥！舍侄加入乱党之事，小弟委实不知，这事还请老哥向孙将军前委婉陈说，小弟实在感激不尽。”

赵大虎见他又气又急的样子，便点头说道：“咱明白老兄是个忠实的人，所以才竭力向孙将军劝他别有野蛮的举动。现在咱对老兄说，你明天把令侄带到军部里来，咱瞧在老兄的脸上，同时念他年轻不懂事，被人诱惑所致，姑且饶他一次，叫他写一张悔过书，便什么事情都没有了。”

季常这才透了一口气，心头仿佛落了一块大石，连忙站起身子，向赵大虎深深地鞠了一个躬，谢道：“全仗大哥照顾小弟，小弟遵命将舍侄带来，任凭处罚，实在大幸。”

赵大虎哈哈地笑了一阵，把手连连摆了摆，说道：“自家兄弟，何必多礼，老兄！你请坐！你请坐！我还有许多话跟你谈哩！”季常听了，心里是怀了鬼胎，但也只好坐了下来。愁容满脸的，望着赵处长的脸儿发怔，似乎等待他说出以下的话儿来。

“这个雨龙不知是你第几个兄弟的儿子，今年几岁了，他在读书还是在做事？平日行动，你们都不注意他的吗？”赵大虎伸了两指，捻了一下人中上的胡须，从嘴里喷出了一口烟气，凶锐的目光，逗了他一瞥，很认真地问着。

“雨龙是二弟仲良的大儿子，今年才十八岁，他在中华中学读书。平日一举一动颇为忠实朴素，且安分守己，十分小心，就是学校里的功课也很努力，我瞧他不像是个犯法的人，不知有人会诬告他吗？”季常一面告诉着，一面心里开始有些怀疑。

“是同党招出来的，焉有不确实的道理？令弟现在在做什么事业？他身为一家之主，竟教导出这样一个不法的儿子。若照孙将军的意思，恐怕连令弟的性命都要发生危险了。”赵大虎听季常这样说，心里颇不以为然，态度更加严肃了一些，脸上似乎含有了一股子杀气。

“二弟坐守在家，却没有什么事业在干。至于舍侄的加入乱党，二弟也并不知道，否则，他如何肯纵容他呢？如今这畜生既有本领加入乱党，赵老兄只管可以把他办一下，因他的不法，岂不是父老也要被他连累在内了吗？”季常见他有些恼怒的样子，只好忍气吞声的，把满腔的愤怒都出到雨龙的头上去了。

其实赵大虎所以说这几句话是另有作用的，今听他说二弟坐守在家的话，心里仿佛泼了一盆冷水，蹙了眉尖，说道：“那么他一家的生活都是你在负担吗？”

“虽然不是我完全负担，但多少每月总要补助他一些。因为二弟孩子最多，开支最大，这是没有办法的事情。唉！”季常低低地回答着，同时又长长地叹了一口气。

“这就岂有此理，既然令弟的家用如此浩大，他为什么不去办些儿事呢？”赵大虎听了，心里着实有些儿生气，很严肃地又问。

“因为二弟身体衰弱，并且找事也非易事，所以暂时休养在家。”季常生恐仲良吃亏，所以和平了脸色，又不得不给他辩解着。

“老盖！像你那么的哥哥真也好得不能再好的了，你有义气，我很敬佩你。那么你明天准定把令侄带来，给我感化他一番，你不知道这种年轻的人，都是被外界利用着，其实他们知道些什么？”赵大虎说着话，身子已站起来，一手反绑着背后，一手拿着雪茄，凑在嘴边，这举动当然有些催客的意思。

“可不是？这孩子真没有头脑，我回去也要关照二弟，好好儿非教训他一顿不可。”季常是很明白的人，他的身子随着话声儿也站起来。他后面这两句话，至少是卸脱自己一些干系的意思，因为他想雨龙可不是我的儿子，为什么不找他的爸爸来谈话，却偏要来找我，还不如趁此想压榨我一些钱财吗？

可是赵大虎比他更聪敏一些，脸上很阴险地笑了一笑，说道：“你虽是他的大伯，但却也是他的校长。雨龙的不法，一半是父亲和大伯的责任，一半还是校长的责任，所以老兄倒不能以第三者的立场来视这一件事，因为孙将军的脾气你是知道的。万一他动起怒来，连我都感到为难。所以您老兄要明白，我可完全是一片好意。”

“这个当然，这个当然，小弟决不是个不知好歹的人，凭着过去我俩的友谊而说，彼此的性情还有个不知道吗？赵大哥！这件事得能大事化小，小事化无事，小弟心头感激着就是了。”季常听他这几句话，心头真是大吃了一惊。暗想，我的干系是脱不了了。因此立刻转变话锋，并且还连连地弯着腰儿。

赵大虎这才又呵呵大笑起来，说道：“盖老兄！你不用和咱客气，咱和你之间是用不到客气两个字的了。”说着伸手和他紧握了一阵。这儿早有侍卫开了室门，季常跨步走出，在门口还回过身子，向赵大虎深深一鞠躬，表示敬意。

阿青见大爷出来，便忙站起侍候，两人步到大厅，早有卫兵给他拉开车厢，让他们跳上，同时还行了一个军礼。接着汽车慢慢地开出了司令部。阿青回眸偷望季常的脸色，很不好看。神情更显出痛苦的样子，吸着那半截的雪茄，连连喷烟。两眼呆滞地望着满车厢的烟雾，似乎在转什么念头。阿青有些忍耐不住，遂低低地问道："大爷！他请你商量什么事情啦？"

"浑蛋！这小畜生真浑蛋！"季常听阿青这样问，因为在赵大虎那儿受够了气。他越想越恨，把个雨龙真恨入骨髓。猛可地把脚一顿，情不自禁地骂出了两句浑蛋。

阿青听大爷这个情景，真是吓了一跳，连开车的阿贵也感到惊慌，两人倒是愣住了一回子。还是阿青胆子大些，接着又悄声儿问道："大爷！谁浑蛋？到底是怎么一回事？"

季常愤愤地道："雨龙这小子简直在寻死，他敢加入乱党，这还了得吗？"

阿青和阿贵听了，这才明白大少爷在外面闯下了乱子，又晦气到大爷头上来了。因为这事情关系重大，他们生恐大爷要向自己身上出气，所以绝对不敢再说一句话，差不多连呼吸的声音都显得缓慢起来。

汽车到了家，季常三脚两步地走到闵翠英的房中。只见雨苍、霓仙、雨田三个孩子，还在写字台旁坐着温习功课。翠英歪在床上，怀中抱着雨林，正在哄他入睡。见了季常很气急地进来，便忙着从床上坐起，叫道："大伯来了，雨林别吵了。"

但季常仿佛没有听见似的，自管自地向翠英问道："仲良到哪儿去了？"

翠英见季常脸色很不好，心里也有些惊慌，忙道："他在三姨房中，大伯找他有什么事儿吗？"

季常听了，唔了一声，也不回答，就急急退出，又奔到三姨太的房中去了。到了三姨的房内，见仲良逍遥自在，和三姨横在床上。中间隔了一只盘子，里面一盏烟灯，一把精巧的小茶壶，一盆切好的橘子。仲良嘴里衔了烟枪，三姨给他拿了烟斗，凑在烟灯上，吞云吐雾地正在大享其清福。这个情景瞧在季常的眼里，心头的火星更加地冒出来了。他从来也没有这样愤怒过，但今夜已不克自持，猛可地走到床边，伸手把那中间的烟盘抽来，向外便掷。只听乒乓的一声响亮，地板上早已倒翻得淋漓尽致的了。

仲良和三姨对于季常迅雷不及掩耳的举动，是出乎意料之外的。三姨也没有瞧清楚是谁，同时也不晓得到底为了什么事，所以她竭声地竟大喊起来。仲良在一惊之后，瞧到发怒的却是大哥，遂慌忙从床上起来，低低地说道："大哥为什么愤怒得这个样儿？"

季常听他这样问，把脚一顿，正欲大骂。忽见翠英领了雨苍等孩子也进来了，季常因为气极，就向仲良戟指怒责道："你死在眼前，还莫名其妙！鸦片吸吸，姨太陪陪，倒是真快活极了。"

仲良因为大哥从来对自己没有发过这样大的脾气，知道今天一定发生了什么乱子，一时两颊绯红，弄得目定口呆，不知所对。三姨更吓得躲在床上，瑟瑟地乱抖。到底翠英有主意，她立刻走上来，把季常身子拉到沙发上坐下，柔声儿地说道："大伯！你且息怒，坐着息息，到底是什么事？你说出来好给我们明白。”

这里房中那么一吵闹，不但连大姨和二姨都进来了，连文魁夫妇和孩子们都忙过来问什么事？一见地上烟盘烟灯、茶壶玻杯等敲了一地。同时又见季常坐在沙发上，铁青了脸儿，还是上气不接下气地喘吁着。文魁当然也吓了一跳，朱丽玉却暗自欢喜。她也姗姗挨近到季常身旁，柔软地劝道：“大伯！何苦来气得这个模样儿？你自己身子不是也要保重吗？到底为了什么事？二婶知道吗？”丽玉说着，回头向翠英望了一眼，故意又这样地问了一句。

翠英眼皮有些红润，两颊有些儿淡白，摇了摇头，有些木然的样子。季常这才又说道：“你养的一个好儿子，我们这许多人的性命，全要丢送到他手中去了。推其原因，总是你失教的过错。一朝到晚，只知捐了一根烟枪，你断命这鸦片再吸下去，我什么都不管了。雨龙这小畜生到什么地方去了？为什么却不在房中？”季常恨恨地向仲良说完了这几句话，他那冒出火星来的两眼，又向众人打量了一下，却是不见雨龙这个人，他不禁又大声地问着。

这时众人才知道雨龙在外面闯下了祸水，仲良急得脸无人色，翠英更是哭出声音来，向季常问道：“大伯！你快说，你快说，雨龙在外面杀了人吗？他……他……到底干了什么啦？”

“哼！杀了人倒小事，他竟去加入了乱党，如今被军部里知道了。你想，这不是在杀害我们全家的性命吗？”季常摊着两手气急败坏地说。那神情倒有些像舞台上的做工老生。

众人听了这话，不约而同地叫了一声哎哟！脸儿都转变了颜色。文魁和丽玉急急地问道："大哥！那可怎么办？那可怎么办？"

翠英想着自己的大儿子竟犯了军法，一时心疼欲割，更加呜咽起来。季常被她一哭。一时更加说不出话，望着她楚楚可怜的意态，倒是愣住了一回子。丽玉见她哭得好伤心，便讥笑她说道："二婶！你也想明白些，这可不是哭的时候，你难道还肉疼这害人的孩子被他们捉去吗？"

翠英听了，只好忍了一肚子的委屈，收束了泪痕，向季常问道："大哥！现在如何是好？雨龙这孩子下午还在着，晚上就被捉了吗？"常言道:父母有爱子之心。所以翠英不管丽玉怎样地讽刺，她一心还是关怀着自己的孩子。

季常见了翠英雨沾梨花那么的脸庞，不知怎的，他心头总会软了下来，说道："你别伤心，雨龙还没有被捉哩！是同党咬出来的，照孙将军的意思，立刻就要派兵来捉。后来赵处长为了顾全我面子起见，所以没有实行。刚才赵处长来电话叫我去会谈，我受了多少的气，他才允许我从轻发落，叫我明天把雨龙带去，写一张悔过书，什么事情都没有了。不过话虽如此说，结果，还是我的钱在倒霉！你们想，恨起来不是要骂这个吸鸦片的东西了吗？……仲良！我老实对你说，你要再不到外面朋友那儿去跑跑，找些事情干，雨龙这件事我不管，明天你带了雨龙去见赵处长罢！"季常说毕，两眼还是怒视着仲良发恨。

文魁夫妇等听了季常这样说，各人心中才落了一块大石。至于大哥的晦气，反正不关自己的事，所以文魁和丽玉心中实在放宽心了不少。仲良被骂得默不作声，虽然明知后面这两句话是大哥故意作刁，但也不得不说几句好话，去消消他心中的气。遂赔着笑脸，说道："从此以后我一定想法做事去，大哥别动怒，对于雨龙小畜生的事，总要大哥劳心劳力地办理，好歹瞧在手足之情，我是终身都感激你的。"

季常是个软耳朵，他听了仲良这几句话，同时又瞧着翠英楚楚可怜的意态，他的火星便再也冒不出来。叹了一声，忽又说道："事到如此，还不是我的责任吗？罢了，罢了，雨龙的人呢！快把他去喊来，我有话问他。……咦！云仙怎么也不见？"

雨苍站在旁边，听了季常的话，便说道："我去喊他。"说着，便奔到雨龙的房中去。谁知房中灯光通明，却是并没有一个人。大哥固然不在，连云仙姐姐也不在房内。一时好生奇怪，正欲回身奔出，前去告诉。不料房外有个人悄悄地进来，和雨苍撞个满怀。雨苍定睛一瞧，却正是姐姐，遂忙问道："姐姐！大哥的人儿呢？大伯在喊他哩！"

云仙伸手拭了拭眼皮，很惊讶地问道："大伯喊大哥做什么去？你知道吗？"

雨苍皱了眉毛，摇头道："大哥的祸闯得不小，姐姐！你没知道，大哥竟加入了乱党了呢！"

云仙竭力熬住了悲哀，握着雨苍的小手，凄凉地说道："大哥已流亡到外面去了，待我发觉，他只剩了两封信儿。弟弟！我和你一块儿去瞧大伯吧！"说着，便走到写字台旁，在桌上拿起了两封信儿，和雨苍一同走到上房里去。

雨苍究竟是个小孩子，他却没有仔细地思忖，姐姐在外边做什么？他没有问，他心里也只管在伤心，大哥是畏罪逃走了。

在走进上房的时候，云仙没有开口说话。雨苍先嚷着道："大伯！我哥哥逃走了，他只留了两封信呢！"

这消息触送到众人的耳中，都大吃了一惊。季常急急伸手道："快拿来我瞧。"云仙把手中的信儿，交到他的手里。季常望了云仙一眼，问道："你什么时候才发觉的。"

云仙竭力镇静了脸色，说道："还只有雨苍来找大哥，才发现的。"云仙说着，脸儿有些发红，向雨苍望了一眼。雨苍却点了点头，表示姐姐这话是的。季常不再问什么，他急把第一封信拆开。瞧道：

> 爸爸！妈妈！孩儿不肖，在万不得已的情势下，是只好忍痛抛家出走了。你们心里不要难过，因为孩儿虽然与爸妈暂时相别，但往后见面的日子自多。没有别离的痛苦，哪来重逢的快乐。不过你们要明白孩儿这次的出走，决不是因做卑劣的事而无颜见社会上的人士，至少是有些儿光荣的。敬祝
>
> 爸妈康强！孩儿雨龙临别百拜叩上即日

季常瞧毕，冷笑了一声，骂道："什么光荣？简直在害人！真是孽畜！"一面把信递到仲良手中去，一面又把第二封信拆

开。细细瞧道：

亲爱的大伯：雨龙这次抛家出走的苦衷，除了大伯一个人外，恐怕没有第二个人会来了解我的。大伯是个海外的留学生，思想当然与众不同。雨龙在大伯谆谆教导之下，所以思想与行动也随着为之同化。雨龙每思大伯那种为事业奋斗的精神，常常感动得会跳起来。同时大伯那富于革命的思想，也令雨龙敬佩之至！大伯为教育事业的奋发，这是中国的光荣。今日我为消灭国内军阀而战斗，这也是中国的光荣。在大伯心中，当然很希望多产生像雨龙那么的青年，为我们的同胞来创造一个伟大的新中国。所以这次雨龙的出走，必能得到大伯的同情。亲爱的大伯，雨龙聊书数语，算为与大伯拜别了。祝您健康！

侄雨龙百拜顿首即日

季常瞧完了第二封信的时候，他弄得目瞪口呆，一时心中也不知是甜是苦？暗想，哎哟！这样说来，雨龙还认我是他唯一的知音呢！他的加入乱党，难道也是受了我的影响吗？这、这、这是打从哪儿说起呢？季常想到这里，不禁长叹了一声，他对于忠勇而有毅力的雨龙感到有些惭愧！他又想同情这可怜的孩子，但是他又不好意思转变得这样的快。因此两眼望着那信笺，不免出了一回子神。众人见大伯没声音，大家都是静悄悄地站住着，心里都在想，雨龙这封信里不知说了些什么？怎么把大伯瞧得呆住了？谁知就在这时候，季常突然地站起来，失声地叫道："这可不是害苦了我？……快……快……喊阿青阿贵阿林把雨龙这孩子去追回来！"

季常这突如其来的举动，瞧在众人的眼里，以为大伯是有些疯狂了。……

五、夜深深骤来不速客

窗外的雨是落得这样的大，雨点敲在玻璃片上仿佛在擂鼓。云仙独个坐在一盏台灯的旁边，耳听着外面狂风暴雨的声音，俄而似万马奔腾，俄而似千军哭喊。因了外面声音的响亮，使室内更衬托得静悄悄的寂寞，虽然气候是并不怎样的寒冷，但云仙的心头会感到有些儿凄然。因了心头的凄然，她才感到短袖子旗袍的衣服露着两臂有些冷意。于是她悄然离开了桌旁，走到床边，撩过一件绯色的羊毛短大衣披上了。瞧瞧手腕上那只白金手表上的钟点，齐巧是十点钟。时候也不早，她伸手按住小嘴儿上，打了一个呵欠，似乎有些睡意。不过她心里有些担忧着，这样大的雨，哥哥回来一定是淋得像落汤鸡的了。不过出去的时候，光圆的明月，谁料到两个钟点后会落这样的大雨?

天空中不光是落着雨刮着风，而且在闪电。浓黑天空中经过一条银蛇似的电光刻划过去了后，接着还有些雷声。云仙是个十六岁的姑娘，对于这闪电很感到害怕，尤其房中只有她孤零零一个人的时候。所以她站起身子，走到窗口旁，把那两块雪白麻纱的窗帘拉拉拢些。不料就在这个时候，一道电光，又在眼前闪了过去。

室中是亮着电灯，对于窗外的一切，本来是黑漆漆的一片。然而经过这一道电光刻划过去了后，窗外明亮的程度，是胜过了房中的灯光。因此那白纱的窗幔上，云仙眼睛瞥见到的，竟有个黑影很快地闪了过去。云仙心中这一吃惊，顿时倒退了几步，一颗小心灵儿怦怦地乱跳。暗想，莫非是鬼吗？在这么一个感觉之下，她的全身瑟瑟地抖了一下，只觉毛发悚然。同时头的感觉，仿佛慢慢地澎涨起来。她那白里透红的粉脸上，到此也浮现了一些灰黯的色彩。

不过云仙是个思想开通的姑娘，她在学校里所受的知识都是科学化的。对于鬼神之事，素不相信。所以她在一度惊怕之后，她的心又慢慢地平静起来。她镇静着态度，等待第二次电光闪过时，再来瞧一个清楚。

在不到三分钟之后，电光当然又闪起来。这回云仙是瞧得很明白的，白纱窗幔上，有些像银幕化似的赫然显现出一个黑影。呆呆地，动也不动地站着。云仙的芳心开始又像吊水桶般似的扑通扑通地响起来。暗想，奇怪！难道我真遇见了鬼吗？不信，不信，常言说得好，疑心生暗鬼，鬼是没有的，那可完全是心理作用。不过我的眼睛并不花，即使有些晕花，也不至于两次都会瞥见黑影的。那么这样说来，不是鬼，即是人。但这么大的雨，即使是家中的仆人，他在淋着雨发神经病吗？否则，一定是偷儿了。但偷儿也没有那么傻，虽然大风大雨的夜里，固然是偷儿窃取东西的一个好机会，可是他呆站着干吗？也许他想偷我房内的物件，因为我还没有睡，所以才等待着吗？云仙想到这里，真的害怕起来。因为我一个姑娘家，哥哥又不在房内，说不定要吃他的亏。云仙想高声地叫喊，但她又喊不出口。假使不是偷儿，给大家说起来，岂非笑话？在这左右为难之下，她是呆呆地只管发怔。

然而电光又起的时候，使云仙第三次再瞥见了那个黑影，仍是站着不动的情景，叫云仙真有些儿疑神疑鬼起来。云仙虽然害怕，但她到底是个好胜的姑娘，她觉得什么东西，应该用事实去证明，才是道理。因此她也不知打哪儿来的一股子勇气，竟走出房来，拿了一段手电筒，跨到院子的走廊下，把俏眼儿偷偷地张望过去。果然，那边窗前是站着一个身穿西服的男子。不过云仙有些怀疑，这到底是人？还是鬼？于是她张了胆子，咳嗽了一声。同时把手电筒抬了抬，向他身上直照射过去。

那男子抬了头儿，望着天空中发狂似的风雨，正在呆呆地出神。突然听到了一阵咳嗽的声音，心中已是一惊。回眸再去望时，两眼蓦地受到了一圈电光的威逼，使他几乎睁不开眼睛，他那时候的害怕，几乎欲跌倒地下去了。

云仙在这一照射之下，一惊瞧得明明白白，那是一个人，而且是个很年轻的人。她的胆子便大了一点，把脚在地上一顿，娇声叱道："你这不要脸的东西，敢到这儿来窃盗物件吗？"其实云仙心里还有些害怕，她所以把皮鞋脚在地上重重地一顿，也无非是示威性质，助助自己的胆量罢了。

"姑娘！你别误会，我并不是什么偷儿。"那少年听是个女子的声音，把那颗惊慌的心儿才平静了一些，忙着低声儿地向她解释着。

云仙想不到他不逃走，反而向自己声明着。暗想，这人好大胆子，大概他欺侮我说个女孩儿家吧！遂鼓足了勇气，又愤愤地说道：“放你的狗屁！你不是偷儿，你到我家里来做什么？深更半夜，还不是想偷些东西吗？你再不走，我喊人了。”

“别喊！别喊！我走尽可以走，但这样大雨叫我怎么走法？你就行个善心，让我再站一回儿，我立刻就可以走。不过你千万不要误会，我决不是个偷儿。”那少年摇了摇手，还是低声地央求着。但说到末了，他的语气很沉着，似乎十二分的诚实。

云仙听他这样说，心里开始就奇怪起来。暗想，难道真的不是偷儿吗？那么他到底来我家做什么？遂严肃地又问道：“你还要说不是偷儿吗？那么你进来预备做什么的？”

“因为……因为……我是被压迫的一个人，没有办法，只好逃进你们花园里来躲一躲，请你别大声地说话，算你姑娘救了我一条命，我是终身都感激的。”少年听她话声很尖锐，使他感到有些儿害怕，话声带有些求人爱怜的成分。

云仙的一颗芳心益发感到稀奇起来，她觉得偷儿决没有这样的大胆，那么他也许是个逃奴，或者是个逃犯，因为他的话儿是非常显得柔弱，云仙也不免动了恻隐之心。遂放低了一些喉音，又追问道：“你是个怎么样的人。你得说出一个底细来，到底是怎么一回事？要不然，我一定叫喊起来了。”

“我老实地告诉你，我是个国民党员，今夜督军衙门里派了许多人要逮捕我们，所以不管东西南北地乱逃，谁知竟逃到姑娘的家里来了？当然是我非常的冒昧，还得请姑娘原谅才好。”那少年在万不得已的情势之下，只好低低地告诉出来。

云仙在听到了这几句的话儿之后，她已忘了一切的害怕和疑惑，情不自禁地猛可奔了上去，向他急急地问道：“……那么……那么我的哥哥逃到什么地方去了呢?”云仙说着话时，粉脸已呈现了忧愁的颜色。

那少年对云仙这突如其来的举动，倒是出乎意料之外的。起初不免大吃了一惊，吓得倒退了两步。及至听她说出这一句话来，方才明白她的哥哥也是国民党的一份子。一时对于她的话儿，忍不住感到可笑，遂蹙了眉尖问道：“姑娘！你哥哥叫什么名儿？我怎么知道你的哥哥是谁呢？“

云仙这举动完全是被手足之情激动得太厉害了，今被那少年这么的一问，自己也理会过来，那倒有些不好意思，秋波瞟他一眼，说道：“我哥哥叫盖雨龙，他今晚出去，我原知道他是个集会去的，你先生不知和他认识的吗?”

“哟！想不到你姑娘是雨龙兄的令妹，这真有趣了，我和雨龙自小认识，现在也是十分的知己，我怎不知道他?今晚我原和他携手同逃，在窜出机关门口的时候，被他们放了一阵排枪，才把我们冲散了。”那少年听她说出盖雨龙三字，使他内心感动一阵意外的惊喜，含了满面的笑容，嗤嗤地告诉着。

云仙这时内心的感觉，和那少年是相反的，她在担忧哥哥的生命，不知会不会发生危险。万一不幸的话，那可怎么办？所以云仙在焦急之中，不免更掺和了无限的痛苦。走上一步，微昂了粉脸儿，望着他的脸，急促地又道：“那么你可曾瞧见哥哥也脱逃的吗？唉！在这一阵排枪之下，不是太危险了吗？”

那少年当然很聪敏的，见云仙愁眉不展的意态，遂柔声儿地安慰她道：“盖小姐！你放心，令兄也和我一样脱逃的，不过当时心慌意乱，所以奔逃的方向连自己都不知道。我想，你哥哥暂时也一定在人家那儿躲雨呢！”

云仙虽然感到他说的是空虚的安慰，但她芳心中也会落下了一块大石，不过听了他末一句话，猛可想起刚才自己骂他偷儿的话，心里感到非常的难为情。如今既然明白他是我哥哥的要好朋友，那么我不是应该以礼相待他吗？云仙在这样感觉之下，她便含了微微的笑容，眸珠儿一转，很婉和地说道：“你先生贵姓？刚才我没有明白详细的情形，所以错怪了你，请你还得原谅我才好。”

“我叫杨梦花，盖小姐！你这话太客气了，这如何能怪你呢？我觉得很抱歉，虽然这是逼不得已的事情，但贸然闯入你的花园，总感到鲁莽。”杨梦花见她含笑向自己赔不是，心里感到有些甜蜜，忙也微笑着抱怨自己的错。

“其实大家都没有错，杨先生！你的衣服差不多浑身全湿透的了，我想既然杨先生和我哥哥是知己朋友，那么就不妨到里面去坐一回。”云仙抿嘴笑了笑，说了第一句话后。秋波又掠到他的头上身上，仿佛是个落汤鸡一般，心里有些不忍，遂柔声儿的请他到室中去坐。

杨梦花听到她这样说，哪里还有个不好的道理？遂道了一声谢，身子便慢慢地跟着云仙到房中去。到了房中的时候，在灯光笼映之下，两人四目相对，方才瞧了一个清楚。在各人的心里都有个这样的感觉：“倒是个挺好的模样儿！”

云仙是个姑娘的身份，她当然较梦花更会怕难为情一些。所以她的两颊，一圈圈地红晕起来。一撩眼皮，把纤手儿摆了摆，说道：“杨先生！这是我哥哥的卧室，你请坐罢！”在云仙所以要这样声明一句，当然是为了避免女孩儿家请一个陌生男子到卧房来的不好意思。梦花见室内上下铺着两张半铜床，这就理会他们兄妹一定是合住一室的，他感到云仙的聪敏细心，望着她含笑点了点头，说道：“盖小姐！你别客气。”

云仙把手中的电筒放到桌上，一面在克罗米暖水壶的龙头下，放了一杯玫瑰茶，送到他站着的茶几上，说道：“杨先生！你喝茶，怎么不坐？难道还做客吗？”

“不！因为我全身都湿，要沾污了沙发的。且待雨小一些，我立刻就得回家去的。”梦花见她身材娇小玲珑，她这回说话的神情有些妩媚中带了天真的成分，心里未免神往，望着她浅笑含颦的娇靥，一面拿帕儿拭着头发上的雨水，一面低低地回答着。

云仙这才明白他老是站着的原因了，明眸瞧瞧他的衣服裤子皮鞋，都仿佛从水中撩起似的。一时倒替他暗暗地担心，不要冷气入骨，患起病来倒不是玩的。遂凝眸含颦地沉思了一回，雪白的牙齿，微咬着嘴唇皮子，说道：“不过你现在这样湿衣紧裹着身子，也是很不好的。我想你把上褂脱一脱，回头再穿罢！”

梦花见她很关心自己的样子，心里除了感激之下，当然还有甜蜜的成分。所以他是不敢拂逆她的意思，把西服上褂脱了下来。在脱下上褂的时候，梦花低头见自己的衬衫也是稀湿的了。这就哟了一声，笑道：“在雨水里淴浴，竟湿得这一分样儿了。”

云仙自然也瞧见的，这就把弯弯的眉毛儿紧蹙起来，说道：“脱了上褂，还是不济于事的，那可怎么办?”

“没关系，索性让它湿一回是了。”梦花把脱下的西服上褂，又欲披上身子去。

“不！你别忙，我给你想法子。”云仙很快地走上来，把他的湿淋淋西服上褂拿去了。

梦花对于云仙这样亲热的举动是防不到的，他是感到了意外的惊喜，望着她粉颊儿，倒是愕住了一回子。云仙是个多情的姑娘，她因为梦花是哥哥的朋友，兼之又是自己所素来敬爱的革命志士。同时更因为梦花的脸蛋儿，在她脑海里有个俊美的好印象。所以她对于梦花是存了一种爱怜的意思，她会突然把梦花手中衣服夺下来，这完全是一种情感作用，在她本身还是感到很模糊的。现在被梦花这一阵子呆望以后，她才理会到自己的举动未免有些太过分一些。不过既然已经说出有法子可以想，那么我总不能再缩回去的。于是绯红了两颊，秋波很多情地逗他一瞥，说道：“杨先生！你若再穿上去，明天准会害病的。明知故犯，那又何苦？所以我想你既然和哥哥很知己，那就好办。

哥哥的西服家里是很多着，杨先生不妨就换一套去，明天不是可以归还我哥哥的吗？”

梦花见她想出这个办法来，一时虽然很觉欢喜，但却感到了有许多的不便地方。第一，在一个姑娘面前，我怎好意思羞答答地把衣袴脱下来？第二，万一被这儿下人们窥见，不是坏了她的名誉吗？梦花经过这一层考虑之下，他自不免出了一回子神。

云仙见他并不回答，心里这就明白了他的意思，遂微笑道：“那边有屏风，你到里面去等着，我把哥哥西服和衬衫拿给你好了。

梦花见她多情若此，真是感动心头，遂忙说道：“盖小姐这样热心相待我，那叫我用什么来报答你好？”

云仙的颊儿红得像只熟苹果一般可爱了，明眸水盈盈地逗给他一个娇笑，低声儿说道：“杨先生！你别说那些报答的话，年轻人，互相帮些儿忙，那算得了什么？别挨下去了，早些儿换去的好。”

梦花一时也说不出究竟拿什么话来感激她才好，遂只好走进屏风里面去了。原来里面放了一只桶，是解手的地方。遂坐在便桶上面，把西服裤子脱了下来。心里可就暗想，今日在九死一生之下，脱离了虎口，想不到这样沉痛的环境里，会遇到那么甜蜜的事情，这老天不是也在哀怜我鼓励我，叫我别灰心吗？

“杨先生！你试试看，这套西服长短怎么样？”梦花正在呆呆地出神，突然清脆柔软的话声惊觉了他。只见屏风外面伸进一只手来，拿了一套条子花呢的西服，上面还有一件绯色府绸的衬衫。

梦花遂忙站起接过了，很感激地说道：“我和雨龙兄的身材差不多高，长短一定巧好的。盖小姐！累忙了你，真叫我过意不去。”

云仙站在屏风外，听他这样说，便笑着道：“又忙不了什么？你何必太客气？杨先生！你汗衫和小袴可曾湿透，要不也换一换？”云仙忽然想到了，遂又这么地问了一句。

“多谢你，内衣倒还没有沾湿哩！”梦花在里面低低地回答。

云仙对于这两句话既问出了后，她立刻又感到难为情起来。觉得一个女孩儿家，对待一个年轻陌生的男子，究竟太显亲热一些儿了。这在她心中想着，我不是失了一个姑娘的身份了吗？云仙这样想着，她身子已步到三门玻橱的面前，两眼望着镜中自己那个玫瑰花朵儿似的脸蛋，全身愈加感到热臊起来。

“盖小姐！你瞧，想不到刚巧合身，仿佛就是我自己的衣服。”也不知经过多少时候，云仙身后忽然有了那么几句话声。遂慌忙回过身子去瞧，只见梦花已穿得舒舒齐齐地走出来。手里还拿了他自己的湿衣服，云仙抿嘴噗哧地一笑，说道：“可不是？杨先生和我哥哥身子原一样儿高的。”

云仙说着话，把他手中的湿衣服接过来，亲自给他折齐了，用了一张报纸包好。望他一眼，说道：“回头你带回去。”梦花见她给自己做得很完备，心里真有说不出的爱处，意欲说几句知心的话，但又觉得很难为情。所以望着她婀娜的腰肢儿，又呆了一回。

云仙却不理会，拿了热水瓶，去倒在面汤台上的面盆里。在铜档子上扯下一条西湖毛巾，放在面盆里。回眸向他叫道："杨先生！你来洗一个脸罢！"

梦花觉得云仙对待自己的情景，仿佛是一个贤妻的身份。他除了爱她之外，更加感动得了不得。遂含笑走上去，伸手拧了面巾，洗了一把脸。云仙站在旁边，望着他挺俊美的脸儿，笑道："雪花膏在抽屉里。"

梦花被她这么一说，虽然在一个姑娘的面前，他的脸儿也红晕起来，摇头笑道："我素来不惯用的。"

云仙小嘴儿撇了撇，秋波送给他一个媚眼，笑道："谁相信？何必假老实起来？"

"脸上素来不搽雪花膏，这倒是真实的事。你不信，问令兄就知道。"梦花见她这么说，觉得这位姑娘在柔情蜜意之中，不免还带了娇憨稚气的成分，心里愈加感到可爱，望着她海棠花那么艳丽的面庞，憨憨地笑。

"你的生活，哥哥怎么知道？"云仙把脚尖儿在地上画着圈子，有些娇羞的意态。

"我和令兄六岁时就同学，后来在中华初中部我们曾经在学校里同过三年宿舍的。直到初中毕业，我才转到燕华中学去。你想，我俩的生活还会不知道吗？"梦花一面说着话，一面拿了象骨梳子，在理头上被雨水打乱的发儿。

云仙瞟他一眼，笑道："凭你现在那么情景，难道还不能说是个不爱漂亮的人？"

梦花听了，放下象骨的梳子，回眸噗地一笑，说道："这是因为发里有水渍，头皮就感到怪痒的，梳梳整齐，比较舒服一些。盖小姐！你为我这一阵子忙碌，我这里只有向你行个鞠躬礼，表示我的谢谢吧！”梦花说着，便走到云仙面前，真的深深地鞠下躬去。

待他抬起头来的时候，齐巧和云仙瞧个正着，两个人忍不住便嗤地笑了。云仙说道：“我所以帮你忙，倒并不是为了要你这一个鞠躬谢谢的。一则，你是我哥哥的好朋友。二则，你是我们忠勇的志士。我爱护你们，也等于爱护我们的国家，因为一个健强的国家，是还要需你们这般年轻的勇士去创造哩！”云仙这几句话虽然是非常的光明正大，但仔细想来，到底还有些难为情，所以她红了两颊，扭捏着腰肢儿，有些不胜羞涩之意态。

梦花在听到“我爱护你们”之句，他甜蜜得心花儿也差不多开起来，遂也很俏皮地笑道：“当然，我也明白这决不是单那么一鞠躬所能感谢完的，所以先鞠躬道谢，无非是补足形式上的不足罢了。其实我的心坎儿上，是早已刻画了盖小姐那么一个娇小的身影了。”梦花说到这里，明眸里含了无限的情意，向她粉脸上脉脉地凝望。

云仙听了他这几句话，一颗芳心，除了羞涩之外，当然也只有甜蜜的分儿。低了头儿，望着自己的脚尖，默默地出神。梦花知道她是怕羞的意思，遂情不自禁地走上一步，去握住她的手儿，柔声儿地又说道：“盖小姐！你那一份儿情意，我不敢说一句虚伪的话，我终身记着你是了。”

云仙已羞得说不出一句话，纤手任他轻怜蜜爱地抚摸着。她在一个自认为情人的男子面前，她已柔顺得像一头驯服的羔羊一样了。两人默默地站了一回，云仙才抬起粉脸儿，从灯光下绕过无限媚意的俏眼，脉脉含情地瞟他一下，笑道："只要我们心里有着你我这么两个人，也就罢了。……"云仙说到后面，有些羞答答地说不下去。

"盖小姐这话对极，我永远不会忘记你。不但永远，而且到死都忘不了你。"梦花听她这样说，知道她确实也已爱上了自己，心里一快乐，这就情不自禁地说出了这几句话。

云仙听了，立刻伸手把他嘴儿按了按，带了嗔意的目光，睃他一眼，埋怨他说道："我相信你，何苦说什么死话？"

梦花在她手儿一按之时，鼻中就闻到一阵细细的幽香，心里不免荡漾了一下，笑道："说说没有关系，难道说死就会死了吗？盖小姐，你瞧我这人可糊涂，直到现在还没问你的芳名叫什么哩？"

"我叫云仙。"云仙红了两颊，低低地告诉着。

"那么你在什么学校读书的？"梦花拉了她手，一同坐到沙发椅上去。

"我和哥哥都在中华里读书，你现在是燕华了？爸妈都好？"云仙回眸脉脉地望着他脸儿，语气是非常的柔和。

"唉！我妈死了已半年了，没娘的孩子，是世界上最可怜者。"梦花眼皮儿有些红润，微微地叹了一口气，在他心头是激起了思亲之痛。

"别伤心！生老病死，是每个人必经的道路，那是没有挽救的办法。只要你努力奋斗！为社会谋幸福，为国家争光荣，将来能成个世界伟人。那么老伯母在天之灵，当然亦十分安慰的了。"云仙见他很感伤的样子，遂微侧了娇靥，柔情蜜意地拿话去鼓励他安慰他。

“你这话虽然说得是，不过我母亲年纪实在还轻，三十五岁的人难道可以说是老了吗？唉！母亲到底死得太早些儿了。”梦花虽然是点了点头，但他还是感到十分的悲哀。

“你母亲还只三十五岁？那么你几岁了？”云仙听他母亲确实还很年轻，遂低低地又问着他年龄。

“我十九岁了，母亲十七岁养我的。盖小姐！恕我冒昧，你今年几岁？”梦花一面告诉她，一面也悄声儿地问。

云仙两颊浮现了四月里蔷薇的色彩，明眸向他一瞟，笑道：“你猜一猜？”

梦花抚摸着她的纤手儿，噗地笑道：“女孩儿家就喜欢闹这么一套，你就自己说出来吧！”

云仙听他这么说，益发不好意思起来。鼓着小嘴儿，啐他一口，秋波逗给他一个娇嗔，说道：“我偏叫你猜，你不猜，我就不说。”云仙那种小女儿之态，是令人为之陶醉的。

梦花心里是不住地荡漾，望着她粉颊儿，十分得意地笑，说道：“其实不用猜，我已经知道了。”

云仙不解他什么意思，蹙了淡淡的眉尖，疑眸瞅住了他，怔怔地问道：“你怎么知道了？我哥哥告诉过你吗？”

“你哥哥几时曾谈起过你？我虽然晓得雨龙下面有五个弟妹，但我却不知道有你那么一个国色天香的妹妹。……”梦花望着云仙西子捧心那么的意态，他有些儿乐而忘形了。情不自禁地说了这么几句话，只是憨憨地傻笑。

“说到后来，便不老实了。……你真不是个好东西！”

云仙抽回纤手儿，恨恨地打他一下肩胛，秋波还送给他一个白眼。

这白眼是太妩媚了，梦花心里形容不出怎么样的可爱，笑道："我说的是真话，我想雨龙老大，你一定是老二，老大既然十八岁，老二至多只有十六岁，所以我猜你十六岁，是不是?"

云仙想不到被他一猜便着，便噘了噘嘴，笑道："你猜错了，我二十岁，比你还大一岁哩!"

梦花笑道："那么你刚才喊错了，喊雨龙怎么说哥哥呢?"

云仙见他不说自己骗他，却绕了圈子说话，心里忍不住有趣，背过身子，伏在沙发背上，吃吃地笑起来。梦花对于她那种可人的意态，也就更不禁为之神往矣!

两人默默了一回，梦花偶然瞥见到梳妆台上那架意大利石的座钟，已经指在十二时了。他猛可想到时已深夜，自己在一个姑娘的房中，到底有许多不便，遂站起身子，说道："盖小姐！我走了，你该安置了吧!"

"忙什么？几点钟了?"一下听他这样说，便很快地回转身来。她这一句"忙什么?"的话，似乎有些忘其所以然了。及至猛可想到了，她方才很迅速地又加上了一句几点钟了？当她瞧清楚时已子夜的当儿，她感到无限的羞涩，连耳根子也变成赤化的了。

梦花从她这一句话中就可以知道她心里有依恋之情，换句话说，她是很需要和我永远在这爱河里沉醉着。因此握了她柔若无骨的纤手，也有些舍不得离开她了。

但这时云仙却又点头说道："真的不早，我不留你了。不过雨依然落得大，你怎么连一件大衣也不穿的？"

梦花笑道："晚上出去月亮这么好，雨衣谁也不会带的。大衣当然穿的，可是逃出来的时候，大衣谁也没有工夫去穿，难道性命还不及大衣要紧吗？"

云仙这才明白他大衣留在机关中了，遂忙又道："哥哥的雨衣也在家里，暂时你先穿去好吗？反正明天可以一并还给哥哥的。"

梦花侧耳听着窗外的雨声，仍是簌簌作响。一时除了这个办法，也没有什么法子好想，遂点了点头，笑道："好罢！我今夜就扮成你的哥哥模样了。"在梦花说这句话原属无心，不料云仙听了有意，以为梦花存心占自己便宜，秋波恨恨地逗给他一个妩媚的娇嗔。红晕了娇靥，一骨碌转身，便到衣钩旁取雨衣去了。

梦花见她用眼睛白着自己，还不解是什么意思？待她雨衣取来，便问她说道："盖小姐！你干吗给我白眼看？"

云仙噗地笑道："问你自己，你就明白。"

"咦！我真的莫名其妙呢！到底为什么？"梦花望着她粉脸儿出神。

"你不是想做我的哥哥吗？"云仙绯红了两颊，秋波又逗了他一瞥娇嗔的目光。

"哦！……那我是一个比方，因为我穿的西服和衬衫都是你哥哥的。如今再穿了你哥哥的雨衣，不活像是一个你的哥哥了吗？……"梦花失声地笑起来，这回他末了那一句确实故意说的了。望着她脸儿，心里有些荡漾。

"得了罢！又是你的理由十足，快把雨衣穿上了，走罢！走罢！"云仙故作娇嗔的神气，把哥哥的雨衣掷到他身上去。但她自己也匆匆地披上了雨衣，两手忙着扣纽襻。梦花一面也披上了，一面望她一眼，笑问道："你穿了雨衣到哪儿去？"

"你做偷儿进来，难道再做偷儿出去吗？"云仙说着，弯了腰肢儿，忍不住格格地笑。

梦花见她淘气得令人可爱，心里又喜悦又感激，说道："那么你送我出门了。"

云仙点点头，把手中两顶雨帽，一顶递了过去。但是梦花却不去接，云仙嗔道："你眼睛不生的？干么不接？"

梦花噗地笑出声音来，说道："你教我戴了女子雨帽到大街上去走，成什么样儿？"

云仙听了，忙低头去瞧，这就哎哟了一声，自己也笑起来。忙把左手缩回，右手伸出去。红晕了粉颊儿，露齿笑道："这顶雨帽还不是吗？"

"那么是我眼睛不生的，好不好？"梦花去接过雨帽，戴在头上，俏皮地说。

"啐！"云仙见他说反话，小嘴儿撇了撇，撩上手来，向他扬了扬，做个要打的姿势。但秋波斜乜了他一眼，却忍不住又吃吃地笑了。

梦花拉了她手，也笑道："谢谢你，送我出大门去吧！"云仙这才止了笑，戴上雨帽。两人出了院子，冒着洒洒不住地落着的大雨，一步一步地向着大铁门口走过去。

一条长长的甬道，两旁植着高高的树木，绿油油的叶子儿，挤轧得密密层层的。被雨点打击着，激发出娑娑的声音。这音调在静夜的空气中流动，更为令人心头增加了空虚的缥缈，全身会感到无限的凄凉。

梦花和云仙拖移着很缓慢的步伐，在甬道上悠闲地走着。眼前所瞧到的是千丝万缕的雨点，凝望着烟雾织成了的茫茫的前途，在他们善感的心灵上，仿佛盖上了一层黯淡的阴影，各人都有些悲哀的情绪。

“杨先生！在大雨中这么地清淋着行走，我觉得至少有些儿诗情的意味，尤其在这寥落的深夜。”云仙感到寂寞，她从雨缝中回眸过去，向梦花低低地搭讪着。

“是的，盖小姐！我觉得你这几句话，是太含有些文学的意味了。我想你在学校里，一定是个爱好文学的人。”梦花含了微微的笑，点了点头，他感到云仙是没有一处不令人可爱的。

“我不懂，你又来这一套，文学是什么？我根本莫名其妙。”云仙俏眼儿瞟他一下，摇了摇头。皮鞋脚走在水门汀的甬道上，是发出了很调匀含有节拍的声音。

梦花听她这么说，噗地笑出声音来。但这笑声在雨缝中消失了后，四周仍然是显得冷落。慢慢地终于到了大铁门的旁边，门房在门房间里探出头来，向云仙叫道：“二小姐出去吗？我给你开门。”

“不！外面雨大，你不用出来了。”云仙回头阻止了他。门役听了，那是求之不得的，遂把头儿又缩了进去。云仙伸手开了边门，让梦花步了出去。

两人在大门外又站住了，雨点打溅到脸上，感到有些寒意。梦花低低地道："云！你进去罢！你那番对待我的情意，我心里记着你是了。"

云仙听了，走上一步，把身子挨近了他，明眸脉脉地凝望着他俊美的脸蛋。良久方才说道："你的行动，千万小心，在这恶势力的环境下，你不能太任性干事的。我想，你如毕业以后，还是离开北京了好。为你前途的光明着想，你应该抛弃一切，不要为了种种的关系，而阻了你奋斗的精神。"

梦花心头是感动得了不得，伸手握住了她，摇了一摇，点头道："云！你给予我不少的勇气，我将听从你的话，努力我的前途，创造我的事业，那么将来才能安慰你那一颗小小的心灵。……"梦花说到这里，笑了一笑，又道了一声再见，遂放了云仙的纤手，他的身子向前匆匆地走了。

云仙呆呆地站在门口，两眼的视线，是集中在梦花的身上。但没有三分钟后，在纷纷的雨丝中已消失了梦花苍茫的身影。她心头感到了有些空虚，身子抖了抖，忍不住轻轻地叹了一口气。云仙直瞧不见了梦花的影子，她这才又想起了自己的哥哥雨龙。怎么知道这时候还不见回来？难道哥哥不幸被他们捉获了吗？想到这里，心头不免隐隐有些作痛。她仰望了浓黑的天空，很虔诚地祷告道："上帝！但愿你老人家保佑我哥哥平安地回家，我是多么地感激啊！"

"咦！妹妹！怎么夜深了你一个人在门外做什么呀？"天下的事情凑巧起来，也凑巧得有趣。云仙祷告还未完毕，忽然见雨龙手撑了一顶，从黑暗里瑟瑟地走来了。

云仙骤然见了哥哥回家，心里这一快乐，如获珍宝，猛可地奔了上去，抱住雨龙的身子，叫道：“哥哥！你回来了，真把妹妹急死啦!”

雨龙见妹妹这个模样，心里也有说不出的欢喜，紧握了云仙的纤手儿，笑道：“妹妹！哥哥可说是死里逃生的，这事情说来话长，我们且到里面去好好儿谈吧!”兄妹俩人说着话，遂匆匆地跨进铁门，砰的一声把门儿关上了。两人由甬道转入小院子，便走进卧房里去。

到了卧房，雨龙把伞收起，放在壁角旁。云仙也忙着脱了雨衣雨帽，去挂在衣钩上。回身过去的时候，见雨龙坐在自己的床边，把西服衣裤全脱去了，还在脱脚上的鞋袜。

云仙忙在大橱内取了一件厚绒的睡衣，披到雨龙身上去，瞅他一眼，微嗔道：“脱得精光的冻着，不怕冷了身子吗?”

雨龙套上了睡鞋，站起来把睡衣的带子系好了。两手向上一伸，打了一个呵欠，笑道：“在大雨中这一阵子走路，我此刻真感到热呢!”

“你又说孩子话，就是因为在感到热的时候容易受感冒。”云仙笑着斜乜了他一眼，一面拿了一只衣架子，把他脱下的西服整整齐齐地挂上去，吊到壁上的衣钩里去。

雨龙见妹妹这样柔情蜜意服侍自己的情景，使他心里不免又想起这个花如兰来。她虽然是已成个少妇了，但对待我的情意，不但诚实，而且真挚。尤其容貌的美丽，和我的妹妹一样。这么一个女子，我还因她是个少妇而不愿去爱上她吗？这在我的思想未免也太陈旧得落伍了。雨龙经过这一阵的思忖，自不免愕住了一回子。

云仙挂好衣架子，回身过来，见哥哥目不转睛地望着自己出神。因为是心虚的缘故，她以为自己的秘密已经被哥哥发觉到了。不过这事情自己原预备告诉他的，这就红晕了粉脸儿，奔到雨龙的面前来，嫣然笑道："哥哥！你老望着我干吗？"

雨龙也是心虚的，他被妹妹这么一问，两颊也浮现了一层红云，笑道："我想着了一个人，非常的像妹妹。"

云仙还道他开玩笑，忸怩着腰肢儿，说道："你说，谁像我？……哎哟！哥哥！你这手怎么样啦？受过枪伤吗？……"云仙说到"谁像我"三个字的时候，明眸突然瞥见到哥哥的左手紧裹着纱布，这可使她吃了一惊，又很急促地问着。

雨龙见妹妹大声地嚷，便把右手忙去按住她小嘴儿，说道："轻声儿些，妹妹怎知道我手是被枪打伤的？"

云仙一撩眼皮，转着乌圆的眸珠，说道："我什么全知道，那么的机关不是被破获了吗？连你身上披了去的大衣都不见了呢！你还问我，我是真急得了不得，向上帝连连地祈祷，哥哥终于平安地回家了，那不是叫人欢喜吗？……"一下说到这里，小嘴儿一掀，却又娇媚地笑起来了。

雨龙听了云仙这几句话，真是又惊又奇，不觉目瞪口呆地愕住了一回，笑道："奇怪！妹妹你这消息哪儿来的？不是要变成神仙了吗？"

"唉！我当然是神仙啦！那么哥哥从机关里逃出后，又在医院里看伤吗？怎的直到此刻才回家？那不是叫人急吗？"云仙一面笑，一面很得意似的说。

雨龙见了妹妹那种可人的意态，觉得太可爱了，遂也笑道："既然你是神仙，怎么后面的事情就不知道了呢？所以你只能可说是个半仙的。"云仙听雨龙这么一说，她弯了腰肢，几乎笑得花枝乱抖了。

就在这时候，忽听上房里传来翠英和雨苍说话的声音。雨龙忙低低地道："妹妹！你笑得轻些儿，母亲已听戏回来了呢！正经地告诉我，妹妹怎么知道机关被破了？"

云仙生恐哥哥听了告诉后要羞自己，所以她故意显出很倦的样子，打了一个呵欠。把手去解旗袍的纽扣，一面脱了羊毛短大衣，说道："时候不早，我们睡在床上再说罢！"她说着话，把被儿掀开，身子钻了进去。雨龙于是也挨到自己的床铺边，脱衣就寝。不料云仙待他睡下后，"必嗒"的一声，她伸手把电灯已熄灭了。

"妹妹！你怎么把灯也熄了？难道你不告诉我了吗？我倒还有许多话要跟妹妹说哩！"雨龙见她熄了灯光，便很焦急地说着。

云仙在黑暗中嗤地一笑，说道："熄了电灯难道不能说话了吗？哥哥！我问你，你不是有个同学并且又是同志的叫杨梦花吗？"

雨龙一听"杨梦花"三字，便连说了两声"对对"，笑道："是啊！今晚我和他原一同携手逃出的，后来被他们放了一阵排枪，我手儿中了一弹，便只好忍痛放了他的手，因此他和我就自管分散了。怎么啦？他到我家里来告诉过妹妹吗？”

“说起来也好笑，我还把他当作偷儿看待呢！”云仙听了雨龙的话，知道杨梦花的确是哥哥的同志。一颗芳心真有无限的安慰，遂忍不住哧地一声笑起来，向他低声儿地告诉着。

雨龙听了，不禁好笑道：“这是怎么啦？难道他是从矮围墙外偷爬进来的吗？”

云仙遂把这事情约略地向他诉说了一遍，并且又微笑着道：“我因为他是哥哥的好朋友，所以把哥哥的西服和雨衣都借给他穿了，明天他一定会来归还你的。”

雨龙听了，心里真觉得有趣，想不到梦花这东西也在瞧我的样了，遂笑道：“妹妹！你这一分儿多情地对待他，他可有感谢你吗？嗳！梦花这小子的脸蛋儿真也怪讨人喜欢的。……”雨龙说着，便格格地笑起来。

云仙是早已料到这一着的，暗想，果然不出我之所料。幸亏我把电灯熄灭了，此刻虽然面红耳赤，全身怪热臊的，但这羞涩到底谁也没有瞧到的。遂暗地里啐了他一口，笑嗔道：“你这狗嘴里总长不出象牙的，前儿你不是常常对我说，一个年轻的人，总要有互助的精神吗？尤其对待一个有作为的青年，那么我今晚所干的事情，不是听从你往常的话吗？况且杨梦花本来就是你的朋友，你说这一种话，不是叫人听了生气。……”一下嗤嗤地说到这儿，故作很气愤的口吻，仿佛委屈得要哭出来的模样。其实这个云仙淘气的姑娘，她抿了小嘴儿还在暗地里笑呢！

雨龙虽然没有瞧见妹妹的脸部表情是怎么样的恼恨，不过听了她末了一句的口吻，显然非常的不高兴，一时倒深悔不该取笑她，还忙赔笑说道：“妹妹！你快不要生气，我原和你说句玩话，你认什么真？”

云仙不理睬他，还在暗暗地笑。

雨龙以为妹妹在哭，急得从床上爬起来，说道：“好妹妹！我错了，你怎么不理睬我？你哭吗？我起来了。”

“谁高兴哭？你胡说些什么？你起来我可不依。”云仙听说他要起来，心中也有些儿焦急，便连忙开口回答他了。

雨龙这才又睡下来，微微地笑道：“其实哪个女子不敬爱有勇敢有毅力的青年？”

云仙不明白雨龙这句话是有感而发的，这就不等他说完，便急起来道：“哥哥！你说的又是什么话？”

雨龙这才理会了，笑道：“我不说你，我说的是自己今晚的遭遇。”

“你今晚的遭遇？难道你也给一个女子救过你吗？”云仙听哥哥这样说，她忘其所以然般地直说了出来。及至理会到了，她才感到非常的难为情。

但雨龙却不曾注意这些，很得意地笑道：“可不是？而且救我的那个女子，和妹妹的容貌仿佛是一个人，她也很愿意爱上我呢！……”

雨龙这几句话原是真实的吐露，不料听在云仙的耳鼓，以为哥哥拿这种论调还是在取笑自己，这就哼了一声，说道：“哥哥！你好聪敏，尽管拿这些话来欺侮我好了。”

“咦！妹妹！你别冤枉我好吗？我把心坎儿里的真心话

全告诉了你，谁知妹妹心虚，却偏误会着呢！”雨龙听了妹妹的话，忍不住又嗤嗤地笑。

“那么你说下去，这个女子叫什么名儿?”一下猛可想着刚才哥哥曾经向自己说过一句话，有个人非常像我，那么这话倒是真实的了。一时深悔不该太多心，倒叫哥哥又说我心虚了。两颊热辣辣的一阵发烧，真感到有些儿难为情。

“那女子姓花名叫如兰，将来妹妹见了她，你一定也会稀奇，这好像是你的影子。”雨龙方才低低地告诉了她。

云仙凝眸暗想，真有那么一个花如兰吗？遂笑道：“那么她怎样救你的呢?”

雨龙笑道：“这事情想起来，我自己也觉得好笑。这也是急糊涂中的一种办法，万一车中坐的是走狗，我这举动太冒险性了。”

“你说的到底是什么?”云仙对于他这两句没头没脑的话，别的人是听不出一个头绪来。遂急急地问着他，要他说一个清楚。

雨龙方才把自己冒昧跳上车厢救援的事，向她细说了一遍。云仙也恍然有悟，原来哥哥和姓花的姑娘也在演我和梦花同样的戏剧呢！这就噗地笑道：“那么花小姐待你这么有情有义，你怎么样地报答她呢?”

“我且瞧梦花拿什么报答妹妹？我就照样去报答花小姐。……”雨龙觉得这句话是现成的，遂笑嘻嘻地回答。

在云仙取笑哥哥的时候，她当然没有经过一度的考虑。如今听了哥哥的话，她真仿佛哑子吃黄连，要想撒娇，要想嗔恨，也是不好意思的了。好在大家都躺在床上，室中又黑漆漆的，难为情连自己也不知道，所以她索性闭着眼儿装睡着了。

"妹妹！干吗不回答我？我这句话难道说得不中听吗？"雨龙更加紧地去逼问她。云仙却装出鼻鼾的声音来，遮蔽她已睡熟的烟幕。

"这妮子好贪睡，一回儿就入睡了。"雨龙故意引逗她开口。

"谁上你的当？"云仙肚子里暗暗地想，可是却没有说出口外来。雨龙打了一个呵欠，耳听桌上的钟已鸣两下，一时不再作声，也沉沉地睡去了。

次日起来，云仙纤手揉擦着眼皮，向雨龙嗔道："哥哥！你昨夜骂我什么？"

雨龙笑道："你睡得这样熟，怎么会听见我骂你？"云仙抿嘴嫣然一笑，两人各自漱洗完毕，到上房去用些早点，就匆匆上学校里去了。

雨龙是高中三年级，云仙是高中一年级。两人到了校中，便各自走开。在下午三点钟的模样，校役向雨龙来告诉道："会客室里有个姓杨的来找你说话。"雨龙知道是梦花来还他的衣服，便三脚两步地到了会客室，那还不是他吗？两人在见面之下，紧握了一阵手，各人心中都有说不出的安慰和欣喜。梦花说道："我和你虽然同窗多年，各人的家却没有走动，所以致有昨夜的误会，后来说明了，多蒙令妹相助，这事情你老哥不知已经晓得了吗？"

"我全都知道，我全都知道，昨夜我也险遭不测呢！"

雨龙一面笑着，一面又低低地告诉。

“可不是？作为我十二时走的，但你却没有回来，我心中也真为你担忧。”梦花显出很关心的样子。雨龙遂把自己经过，向他约略诉说了一遍。

梦花想起和云仙的情形，自然很感到有趣，笑了一笑。忽然他向四周望了一眼，附了他的耳朵，低低地说道：“今天我来找你，一则还你衣服；二则，是告诉你的大局情势。早晨我接上峰密电，谓情报部消息，昨夜被捕五人，他们熬不住剧刑，所以已吐露了几个，你大概也在内的。我想你为了保全生命计，你应该暂时脱离家庭为妙，此刻我尚有事情，晚上你到第五机关来集会吧！”梦花说毕，和他一握手，身子已向外走了。

雨龙骤然得此消息，也不免心惊肉跳。意欲再问他一个详细，无奈他已很快地走了。想来真的还有要事去干，遂也不喊住他。挟了那包衣服，自管走回教室里去。这一课他哪里有心思听讲，好容易下了课。他披上雨衣，挟了衣包和书本，匆匆到高中一教室去找云仙。不料同学告诉他，说云仙被同学约候已先出校去了。雨龙于是急急自管回家，把衣包书本放在自己房中。因为心里有心事，所以有些坐也不是，立也不是，总感到局促不安。他走到上房去坐一回，瞧母亲正在抱了雨林逗着玩，他心里有些伤感，遂悄悄地退出，又到自己的房中。望着窗外的雨还是细细地落着，他心里的紊乱也仿佛和雨丝一样。本来还可以和妹妹商量商量，偏妹妹被同学约出去了。怎么这时候还不回来？天色倒晚了。雨龙心儿越弄越急，越急越没了主意，他在室中仿佛热锅上的蚂蚁一般踱来踱去的踱个不了。

但理智告诉他，事到万急，三十六着，走为上着，那还有什么游移的吗？雨龙突然在这样感觉之下，他便走到床边，抽出一只皮箱，急匆匆地整理了一些衣服。同时又坐到写字台旁，开亮了台灯，取过一张素笺，提起笔来写了爸爸妈妈四个字。在写毕这四个字的时候，不知怎的，一股子辛酸，他的眼眶子里却是贮满了许多的热泪。而且手中握着的那一支笔，也瑟瑟地颤抖起来。

“大丈夫处此乱世，不到外面去创造一些事业，难道甘心与草木共腐吗？”忽然雨龙又自言自语地说出了这几句话，他终于把两眶子热泪仍旧又咽了下去。振作精神，簌簌地写了两封信。一封信给父母，一封信给大伯，写好两信，压在玻璃台板之下。就在这个当儿，忽见云仙笑盈盈地跳进来。她把书本向桌上一抛，脱了雨衣，向雨龙笑道：“杨先生可曾把衣服来还过你吗？”

雨龙见了云仙，便上前去把她的身子猛可抱住了，说道：“妹妹！我和你要暂时分离了。”

云仙冷不防听他这么说，芳心倒是吃了一惊。两手捧着她的脸蛋儿，颦蹙了翠眉，说道：“怎么啦！哥哥要到什么地方去了吗？”

雨龙这才放了她身子，拉了她的手，说道：“三点钟时候梦花来还我衣服，他告诉我，说军部里已知道了我的姓名，恐怕我的生命将发生危险，所以他劝我是不得不暂时出亡的。”

“哎哟！那可怎么好？哥哥！你真的预备抛家出亡了

吗?”一下听了这话，心里一阵酸楚，她一个女孩儿家，究竟未免落下一滴泪水来。

雨龙见妹妹流泪，眼皮儿也红了。望着她妩媚的娇靥，安慰她说道：“妹妹！别伤心，虽然暂时分离，但往后相聚的机会正多。况且年轻的人，若不到外面去奋斗，也是永远得不到光明的出路。妹妹！我已理好了皮箱，并且写好了两封信，回头你和他们只说我是不别而走的是了。”雨龙说着，把云仙拉到写字台旁，将玻璃台板下那两封信指给她瞧。

云仙取来，瞧了一遍。觉得虽然写得很简单，但文字却也悲壮，令人精神振奋，热血直喷。这就回身握了雨龙的手，正欲向他说几句勉励的话。不料这时仆妇陆妈却匆匆走来喊道：“大少爷！二小姐！太太叫你们用饭去了。”雨龙云仙听了，只好不作声地默默地到饭厅里去。

今天晚餐季常是没有在家里吃，雨龙云仙因为心中有着心事，所以只吃了一小盅的饭，就匆匆地走出了饭厅。站在院子里，望着雨已停止，水云随风慢慢地飘散。一轮光圆的明月，却在云堆里掩映而出了。照射在院子里经过雨水洗击后的水门汀地面，亮晶晶的，仿佛是倒泻了一地的水银。雨龙正在出神，后面云仙也跟着出来，笑道：“哥哥！你瞧！光明已冲破了黑夜。不久的将来，你定能成功一个中国的大伟人!”

雨龙听云仙触景生情，说的好吉利的话，心里十分欢喜。回眸望她一眼，笑着点头说道：“但愿应了妹妹的话，这就万幸的了。”

“当然啰！我是金口，要不说，说了句句是实在的话。”云仙瞟他一眼，嗤嗤地笑。雨龙见妹妹娇憨得可爱，遂拉了她的手，也哈哈地好笑起来。

两人携手到了房中，兄妹絮絮地又谈了许多时候。雨龙抬头见壁上的那座挂钟，已指在九点多了。遂站起身子，提了皮箱，悄声儿地道：“妹妹！我走了……”这话声带有些儿颤抖的成分，但他犹竭力压制自己的悲哀，身子已很快地跨出院子外去了。

云仙红着眼皮儿，在后面悄悄地跟着出来。夜是静悄悄的，显得那么的寥寂。夜风吹在身上，两人的心灵上都感到无限的凄凉。

雨后的大街上更显得静寂，尤其在这黑夜的时光。云仙拉了雨龙的手，有些依恋惜别之情。天空中是缀点了朵朵的浮云，随了风力的推动，使它已没有了自主的能力，毫无目的地来去飘飞。云仙睹此情景，心头更有些感伤，低低地道：“哥哥！你在外面冷热小心，做事更需谨慎。并且我那儿的信也要常常来的，免得我心里记挂。”

“妹妹！你放心，一切我都知道。最后我向妹妹叮嘱几句话，爸爸是个糊涂虫，只知享乐，而不晓得创造事业。志气也消磨尽了，我也不用挂在心上。只是母亲目前，你得好生照顾。同时，也得安慰于她，请她不用因我出走而感到伤心。因为我这次的出走，完全为我前途而奋斗，也许不久之后，我们见面时有光荣的欢乐！妹妹！你的身子也千万保重，弟妹也要小心看顾。我虽身在外，而心头一定也非常安慰的。”雨龙见她昂了粉颊儿，明眸中含了晶莹莹的泪水，这意态令人感到楚楚可怜。一时心头也有些黯然，把她柔软的手儿握得紧紧的，低低地向她叮嘱了这一篇话。

“家中的事，你不用关心。爸爸虽然不做事，但苦吃苦用，总还可以过去。你在外面，一心为你的事业而奋斗是了。”云仙听他这样说，遂又悄声儿安慰着他。

“那么你进去罢!”雨龙点了点头，放了云仙的纤手，他回眸过去，向西边人行道旁停着的那一辆人力车一招手，那车夫就拔步拉过来了。

“哥哥！你此刻上哪儿去呢?”云仙见雨龙提着皮箱已跳上了人力车，方才奔上去，又情不自禁地问了这么一句。

“像天上的浮云一样，也无非到处为家罢了。”雨龙叹了一口气，车夫已拉着车杠向前走了。雨龙向她摇了摇手，叫声：“妹妹再见。”便把脸儿又很快地回了过去。云仙虽然没有瞧到哥哥脸部的表情，但她一颗芳心是很明白的，哥哥的脸上一定是沾着泪水。她在回味这一句“到处为家”的话，她觉得悲酸，在这一刹那间，她的眼眶子里的热泪，已大颗儿地滚下来了。

拖着懒洋洋的步伐，低了头儿，一步挨一步地走回卧房里来。云仙心里是只管在悲哀着辛酸的别离，但她哪里晓得三姨太的房中，已经是吵闹得天翻地覆了呢!

六、意绵绵同心订鸢盟

盖季常读完了雨龙第二封信的时候，他的理智和情感是在内心交战得非常的厉害。因为在二十年前，他自海外回国，看到国内种种腐败的情形，他是十二分的不满意，很想努力地来改革一下。不过季常素性是个和平的人，所以他选择了一种没有人会和他作对的普及教育的事业，努力地服务着社会。他这一种奋斗的精神，的确是从艰难中踏到成功的道路。因为在那时封建制度极浓厚的势力下，你要提倡教育，使男男女女、老老少少都来入校读书。就是不收一切的费用，而且拿请吃喜酒式的方法去请，恐怕大家都还感到有些勉强。好在季常有的是钱，虽然曾经有过一度的灰心，但他百折不挠地终于成功了一个教育界中的伟人。

过去的种种困苦的事情，季常是常常在对一般孩子们讲的。一方面固然是教导孩子们应该有坚毅的精神，不气馁，不灰心，唯一的信仰就是成功，这在大伯过去就是一个好例子。一方面也是表显大伯有今日的地位，实在是费了二十年来努力奋斗的心血，才得成功。雨龙和云仙自小在季常这样教导之下，说句实在的话，所受的影响，确实不小。那么雨龙今日具有新颖思想，努力奋斗欲铲除国内的封建遗孽，还不是季常指使的吗？

在季常的心里也未始不明白北军的腐败，种种不法的行为，就是不能成大事的主要因素。凭良心说，他对于雨龙的行动，是绝对赞成，而且还应该加以奖励。然而季常处身北地，一切生命财产都在督军衙门的势力之下，同时他在教育部里还荣任了高等顾问的官衔。所以他那平日的心理，极喜欢老是这样地苟安下去。并且更因为近来性情有些作怪，似乎很需要一个美丽的姑娘来做个终身伴侣，以娱晚景。所以他那过去二十年来的奋斗精神，完全在“女人”两字中消失了下去。尤其他在正要达到目的的时候，更不喜欢干那种情形的工作。所以他在花如兰家里回来的时候，骤然得知了雨龙参加国民党的消息，他是大大的愤怒。从衙门里一回到家，就在仲良面前大发脾气了。

然而他在瞧到雨龙给他一封信中的言语以后，他良心不禁又有些隐隐作痛，因此两眼望着信笺自不免出了一回子神。但是他的脑海里又想起赵处长的一句话：“你不能把这一件事站在第三者立场而说的，因为你是他的大伯，又是他的校长，对内对外，都有重大的责任。”照他这样说起来，雨龙的加入革命军，仿佛等于我的加入革命军。现在雨龙这畜生就是这么一逃完事，叫我在赵处长面前拿什么去交代？季常在这一个感觉之下，他想为了雨龙这畜生闯下了祸，我不但是要倾家荡产，而且简直连性命都要发生危险了。因此也就无怪他猛可地站起身子，发狂似的要阿贵等把雨龙去追回来了。

季常这突如其来失常的举动，把室中那些人儿当然是大吃了一惊。云仙这就走上来，向季常柔声儿地叫道：“大伯！你且息怒，静静地坐一回。哥哥已经是走了，你叫他们还到什么地方去找好呢？”

季常在瞧到这位如花如玉的侄女儿后，他的愤怒立刻会消去了一半。使他心中又想起这位花如兰小姐那种亲热对待的情景，他觉得心头甜蜜了许多。不过他又想到明天怎么样到赵处长面前去交代，他的忧愁很快地又冲散了甜蜜，不禁颓然地倒下沙发来，叹道：“这畜生真害人不浅，我明天拿什么话去和赵处长说好？你们也得给我想想办法。否则我也一走完事，天坍也由你们去罢！”

季常这句话其实是急急他们的，谁知仲良和文魁听了，就当了认真。以为大哥一走，事情就糟糕了，马上抢步上来，齐声地说道：“大哥！你是千万不能走，你若一走，我们是都死路一条了。”两人说到这里，竟不管房中站着许多人，就扑的一声向季常跪下来了。

丽玉本来是袖手旁观的，今见丈夫这个模样，知道这件事情关系重大。大伯既然要负责任，三叔岂能卸脱干系吗？因此她向六个姨太眼儿一瞟，也都一齐跪下，而且呜呜咽咽地哭起来。

翠英听儿子留书逃走，早就想哭，为的是怕大家责骂。如今见弟妇和六个姨太跪下都哭，因此也跪下哭得更加伤心。这一般孩子和仆人见二老爷三老爷等尚且如此，于是也都纷纷跪下，在他们的意思当然是希望大伯父不要走开。

季常一个人坐在沙发上，见了他们都跪在地下。同时被他们这么一哭，真是出乎意料之外。暗想，我还没有死哩！你们这样子难道算送终吗？一时真急得束手无策，慌忙站起身子，把脚恨恨地一顿，大声喝道："我不走，我不走！你们快起来，不许哭，不许哭！这……这……算什么样儿？你们真要我的命了。"

随了这一句话后，大家便一齐地站起。大大小小的也就立刻收束泪痕，呆呆地站着。季常在他们站起的时候，他不禁又颓然地倒下沙发去，向众人说道："你们都留住我，叫我去做难人。但这事情可不是平常的，况军法处也是讲不了交情的。他所以不来捕捉，是为了我的面子。现在雨龙逃走了，赵处长心里想来，不是要疑惑我故意放走的吗？"

"虽然大哥这话原也不错，不是活活地去送了一条命吗？"仲良愁苦了脸儿，弯着腰儿，搓着两手，向季常低低地说，意思当然是要大哥的垂怜。

不料季常最恨的就是仲良，听他这样说，就啐他一口，说道："像你这种废人，只知吸吸鸦片，不晓得创办事情，那倒还是死了清爽。雨龙可不是我养的，你做父亲的到底在管些什么东西呢？唉！这真正岂有此理！"

仲良听大哥这样怒责，心里虽然非常恼恨，但是也不敢响一声儿。翠英瞧此情景，走上前去。遂眼泪盈盈地向季常叫道："大伯！事到如此，也只好你老人家去办理了。你老人家赐给我们的恩典，我们是到死都不敢忘的。唉！说来说去总是雨龙这孩子不争气，累大伯东奔西走的劳苦。唉！大伯！你就瞧在我苦命人的脸上，给我们想想法子吧！……"翠英在叹第二口气的时候，她的眼泪已像断线珍珠一般地滚下来了。

季常瞧了女人家的眼泪，本来心儿就会软的。尤其是翠英那种楚楚可怜的意态，他更没有发脾气的勇气了，遂叹了一声，说道："你也不必伤心，并不是我不肯办理，因为这件事的关系实在太大了。但是除了我一个人来负责任外，还有谁来负担呢？……"

众人听了季常末了两句话，总算在心头那块镇压的大石落了下来。翠英连忙倒了热水瓶的开水，拧了一把手巾，亲自给季常擦脸，并且又倒上一杯茶。仲良也忙着递雪茄烟，文魁过来划火柴。季常在他们这一阵忙碌之下，气也平了一些，他觉得很满意，遂站起身子，说道："时候不早，大家也都该安置了。"季常说着话，身子已走出房外去了。

"雨苍！你快伴大伯回去，地上稀湿的，扶着大伯走，小心一些。"翠英见季常走出，便忙向雨苍这么说。雨苍答应一声，早已一溜烟似的跟着奔出去了。

这里文魁夫妇等也各自回房，剩下的是仲良和三姨太两个人，你看我，我望你，呆呆地出了一回子神。三姨太瞧着一地板的烟盘子里的东西，倒忍不住噗哧的一声笑出来。仲良受了一肚子的气，见她还笑，便说道："你倒还笑得出？"

"谁叫你养这种没出息的儿子？害得人家都心惊胆寒的，倒还不如我不生育好吗？"三姨太这句是含有些儿挑剔性质，当然她是怪翠英养错了儿子。

仲良没有说什么，取了一支雪茄烟，坐在沙发上，只是连连地猛吸。仆妇王妈拿了扫帚畚箕进来，把烟盘子烟缸拾起，其余敲碎的东西，都一一扫去。又拿拖粪来揩了地板，方才悄悄地掩门走出。三姨太把床上那支烟枪拿来，和烟盘等一块儿藏入梳妆台的大抽屉里去。回眸见仲良兀是坐在沙发上出神，遂走上前去，推他一下身子，说道："快睡了，还呆呆坐着想什么心事？"

"我越想越气，大哥不该骂我死了清爽，他这是什么话呢？"仲良把雪茄烟蒂恨恨地向地上一丢，站起身子，显出非常愤怒的神气。

"你要仰仗着他，那有什么办法？你肯挣一口气，到外面去找一些儿事情干，大伯还会骂你死了干净吗？"三姨太俏眼儿瞟他一下，拿话去讽刺他。仲良冷笑道："好！我明天准定到外面找事去，看他还小觑着我？"

"那才有志气，我跟着你也威风些。断命老三的那个雌老虎，尖嘴薄舌的，真气人哩！"三姨太和仲良一同睡进被窝里去，一面又恨恨地骂着文魁的妻子。

谁知三姨太在仲良面前气着丽玉，丽玉回房后也正向文魁唠叨不休着。文魁道："你不明白，加入乱党，是最大的罪犯。若不是大哥想法去恳情，那我做叔叔的也是脱不了干系的。你说翠英这只狐媚子最难看，但刚才还不是全靠她说了几句话，大哥才软下心儿来吗？"

丽玉鼓着两腮，冷笑了一声，说道："我瞧翠英这不要脸儿的东西，她在大哥面前就惯会撒娇。说起来也奇怪，大哥对待她的情景，似乎也特别怜爱一些。我想大哥一定是被这只狐媚子迷倒了，说得明白些，两人也许有些关系的。"

文魁听她这么说，立刻把她嘴儿扪住了，说道："你别尖嘴薄舌地胡猜了，若让下人们传到大哥的耳中，那还当了得。"

丽玉见丈夫怕得这个模样，心里愈加不服气，恨恨地又道：“怕什么？反正我们又不想他的家产。不是我尖嘴薄舌地胡猜，翠英她那种迷人的样子，我就瞧不入眼。”

“丽玉！我不是说你的短处，你这人吃亏的地方，就是太心直口快。即使你有这种的感觉，你也不用说出来，肚子里想也就罢了。”文魁见她兀是很气愤的样子，遂又低声儿地劝着她。

“谁像你的忍耐性好？仿佛是个没气死人。我这人脾气就这样，肚子里藏不了一句话的。”丽玉对于文魁的话却不以为然，俏眼儿恨恨地白了他一眼。

“何苦来？和我生气？睡罢！时候真也不早了，明天还得办事哩！”文魁见妻子那个白眼，倒反而笑起来。把她身子一拉，两人便都倒入被窝里去了。

这时翠英在房中是最伤心，她对了那盏绿纱罩的台灯，只管扑簌簌地落眼泪。云仙陪在一旁，粉脸儿上也是沾满了无数的泪痕。

“妈！只要大伯有法子在赵处长面前通得过，至于哥哥的抛家出走，你老人家是不用伤心的。因为他这次的出走，将来回家的日子，至少是给妈增一些儿光荣。”母女俩默默地淌了一回泪，云仙纤手揉擦着眼皮，终于低低地劝慰着她。

“雨龙晚饭还在家里吃的呢！他一转眼间，怎么就走了？我想他的出走，你一定是知道的。不过他到什么地方去了？你不是该告诉我吗？”翠英听云仙这样安慰，遂抬起泪眼盈盈的眼儿，向她很轻声地问着。

“哥哥到什么地方去？我委实不知道。因为他是有公务的人，所以究竟到什么地方去？连他自己也不知道的。”云仙摇了摇头，又悄悄地回答。

“唉！好好儿的书不读，偏喜欢干那种冒险的工作，这叫做娘的不是担心吗？”翠英听了，忍不住又深深地叹了一口气。取出一方手帕儿，擦了擦眼皮。

“不过哥哥在外面工作，也并不一定是危险。他们也许不会在北京城里久住的，说不定他们都要到广东去。”云仙见妈十分担心，遂又安慰着她。

翠英没有回答什么，过了一回，又叹了一声，说道：“这孩子到底太不懂事了，孙将军的势力不是很大吗？革命军怎么打得过他们？”

云仙知道她们母女俩间的思想，是隔了一道辽阔的鸿沟，再也说不清楚的。遂也不再说什么，只叫母亲早些儿睡了，她便也自管回房里去了。待云仙走后不到五分钟，阿青伴着雨苍回来了。翠英忙在瓷罐子里取出两方块黄松松的奶油蛋糕，用纸包好，交给阿青，说道：“你给大爷充饥去吧！”

阿青答应一声，遂匆匆地拿到季常的卧房里来。只见大爷反搭了双手，嘴里衔着一段雪茄，在室中打着圈子。遂把蛋糕放在桌上，把纸儿透开，并倒了一杯柠檬茶，说道：“大爷！这是二婶太太叫我拿来给大爷充饥的。”

季常今夜在如兰家里原只有喝些儿酒，饭只有吃了一小盅。经过了这一阵子吵闹以后，此刻肚子里倒真的有些饿起来。遂点了点头，撩上手去，把那段雪茄烟放在烟缸上面，握了玻璃杯子，先喝了一口柠檬茶。当他拿了奶油蛋糕放进嘴里去的时候，心中这就暗想，到底还是二婶心中有我那么一个大伯，处处提防都能想得周到，不然，我肚子饿了，一时里却也没有什么东西好吃呢？季常这样想着，对于雨龙这件事的痛恨也就减少了一些。因为雨龙究竟是她的儿子，我给她儿子帮些忙，还不是等于报答了她一样吗？

但是他想起明天在赵处长面前交代的那一笔账，他又感到非常的焦虑。有我赵处长那个贼也是只认铜钿不认人的，虽然明知解决这件事情，无非是个铜钿案子。但他若趁此敲我一记大竹杠，我怎么能够答应下去呢？假使不答应，这贼立刻翻面无情，也许会把我人儿扣留起来的。季常想到这里，在吃下半块蛋糕之后，剩下的半块便再也吃不下去了。低了头儿，望着自己的皮鞋脚尖又踱起圈子来。

阿青站在旁边，瞧着大爷这份儿焦虑的神情，遂插嘴说道："大爷！雨龙少爷又不是大爷的儿子，不管军法处、司令部，总也讲个道理的，难道可以向做伯伯的说话吗？二爷活着哩！什么事情叫他和二爷去说是了，干我们鸟事。"

"你信着嘴儿胡说什么？他们肯和你讲理这事情就好办了。你去睡罢！我也休息了。"季常常听阿青说话粗俗，遂停止了步，向他瞪了一眼，挥了挥手，叫他可以去睡了。阿青说这几句话，原表示他心中有些儿气愤。今被大爷这么一喝，也就喏喏连声地退出房外去了。

季常待阿青走后，他便坐在沙发上又出了一回子神。直到钟鸣十二下，他方才脱衣就寝。心中暗想，到了明天再作道理，何必自寻烦恼？于是他便沉沉地睡熟了。

次日醒来，时已八点，在季常本来再欲睡一忽儿，但他猛可想起今天如兰九点钟要到中华中学去找我的。于是他便急急起身，漱洗完毕，连忙叫阿青吩咐阿贵备车。当季常跳上车厢的时候，他的脑海里忽然又有了一个感觉。时候还只八点二十分，想来如兰一定还在家里的，那么我何不用汽车去接她呢？这样子不是更显得殷勤了一些。季常想定主意，遂向阿贵说道："你给我开到西车站路去吧！"

阿贵当然点头答应，遂拨动机件，开出了大门，一直向西车站路驶过去。季常心中是十分的得意，暗想，如兰她见我今日居然亲自去接她，她那颗芳心中是多么的欢喜呢！不多一回，车已在西车站路驶行了。季常两眼是只管向车窗外瞧望着，在他瞧到红瓦片小洋楼的时候，遂叫阿贵立刻停车，他便拉开车厢，三脚两步地跳下车子。走上数步，就到了一百十四号的铁栅门口。季常抬头见上面有个电铃，遂伸手揿了一揿。约摸三分钟后，就听有个女子的声音，娇声地问道："是谁呀？"

季常听得随了这一句话声，会客室中就奔出一个姑娘来，正是丫头玲弟。玲弟突然瞥见门外站着的季常，心里似乎吃了一惊。粉脸上有些慌张之色，站在石级上不免愣住了一回。但她这愕然的姿势是只有一霎那间的，在不到几秒钟之后，立刻就恢复她原有灵活的神情。笑盈盈地步下石级来，叫道："盖大爷！您早哟！"

玲弟说着话，已把铁栅门儿拉开了。季常一面跨步进内，一面微笑问道："你的小姐起来了吗？"

玲弟关上了门儿，请他到会客室里坐下。把他呢帽和司的克接过，放在桌上，笑道："昨夜小姐贪了杯，今天就睡迟了。盖大爷！你请坐回儿，我去催她起身吧！"

“这是我的不好，你小姐大概不会喝酒的，因为我昨夜多劝她喝了几杯。”季常听如兰还没有起床，忍不住微微地笑着说。

“这怎么能够怨大爷不好？小姐这脾气原有些古怪的，她像小孩子似的爱贪睡。”玲弟说着，逗给他一个媚眼儿，便含笑走到楼上去了。在她跨上扶梯的时候，不免连连顿了顿脚。暗自说道：“这……可怎么好？这可怎么好？”

诸位！你道玲弟为什么急得这分儿模样？这其中当然有个缘故。不过纠结是什么缘故？作书的且丢下了季常，让他在会客室中多坐一回儿，慢慢地先把这个缘故告诉给诸位晓得个详细吧！

雨龙和妹妹分手以后，他的眼皮儿真有些润湿起来，望着天空中的浮云，心头感到十分的悲哀。不料车夫回头过来，低低地问道：“先生！你上哪儿去？”

雨龙被他这么一问，一时实在说不出一个去处，因此自不免愣住了一回子。但他眸珠一转，忽然有了主意，忙说道：“你给我拉到西车站路去吧！”

车夫听了，遂向西拔步飞跑。雨龙暗想，如兰既然十分倾心于我，那么我在无家可归之时，暂时到她们家里去耽搁一夜，想来她一定不会拒绝的。想到这里，又觉得人生的聚散，真不可捉摸的，好像和那天空的云，水面的萍，一样地缥缈无定。假使没有昨夜的急奔上车和她认识了后，我怎么知道有个姓花的女子是住在西车站路哩？那么我和她难道说是有缘吗？雨龙在十分悲哀凄苦之余，心里倒又甜蜜起来，不禁破涕为笑。眼前立刻又展现了如兰浅笑含颦的娇靥，真仿佛海棠花那么的娇艳。虽然她的年龄较我长两岁，同时亦是个寡妇了。然而只要她有自由的权力，我实在不管一切地要爱上她。她在我心坎儿上的印象，的确太深刻一些儿了。

经过雨龙这一阵子思忖，车子已到了西车站路。雨龙叫他拉到一百十四号的门口停下，付去了车资。探头向铁栅孔缝里望进去，会客室里的灯光已经是熄灭的了。心中暗想，她们已睡了吗？抬头再向楼上一望，见那绿绸帷幔中尚有灯光映出，大概没有睡。便伸手在电铃上按了一回，这就见楼上窗门开处，探出半个脸儿来，低声地问道："是谁啦？"

雨龙是站在一盏门灯的下面，瞧到楼上黑暗处，根本模糊不清，所以他也不知道是谁在问，仰了脸儿，就回答道："是我。"

其实是我两字回答太含混了一些，不过楼上瞧到楼下灯光处，自然明亮得多。所以在雨龙抬头的时候，她已瞧了一个清楚，笑盈盈地喊道："原来是盖少爷！请等回儿，我立刻就来开门吧！"接着，那扇窗子又掩了上去。

雨龙从这几句话中猜想，显然那是丫鬟玲弟。遂凝眸望着自己的脚尖，出了一回子神，约摸三分钟后，会客室里灯光亮了，接着玲弟很快地由石级上步到铁门旁来，笑道："盖少爷！你此刻怎么会来哟？"

"因为我有些儿事情。"随了这句话，雨龙身子已走到里面。

玲弟关上门，回身见他提了一只皮箱，遂含了很惊异的目光，向他脸上逗了一瞥，问道："盖少爷！你要出远门去了吗？"说着，伸手把皮箱接过代拿着，一面已引他到会客室里去。

雨龙含笑点点头，也问着她道："你小姐还没有睡吧！假使睡了，我就不上楼去了。"

玲弟听他这么说，便望着他抿嘴一笑，说道："还没有睡，小姐正请你上楼去坐呢！"说时，又把会客室的灯光熄去，两人一前一后地遂向扶梯步了上去。

在步进房中的时候，雨龙倒是怔了一怔。因为他见如兰坐在床上，下面拥着被儿，上身正在披一件条子花呢的旗袍。这情景显然如兰已经是睡了，因了自己的到来，所以她又赶紧地起床了。心里这就感到万分的抱歉，忙说道："怎么你已经睡了？玲弟干吗骗我？叫我吵醒了你，不是太对不起了吗？"

如兰把纤手拢了拢脑后的卷曲的长发，一面扣着纽襻，一面掀被跳下床上来。在这一刹那间，雨龙视线望到如兰已穿了一双肉色的丝袜，大腿是挺结实富于健康美的，心中未免有些荡漾。这时如兰已趿了一双青绒睡鞋，抬头一撩眼皮，笑道："弟弟！你别说这些话，我还睡了不多一回儿呢！"

玲弟一面把皮箱放下，一面倒上了茶，笑道："盖少爷说小姐假使睡了，他便不走上来。我听了这话，所以骗他没有睡哩！"说着，她身子已悄悄地退到门外去了。

如兰这才明白了，便把水汪汪的俏眼儿斜乜了他一眼，笑道："你这是什么话？那么你来也不用来了。"说到这里，忍不住掀着酒涡儿，又向他嫣然地一笑。拉了他的手，在沙发上坐下，说道："你拿了皮箱做什么？难道预备和姐姐来实行同居了吗？……"

“不！不！并不是，因为昨夜发生了乱子后，我在家里就不能住下去。”雨龙听她这样说，显然带有些取笑的意思。他觉得很难为情，因为自己夜里来吵扰她，在她心中不是要引起了误会吗？不禁绯红了两颊，向她急急地辩解着。

如兰在说这几句话的时候，确实是带有些和他开玩笑的性质。不过她没有加以一度的思索，今被他连说了三个不字，使她猛可想起“同居”两字，一定在他有所误会的地方，一时也觉得自己的说话，未免是失了检点。在一个年轻的男子面前，以我女人家的身份，而对他说这一种话，显然并非有这一种“同居”的意思，但到底是太难为情一些了。因此，她的粉颊儿，比雨龙更要羞得绯红。

不过如兰是个聪敏的女子，她当然有办法向雨龙加以解释。所以她故作娇嗔般地白了他一眼，似乎有些恼恨的神气，说道：“为什么推却得这样快？既然你家里不能住下去，难道姐姐叫你住几天，就会害了你吗？我知道你是个很爱避嫌疑的人，假使你真不嫌恶我家地方小的话，我总可以另外装设一个卧房给你住的，不知你愿意和姐姐做个伴吗？”

雨龙听她这样分解着，方知自己误会了她的意思，一时倒觉自己太以卑鄙一些了。握了她的手儿，紧紧地摇撼了一阵，说道：“姐姐这样情深蜜意地对待我，我当然是非常的感激。不过我在北京也许不会久留，大概就要到外埠去的。”

如兰听他这几句话，心里倒是一阵焦急，忙急急追问着道：“那么你要到什么地方去了？难道连中华中学的书也读不下去了吗?”

“大概是到广东去，为了事业的奋斗，读书问题自然也只好放弃了。……姐姐，你怎么手儿很烫，莫非有些热度吗？我此刻还有些事情要到团里去干，你只管到床上去躺着罢!”雨龙说到这里，忽然感觉到握着她的手，是很有些热辣辣的成分。遂急急地向她又这样地问，同时他记起白天里梦花的叮嘱，他预备要到第五机关里去集会了。

如兰听他要上广东去，心头已经有些黯然。此刻听他立刻又要走了，一时怎肯放他？拉住他的手儿，很急地说道：“我因为在晚饭的时候喝过一些儿酒，那手的热就是喝酒的原因，没有关系，你别担心的。你此刻又上哪儿去？最后，你应该和我多聚一回儿的。……”如兰说到这里，因为相遇才两次，正在心心相印之时，而突然又欲分离，当然是非常的难受。所以她说到末了的一句，几乎有些盈盈泪下的神气。

雨龙见她这个楚楚爱怜的意态，心里更加的感动，遂望着她微笑道：“我此刻去一次，回头还要来的呢！承蒙姐姐留我在此暂时住几天，我一定遵命，因为离开北京的日子，现在还没有决定哩！在未离开之前，我总可以和姐姐做一个伴。”

如兰对于雨龙这几句话是出乎意料之外的，不免还有些儿将信将疑的神气。颦蹙了翠眉，明眸瞅住了他，惊喜地问道：“弟弟！你这话可是真的吗?”

“当然是真的，你不信，我那只皮箱不是欲留在你的家里吗?”雨龙见她不相信的样子，心里更加地爱她，不禁望着她噗哧地笑。

不料如兰听他这样说，却娇嗔着道："你为什么要说我的家，难道我的家就不是你的家吗？你既承认我是你的姐姐，姐姐和弟弟还不是一家人吗？"如兰口里虽然这么说，两颊不免又盖上了一朵娇媚的桃花。

雨龙听她情深若此，这就把她爱到心头，感入骨髓，笑道："你的家就我的家，姐姐！我此刻要走了，回头准定来的，你放心是了。"

如兰不免乐极欲狂，猛可把他脖子抱住了，把粉颊儿偎到他的脸上，含笑叫道："弟弟！你真是我生命中唯一的安慰者。"雨龙是个年轻的男子，怎禁得她如此热狂的举动来亲热？心里有些情不自禁，遂把脸儿一偏，嘴对了她的颊边，啧啧地吻了两个香。既吻着了后，又感到十分的不好意思。这就站起身子，很快地逃到房外去了。

如兰知道他是害羞的缘故，遂厚了脸皮，追到扶梯口来，说道："弟弟！你早些儿回来，别让姐姐等着心焦。"

雨龙已步到扶梯的下面，听了这话，就回头仰上脸来，含笑招了招手。不料待他回头的时候，却和正从厨下走出的玲弟撞了一个满怀。玲弟哟了一声，因为是踏痛了她的脚，所以蹲下身子有些直不起腰来。雨龙瞧此情景，真是又羞又急，连忙把她扶起来，连问撞痛了哪儿没有？

玲弟的两颊，也娇羞得美丽。秋波瞅了他一眼，抿嘴笑道："盖少爷！你怎么急匆匆地又要走了？把我的脚儿踏得好痛呀！"

"对不起！对不起！因为我还要到团部里办事去。……"雨龙实在感到很难为情，红了脸儿，向她连说了两声对不起，身子已向外直奔了。待玲弟追着到门外，雨龙的身子早已不知去向了。一时望着黑漆漆的街道，倒是木然了一回子。

“玲弟！盖少爷走了吗?”玲弟走进房中的时候，如兰悄声儿地问着她。

“走了，他说回头还来吗?”玲弟见小姐坐在沙发上，手托香腮，很羞臊的模样。遂一面回答，一面也反问着。

“回头他还要来的，因为他或者要到广东去，家里不方便住，预备暂时在我这儿耽搁几天。玲弟！我所以要答应盖博士到中华中学去读书，还不如为了和他有多接近的机会吗？谁知我去读书了，他偏又要到广东去，你想，这不是叫我失望吗?”如兰仰了粉颊儿，明眸里含了哀怨的目光，向玲弟脉脉地瞟了一眼。

“但这也没有办法的事情，盖少爷有这种奋斗的精神，其实小姐应该欢喜才对的。”玲弟见小姐这样痴心，便含笑安慰着她。

“虽然我也这样想，不过我们接触的日子到底太少了，我怕他日子一久，在外面有了女朋友，就会把我忘记的。”如兰微蹙了蛾眉，她有些儿担心着。

玲弟忍不住抿嘴笑道：“我瞧盖少爷这人虽然风流潇洒，却是少年老成。决不是油腔滑调的少年可比，他假使真心爱上了你的话，就是只见一次的面，他也不会变心的。好在他还要在这儿住几天，小姐不是可以和他订个嫁娶的婚约吗?”

如兰听了这话，芳心倒是怦然一动。但她兀是娇嗔着道：“你也说得出的，我一个女孩儿家怎好意思赤裸裸地和他说明要嫁给他的话呢?”

“那么这就难了。……”玲弟说了一句，不禁又噗地一笑，俏眼儿斜乜了她一下，接着又道：“其实这也原没有什么难为情，反正那么说话的时候，房里总归只有两个人的。……”

如兰的芳心是跳动得厉害，两颊上完全浮现了青春的娇红，她把内心的热情已经爆发出来了，瞅着她笑道：“回头我叫你代说吧！反正你的脸皮是比我厚得多。……”

玲弟啐了一口，笑道：“小姐！你这话也亏说得出，这事情在第三个人说来就不讨巧的了。”

如兰见她笑得很有劲，遂嗔道：“你发疯了，笑得这个样儿做什么？回头盖少爷要来的，你去做些点心，等回现成拿来吃不是很好吗？”

玲弟点了点头，遂含笑走下去了。如兰站起身子，纤手按在嘴儿上打了一个呵欠。觉得身子软绵绵的，有些儿困倦。遂走到床边坐下，呆呆地坐了半个钟点，见雨龙还没有回来，心里未免有些焦急。看看时钟已经十点敲过，她的明眸不由自主地会闭了拢来。于是她便和衣倒在床上，躺了一回。不料经此一躺，她真个地呼呼地睡去了。

待她一觉醒来的时候，不料雨龙已经站在自己的床边了，他含笑叫道：“这么一盖，倒反而把姐姐吵醒了。”

如兰听他这么说，方才感觉到自己身上已多了一条被儿。一颗芳心，深感雨龙确定是个多情的少年。遂把纤手抬到眼皮上揉擦了一回，掀被从床上坐起，笑道：“弟弟！你多早晚回来的？你瞧我这人可睡得熟，竟一些儿也不知道哩！”

“才回来呢！我见你这样睡着，深恐你受了寒，所以移条被儿你盖，谁知反弄醒了你。”雨龙见她理着蓬松的云发，那种病西施的意态，令人感到可爱。他搓着两手，表示很不安的样子。

“这也不能怪你弄醒的，你瞧已经十二点了。我这一睡下去，不料已两个钟点了。弟弟！你团里的事情办成功了吗？那么不知有什么消息吗？我想最近大概不见得会要离开北京的吧！”如兰站起身来，两臂向上一伸，又伸了一个懒腰。

“这也说不定，上面命令下来，在一小时之内也捉摸不到的。……瞧姐姐光景，似乎还没有畅睡，那不是我吵了你。”雨龙一面回答，一面望着她打呵欠的神情，忍不住笑嘻嘻地说。如兰听了，却把秋波都给他一个白眼。没有向他说什么，含笑自管走到面汤台旁去了。

开了热水龙头，放下一条粉红色的毛巾，第一把拧起来，就回身递到雨龙面前，说道：“你要不擦一个脸儿？”

雨龙笑道：“你先擦了吧！”

如兰听他客气，反鼓着小嘴儿，娇嗔着道：“在姐姐的面前，谁要你闹什么客气？”

雨龙在她那种柔媚的手腕下，是没有勇气表示违拗的。遂笑了一笑，慌忙伸手接过了，很快地擦了一把脸。把手巾交还过去，弯了弯腰，笑道：“姐姐！多谢你！”

“拧把手巾就说得上多谢两字，那么谢的事情就未免太多了。”如兰接了手巾，还是薄怒含嗔地向他恨恨白了一眼。雨龙的心中，他感觉是甜蜜的，望着她苹果的两颊，只是娇憨地傻笑。

如兰知道他是得意的表示，遂不去睬他，回过身子，对了玻镜，就自管地梳妆了。雨龙见她洗过脸儿后，两颊更加的白里透红，非常的可爱。因为她只搽了一些雪花膏，就回转身来。这就情不自禁地笑道："为什么不涂一些儿胭脂?"

"你喜欢胭脂吗? 那你倒真像红楼中的贾二爷。"如兰秋波瞟他一眼，忍不住噗哧地笑。雨龙被她这么一说，心里当然很感到难为情，绯红了脸儿，却别转身子到沙发上去坐下了。

"为什么不回答我?"如兰跟着到沙发旁，在他身边坐下来，凝眸望着他俊美的脸蛋，故意追问着他。

"不！我不爱胭脂，我想你们女孩儿家一定是很爱的。"雨龙在她坐下的时候，鼻中的感觉，是十分的幽香。他瞅住了她吹弹得破的粉脸，有些儿淘醉。

"呸！你不爱胭脂，干吗叫我涂上去?"如兰把小嘴儿撇了撇，向他逗了那一撇嗔意的目光，忍不住又嫣然娇笑起来。

雨龙正在感到没话可说的当儿，忽见玲弟端了一盘热气腾腾的点心上来。放在那张百灵桌上，俏眼儿向两人瞟了瞟，说道："自做的面条子，煮得不好吃，盖少爷快来尝尝味儿。"

"还烧点心我吃，那你们也太客气了。"雨龙嘴里说着话，但身子却已站起来，回头向如兰笑道："姐姐！大家一块儿来吃，别做客。……"

雨龙这两句话就说得油滑，但听在如兰和玲弟的耳中，是只有感到十二分的有趣，忍不住弯了腰肢吃吃地笑起来。如兰一面站起，一面白了他一眼，笑道："我还会做客，你不要老是把客气两字挂在嘴上是了。”

“姐姐不是说你的家就是我的家一样吗？那我还客气什么？来来来，趁热的，面条子冷了就不好吃。”雨龙听她这样说，索性一味地显出顽皮的样子。

如兰于是和他一同在桌边坐下，玲弟已把两碗面从盘子里端出，放到各人的面前。雨龙向如兰面前那碗面儿望了望，故意笑着道：“我一碗没有像姐姐的多。”

“那么我就跟你换一碗好了，你这人究竟脱不了孩子气。”如兰听他这么说，把自己一碗放到他面前去，把他一碗拿过来。秋波瞟他一眼，忍不住噗哧地笑起来。

雨龙见她那种温情的意态，真使自己一颗心儿甜蜜到了极点。因此他虽然是吃着面儿，嘴角旁的笑容却是没有消失过。

“玲弟！你这面儿煮得不错。……”雨龙吃了半碗的时候，偶然抬起头来，忽然瞥见如兰身后站着的玲弟，却只管望着自己笑。雨龙被她笑得怪不好意思的，因为她刚才曾经对我说过尝尝味儿的话，于是便向他低低地搭讪着。

玲弟摇头笑道：“盖少爷也许是说掉头话。”

雨龙道：“正经的，煮得好，鲜美得了不得。”

如兰见他赞美得这个模样，便把自己碗内的面条拣了一筷子，送到他的碗内去，笑道：“你喜欢吃，我就给你多吃一些儿。”

“本来呢！姐姐原该给弟弟多吃一些儿的。”雨龙把碗儿凑过去，表示接受她的意思。

如兰笑道：“两碗面已经是随你拣的了，你还说这些话，那就是贪心不足。不过小孩子大都如此，这也难怪你的。”说着，把俏眼儿向他瞟了瞟，于是大家都吃吃地笑起来。

两人吃毕了面，时已一点了。玲弟匆匆把碗筷收拾下去，又来倒上两杯香茗，方才掩门悄悄地出去自管睡了。这里如兰握了玻璃杯子，凑在红红的唇儿上，一口一口地呷着。秋波向他瞟了一眼，轻轻地说道：“弟弟！你的卧室，今夜是来不及布置了。所以暂时我把这张床让给你睡一宵，好在明天就可以给你住到一个人的房间里去。”

“那么姐姐睡到什么地方去呢？”雨龙也正坐在沙发上握了杯子喝着茶，听她这样说，遂把茶杯放下，站起身子来，望着她娇媚的粉脸儿微微地笑。

“也没有多少时候可以睡了，我就睡在那张席梦思的沙发上吧！”如兰被他这么一问，两颊更显得红晕一些，也放下来茶杯，站起身子，低低地说。

“我想姐姐仍旧睡在床上，还是我躺在席梦思的好。”雨龙当然不好意思自己去占了人家的床，倒叫她睡沙发，所以忙含笑客气着。

如兰在床上已撩过一条绿绸的被儿，抱到席梦思的长沙发上去。听他这样说，遂瞅了他一眼，很不解似的问道：“那为什么？难道我睡在沙发上就不好了吗？”

“因为我觉得让姐姐躺在沙发上，我心里是很不安的。”雨龙慢慢地步到如兰的身旁，显出很亲热的样子。

如兰心里荡漾了一下，掀着酒涡儿微微地一笑，说道：“我是主人，你到底是客，叫你睡在沙发上，我心头难道也会安的吗？”

“姐姐你这一句话就不对，刚才你说我们姐弟原是一家人，现在怎么倒又分出主人和客人来呢？可见姐姐对我说的并不是真心话。……”雨龙笑着向她反问，表示她的话儿，前后未免有些矛盾。

如兰所以说主人和客人的话，无非要雨龙睡到床上去。可是她却没有想到这一层意思，现在听他说自己没有真心话对他，换句话说，就是我待他的情分含有些虚伪的表现，一时倒急得两颊绯红。秋波含了哀怨的目光，恨恨地望他一眼，说道：“我这样真心真意地对待你，你还拿这种话来呕我气，这不是叫我太灰心了吗？假使我不是真心待着你，我总不会好死的……”如兰说到这里，由怨恨而转到伤心，眼皮儿一红，真的竟淌下泪来。但她又觉得太难为情了，因此离开了他的身子，背着他坐到沙发上去了。

雨龙也想不到自己一句开玩笑的话，倒叫她认了真。不过细细想来，可怜她是多么的痴心。这在雨龙的心中，当然把她更爱到了最高峰。慌忙也走了过去，在她身旁坐下来，扳转她的肩儿，两人的脸便瞧了一个正着。只见她脸颊上全沾了晶莹的泪水，仿佛海棠着雨，愈令人楚楚可怜，这就笑道：“姐姐！弟弟和你说着玩的，你干吗真的生了气？何苦来说什么死活的话，姐姐的心其实我早已洞悉的了。……”

“你高兴？还笑得出？……”如兰秋波逗给他一个娇嗔，还是显得十二分的怨恨。

雨龙见她这个娇嗔，是反增加了不少的妩媚。遂偎过身子去，又笑道：“我笑姐姐还是一味的孩子气呢！”

“哼！孩子气？你就别理我好了。”如兰仍旧生着气，把身子要到别转去。雨龙这就急起来，拉了她手，不肯让她回过身子去，赔笑叫道："亲姐姐！好姐姐！你要打要骂任凭你处罚，只是千万别生我的气，总念我年轻不懂事，你就饶我这一遭儿吧！"

如兰被他这么一来，还有办法再生气吗？其实她本来是假惺惺作态，此刻她的面庞上再也熬不住浮起一丝笑意来，不过一回儿哭，一回儿笑，究竟也有些不好意思。一下把纤指恨恨又戳向雨龙的额上去，微蹙了柳眉，嗔道："谁和你涎脸？亏你说得出了羞也不羞？"

"在姐姐的面前还用怕羞吗？好姐姐！你真像我的灵魂一样哩！"雨龙知道她这个薄怒含嗔，完全是内心爱我的表示。他在如兰这种柔媚的手腕下，他完全是陶醉起来。望着她的粉脸，一面笑嘻嘻地说，一面索性把身子倒入她的怀中去了。

如兰的一颗芳心，也是被雨龙撩拨得同样陶醉着。她的全身感觉热烘烘的，脸部更加地赤化起来。她想推开雨龙的身子，但是她又始终没有这个勇气。因为始终没有第三个人，使她芳心增加了不少的胆量。情不自禁地也搂紧了雨龙的身子，两人的脸儿就依偎到一处去了。

这时雨龙已被她热情所融化了，他胸部的感觉，是软绵绵得可爱。两手捧着如兰的脸儿，他对准了如兰的小嘴，却凑上去紧紧地吻住了。如兰在万分羞涩之余，她是感到无限的喜悦。因为在她那颗寂寞的心灵中，确实也需要这样的安慰。所以两人已变成了一个，很热烈地享受着这甜蜜的温存。

经过良久的吮吻，由于心头跳跃的快速，使两人的呼吸都感到有些儿急促。如兰轻轻推开他的脸儿，在灯光下绕过三分羞涩七分喜悦的媚眼儿，向雨龙似嗔似恨地白了一眼，却是嫣然娇笑地垂下头来。

雨龙乐得心花朵朵地开起来，把手抬起她的粉脸，笑道："姐姐！你现在还跟我生气吗？"

如兰雪白的牙齿，微咬着两瓣薄薄而又红润的嘴唇皮子，憨笑了一回，说道："你这人说话很气人，刚才我所以拿主人客人的话来对你说，原是爱惜你身子的意思。因为你躺在沙发上，万一受了寒，叫我怎能心安呢？不料你一些儿不明白我的心，那不是叫我心酸吗？"

"这当然是我的错，不过我所以叫姐姐仍睡在床上，也是和你同样的意思。你的身子是那么的娇弱，比不得我这种粗强的身子，总可以忍受一些的。"雨龙听她这样说，感动得不得了，遂伸臂儿半环抱了她的细腰，也柔情蜜意地和她说。

其实在两人的心中，对于推让客气的事，也未始不明白是为了各人彼此相爱的缘故。不过男女间的恋爱，若没有一些儿误会，不起小小的波折，那是没有什么趣味的，而且感情也不会过分地增高。要波折愈多，那么感情也愈深了，而且也更加的甜蜜。像如兰和雨龙的客气，彼此无非都是一片好心，但偏要误会了一阵，一个生气，一个赔笑，那么在含嗔撒娇之中，两人的爱情不是愈加的深厚了吗？

当时如兰听雨龙这样说，便也偎过身子，靠在他的怀里，柔声儿地说道："虽然你的身子比我强壮些，但我也舍不得叫你一个人睡在沙发上。弟弟！假使你不嫌恶我的话，我们不妨抵足而眠，反正被儿有两条哩！"如兰说到这里，到底有些难为情，两颊不免添上了一圆圈的红云。

"承蒙姐姐这样相爱，那叫我还有什么话好说呢？"雨龙听了她这两句话，内心是甜蜜到了极点，明眸脉脉地望着她的娇容，表示无限的感激。

如兰微微地一笑，站起身子，把沙发上那条被儿仍旧抱回到床上去，并排地折齐了两个被窝。回眸向雨龙瞟了一眼，只见他已将西服上褂脱下了，遂笑道："你睡红的被？还是绿的？"

"我睡红的是了。"雨龙笑嘻嘻地说，身子已走到床边来。

如兰点头笑道："那么你睡进里面去罢！"

雨龙脱了皮鞋，钻身到被窝的时候，鼻中闻到一阵细香，遂忙又笑道："姐姐！哪一条被儿你平日做添盖的？"

如兰也在解旗袍的纽襻，听他这样问，便很奇怪抬起头来，问道："是条绿的，你问它做什么？"

"那就无怪了，因为我鼻中闻到红的被窝中是怪香的。"

雨龙心里有些荡漾，忍不住得意地笑。

如兰听他这样说，向他啐了一口，却也娇笑起来，忽又嗔道："你别给我信着嘴儿胡说吧！快回过头去，我要睡了。"

雨龙知道她不肯在他面前脱下旗袍来，为的是怕羞，遂故意作刁道："你睡只管睡好了，我又不会来阻止你。我的头喜欢向着外，那么你也不能管束我的自由。"

"你再嬉皮笑脸地顽皮，我可搥你。"如兰走上一步，向他扬了扬手儿，做个要打的姿势。雨龙笑着，遂只好把脸儿别了转去。但不到三分钟的时候，室中的灯光已经是熄灭的了。

"姐姐已睡下了吗？"雨龙心里很奇怪，低低地问。

"睡下了，你问我干吗？"如兰躺在被里，也轻声儿地回答。

"没有什么？"雨龙更放低了一些喉咙说。如兰当然不再作声，室中是静得像死过去了一样。两个年轻的男女，睡在一张床儿上，这是一件多么神秘的事。各人的心儿都感到极度的紧张，呼吸也特别的迫切，仿佛空气中已浮满了浓厚的情感而消失，坚强地还是在心坎儿上占去了一半的地位。所以虽然形势是显得那么的紧张，彼此还是镇定了冷静的态度。不过大家都没有睡去，脑海里自己也不知道在搬演些什么东西？

"弟弟！你怎的不睡？好像在发抖似的，感觉到冷吗？"

如兰忽然觉得床儿有些动摇起来，因为自己身子是睡得很平稳，那么这当然是雨龙在抖动的了。她心里感到奇怪，遂熬不住低声儿地问。

“是的，很奇怪，我竟冷得厉害……”雨龙话声有些颤抖，同时听得他的牙齿格格地在作响。

如兰心里有些犹疑，暗想，莫非他作刁吗？不会的，因为他假使有这个存心，何必装什么假正经？不是早已可向我涎皮嬉脸地有所表示了吗？那么他竟是真的病了。想到这里，也就顾不得许多，伸手到他脚后跟的被窝里，把他两脚一摸，却是冰一样的冷，这就忙道：“弟弟！你昨夜淋了大雨，莫非病了吗？”

“也许是的，因为我这个冷，仿佛是从骨髓里冷出来似的。”雨龙心中暗想，糟糕，我竟真的病了。那可怎么办？那可怎办？遂低低地回答。雨龙是非常地焦急着，不料如兰的身子，却从脚后跟黑暗里摸过来了。她的纤手按到雨龙额角上，也是怪阴的，再摸他的手，愈加的冷。

于是她再也忍不住把身子也钻到被窝里去，将那条绿绸的被儿，也添盖在雨龙的被上，向他悄声儿地道：“弟弟！事到如此，我也管不得羞涩了，就暖着你吧！不过请你原谅我的放浪。因为我爱你，为了爱你，牺牲我任何一切，我也决不可惜的。”如兰说着话，她把软绵绵的身子，已将雨龙紧紧地抱住了。

雨龙听了她这两句话，在万分敬爱之余，更感激得五体投地。偎在她的怀里，只觉暖谷生春，寒意稍减，遂轻声儿地道："姐姐待我的一片恩深如海，义薄如云，叫我到死难忘。今生雨龙若有得意扬眉之日，决不有忘姐姐的情义。说得明白一些，除了姐姐以外，谁都不能做我的妻子。但姐姐的心中，不知有和我同样的意思吗？"

如兰听了这几句话，一颗芳心，只觉甜蜜无比。遂把粉脸儿亲热地偎在他的颊边，也柔声地道："弟弟是个有勇气的青年，姐姐却是个已失去处女的妇人，本来原不应该痴心地相爱，无奈自和弟弟相遇后，一缕痴情，不由自主地会缚在你的身上。谁知弟弟不嫌我的丑陋，还拿话来安慰我勉励我，啊！我在黑暗的大海中不是又觅见了一盏光明的灯塔了吗？只要弟弟言而有信，我愿生生世世地服侍着你。……"

雨龙是感动得太厉害了，他把嘴儿又吻到她的脸儿上去，说道："人生在世，最难得者唯知音耳！我从虎口余生，得姐姐援救，今则又承热情留宿，兼之体肤相亲，如此真心爱我，能不叫我感激涕零吗？所以姐姐不用说你已是妇人的话，今生除了姐姐，我决不娶第二个女人……"

如兰当然也是感动心头，她已说不出一句表示谢意的话，紧偎了雨龙，在黑暗的空气中，只听到她细微地呼了两声"弟弟"的声音。

待他们睡去的时候，差不多已次日三时了。所以早晨八点钟玲弟悄悄推门进来收拾房间，他们还是睡得非常的甜蜜。玲弟的视线掠到床上的时候，她顿时面红耳赤，芳心怦怦跳个不停。这当然因为小姐和盖少爷那种同衾共枕的情景，使她一个含苞待放的处女眼中瞧来，是太难为情一些了。因为两人还睡得浓，所以玲弟便忙又悄悄地掩门退出。走到厨房里，坐在一根小凳上，手托香腮，不免胡思乱想地忖了一回子。也不知经过了多少的时候，忽然门外电铃响起来。正是季常坐了汽车来接如兰，预备伴她到中华中学去读书。你想，这叫玲弟不是要急得顿脚了吗?

七、奔波忙一心只为她

玲弟走上扶梯的时候，顿了顿脚，连说了两声那可怎么好？却是愣住了一回子。心中暗想，此刻小姐和盖少爷假使都已醒了，那么我在盖少爷的面前，和小姐说些什么好？万一盖少爷倒喝起醋来，不是糟糕了吗？但是不进去告诉，叫盖大爷在楼下尽等着，那也不是一个道理。忽然又想盖大爷和盖少爷不知是不是一家人？倘若他们是上下辈的话，盖少爷心中不是要更不快乐了吗？玲弟想到这里，自然颇觉左右为难。不过她凭着自己的聪敏和灵感，她想总有随机应变来解决的办法。因此她镇静了脸色，遂推开房门，又轻轻地步进内去。

玲弟在步进房中的时候，不禁噗哧的一声好笑起来。因为她瞥见到床上的两人，还是脸偎脸儿怪亲热地睡着。心中暗想，怎么办？究竟喊醒她好？还是去回绝盖大爷，说小姐今天有些不舒服，明天准定到学校去好。瞧着两人这种睡的样子，玲弟当然明白两人在昨夜是曾经做过怎么一回甜蜜恩爱的事？就是把小姐喊醒了，她懒懒的恐怕也未必会起来。那么准定还是去回绝了他，也好叫小姐多休息一回。玲弟这样地爱惜着小姐身子，所以她又向门口退了下去。

但到了房门口的时候，她的脑海里立刻又浮上了一个感觉。这也不妥当，假使盖大爷听得小姐病了的消息，他倒要上楼来看望看望，那时候你怎样地应付？拒绝吧，人家一片好心，当然要生气。答应吧，若给盖大爷瞧见了这一幕情景，说不定真把他要气得发昏呢！

玲弟在一度思虑之下，觉得还是把小姐喊醒了再做道理。于是她又走到床边来，俯下身子，伸手把如兰的鼻子，轻轻地捏了一下。

如兰在睡朦胧中被她这么一捏鼻子，就哎了一声，睁开星眸醒过来了。她见床前的玲弟，显出神秘淘气的态度，望着自己抿了小嘴儿嗤嗤地笑。一时当然也感到万分的不好意思，绯红了脸颊，说道："什么时候了？你怎的吵醒了我？"

"还说哩！盖大爷来伴你上学校去了，你想怎么好？"玲弟因为雨龙没有醒，所以放低了喉咙，向她轻轻地告诉。

"那么他的人儿呢？"如兰听到了这个消息，望了望怀抱里的雨龙，芳心也不免焦急起来。两颊愈发透现得娇红，也向她低声地问。

"坐在楼下会客室里，我骗他小姐昨夜喝醉了酒，所以今天贪睡了呢！小姐！你到底去不去？"玲弟后面那一句问的话，她是含有些儿意思的。

"我当然去的，玲弟！你快给我去放了脸水。"如兰听了，知道季常不会冒昧地走上来，心里这才放宽了不少。遂把雨龙身子轻轻地扔过一旁，掀被跳下床来了。

玲弟听了小姐的回答，已经是感到意外的稀奇。此刻又见小姐很大方地掀被下床，眼睛瞧见到小姐的身上，不但是穿着褂衫，而且也穿着小袴，这就愈加不解起来。目不转睛地望着如兰的娇靥，倒是愕住了一回子。

如兰撩过旗袍，已是披在身上。她见玲弟听了自己的话，仿佛听若不闻，木然出神的样子。一时心里也好生稀奇，瞅她一眼，嗔道："你痴了，呆瞧着我做什么？难道我的人已换了一个了吗？"

玲弟听了，哧地一笑，却回身走到面汤台旁去给她放水了。这里如兰穿上丝袜，套上了一双半高跟的皮鞋。回头望了望床上的雨龙，依然睡得好浓，心中很安慰，遂移步轻轻地到面汤台旁洗脸去。

如兰一面洗脸，一面瞥见旁边的玲弟老望了自己笑，心中自然明白她在笑自己和雨龙并头地睡觉。遂不去理她，自管拿象骨梳子理着头上长长的云发。因为只有睡了五小时，所以她是还感到非常的困倦。伸手按住小嘴儿上打了一个呵欠，放下梳子，自言自语地说道："年轻的人就睡不畅的。"玲弟听她这么说，俏眼儿向她斜乜了一下，噗哧的一声笑起来了。

"你好笑什么？"如兰心中似乎也感觉到她这笑至少是含有些神秘的意思，遂回眸睃睃着她低低地问。

"我想小姐的疲倦，倒并不是因为年轻人就睡不畅的，也许是昨夜太辛苦了一些儿了吧！"玲弟抿嘴笑起来，话声带有些儿俏皮的口吻。

"哼！你这妮子以小人之心度君子之腹，你以为我昨夜和盖少爷有什么越礼的行动了吗？那你真在做梦。”如兰对于她这两句话，哪里还有个不明白她的用意所在吗？这就噘了小嘴，恨恨地啐她一口，秋波逗给她一个妩媚的娇嗔。

玲弟听小姐还要假正经地说自己，便也撇了撇嘴，笑道：“这有事实摆在眼前的，何必强辩？小姐！你别说得嘴响，我在第一次进来就早已瞧见的了。”

“小鬼！你还要冤我吗？我正经地告诉你吧！昨夜我们原预备一个睡床上，一个睡沙发的。后来因为大家都不肯睡在床上，因此结果，还是大家都睡在床上的。不过起初各人睡一条被，原分两头睡的。不料他忽然发冷起来，而且抖得厉害，我在这情形之下，所以没了办法。只好把两条被盖着他，同时把身子也暖着他，虽然是同衾共枕地睡了一宵，不过我们是很清白的。你这妮子拿这些话来取笑我，不是叫我生气吗？”如兰见她还显出肯定的样子，遂一面骂着她，一面把昨夜的经过，向她悄悄地告诉了一遍。

玲弟听了，想着小姐衣裤穿得很舒齐的下床，也觉得自己是猜错了。遂红晕了两颊，笑道：“小姐！是我误会了，你别生气罢！那你跟盖大爷到学校去，回头盖少爷醒来，问你到什么地方去，叫我拿什么话回答他好？”

“你说小姐买东西去是了。”如兰说着话，身子又到床边，轻轻地把手去按了按雨龙的额角，却是和常人一样，没有什么热度。暗想，这也奇怪，昨晚冷得这个模样，我以为次日总该发烧得厉害了。谁知被我搂抱了一夜，病魔竟逃跑了，那不是叫人喜欢吗？如兰含了笑容，已轻步地走出房外去。

“小姐！昨夜你问过盖少爷没有？盖季常可是他的一家人吗？”玲弟悄悄地跟出走到房外，向如兰又问出了这两句话。

“我没有问过他，无缘无故地问着，他心中不是要疑心了吗？玲弟！盖少爷醒来，你叫他不要起床，煮一杯鲜牛奶他吃吧！”如兰一面回答，一面身子已走到楼下会客室里去了。

如兰跨进会客室，只见季常闷闷地坐在沙发上，嘴里只管猛吸着雪茄，遂忙含笑招呼道：“盖先生！对不起！对不起！你等候得有些不耐烦起来了吗？”

“没有，没有，花小姐！昨夜你醉了吗？那真是抱歉得很！”季常见如兰翩然进来，仿佛仙子凌波，亭亭玉立，一阵风过，细香触鼻。一时把满腔的烦愁，早已抛到九霄云外去了。慌忙把手中的雪茄蒂头，丢入痰盂里，站起身子来，向她微笑着回答。

“没有醉，盖先生怎么说抱歉的话呢？你请坐，还不曾用过早点吧！”如兰把手摆了摆，自己先在沙发上坐了下来。掀着酒涡儿，明眸脉脉含情地逗给他一个娇笑。

季常于是也跟着坐下，望着她的娇靥，正是愈瞧愈美，几乎有些目不转睛的神气。直待如兰噗哧一笑的时候，他才知道自己是忘记了回答。于是红了脸儿忙道：“我已经吃过了，花小姐大概还没有。今天天气很好，你齐巧上学校里去，那不是很有个意思吗？”

“可不是？我想这是靠盖先生的福。”如兰点了点头，拿话竭力去甜蜜他的心。

季常当然是很得意，笑了一笑，说道："哪儿？哪儿？花小姐这话太客气一些儿了。我瞧花小姐两耳很大，将来定是个有福气的人。"

如兰听了，忍不住好笑。眸珠转了转，瞟他一眼，说道："我的福气实在还需要盖先生赐给我呢！"如兰是一味地奉承着他。

季常乐得心花儿也开放起来，耸了两耸肩膀，笑道："花小姐这话叫我哪儿敢当？不过我为了表示爱护花小姐起见，我敢说一句话，假使花小姐不憎恶我是个老年人，我一定可以竭力帮助花小姐成个有福气的人。"当然，季常这两句话是有些乐而忘形的。

"像盖先生这般年龄不能称为老年人，况且我平生最敬爱的也是像盖先生那样年龄的人。譬如盖先生给我继续求学，那还不是在给我造福吗？"如兰偏惯会奉承的，她句句话都含了糖的成分，听到季常的耳中，当然满心坎儿都觉得甜蜜。他心里暗想，难得有这样的可人儿，显然我的艳福始终是保留着呢！季常脸上的笑容，是没有一分钟消失过。

这时玲弟在厨下端出一杯牛奶来，如兰道："这杯盖先生喝。"

季常摇手道："我真的吃过早点，你不用客气，只管自己喝。喝完了牛奶，我们可以上学校里去。"

如兰听他这样说，方才感到自己不能把读书看作儿戏的，遂忙匆匆把牛奶喝完，站起身子说道："好了，那我们走罢！"

“你不披上一件大衣吗?”季常见她这样爽气，遂又很关心地问她一句。如兰于是叫玲弟去取下大衣，和季常一同步到大门口去。在步出门口的时候，只见外面停着一辆黑牌子的汽车。如兰芳心有个感觉，这人倒真是个有钱的富翁。

阿贵开了车厢的门，给两人跳上汽车，便直开到中华中学里去。汽车到了学校，时已九点半敲过，各级学生早已都在上课了。季常把如兰带到教务室，教务主任陆寿卿见校长先生带了一位如花如玉的姑娘来，倒是怔了一怔，连忙站起向他招呼了一声“盖先生”。

“我给你们介绍，这位是教务主任陆寿卿先生，这位是花如兰女士。”季常遂把手儿一摆，给两人含笑地介绍着。如兰遂很恭敬地向他行了一个礼，叫声“陆先生”。

陆寿卿是个近视眼，他听校长居然给他们介绍着，显然那姑娘也是有些来头的人。所以他那两只小眼睛，从两块厚玻璃的眼镜片子里望出来，不免向如兰打量了一回，一面忙也还礼不迭地说道:“原来是花小姐!久仰久仰!”在陆寿卿所以说久仰久仰的话，以为校长一定是把花小姐介绍到这儿来做教授的。因为在寂寞清净的教务室中，突然增添了那么一位花也似的女同事，岂不是像太阳照进来一般的有生气了吗?所以在陆寿卿的心中，是表示非常的庆幸和欢迎。

经过这一阵子客套后，接着大家坐下来。校役倒上三杯茶，季常喝了一口，一面把刚燃着的雪茄吸了一口，喷去烟雾后，方向陆寿卿说道:“陆先生!花小姐是我的亲戚，她才从外埠到来，所以我给她到这里来插班，这件事你给我办一办。”

陆寿卿听了他这两句话后，这才明白她是个来求学的女学生。一时想着自己说的两句久仰的话，忍不住暗暗地好笑起来，遂忙说道：“那事情容易，但花小姐从前读的是什么程度?”

季常听了，向如兰望了一眼。如兰说道：“我初中是毕业的了。”

季常不待陆寿卿说话，先接上去道：“那么你就把她插班到高中一去是了。”

陆寿卿点了点头，站起身子，说道：“好的，那么我此刻就伴花小姐去排个座位吧!”

季常道：“好的。”一面又向如兰悄悄地说道：“今天是星期六，回头你向陆先生要了本书，下午可以不用上学校来，明天我再到府上来望你。”

如兰一面点头答应，一面已跟着陆寿卿步出教务室去。由教务室到高一的课堂，要经过好些路程。两人走在青草地上，静悄悄的谁也没说话，空气显得很寂寞。陆寿卿回眸向如兰望了一眼，只见她低了头儿，望着阳光下的黑影，一步挨着一步地走着。那种婀娜的腰肢儿，实在怪令人可爱的。心中暗想，这样艳丽的姑娘，除了本校盖云仙外，是只有她了。因为盖云仙也在高中一年级里，这就觉得有趣，想不到高中一里竟出了一对姐妹花。遂情不自禁地走上一步，挨近了她的身子，低声地问道：“花小姐！你跟盖先生是什么亲戚?”

“哦！他是我的表伯伯……”如兰忽然听他这样问，一时倒愣住了一回。因为知道盖季常是没有姐妹的，所以她故意说得远一些儿。

“那么你几岁了？不知从什么地方才到北京的？”陆寿卿在她微侧过粉脸儿的时候，他鼻中闻到一阵细细的幽香，心里有些荡漾，遂继续他的问话。

“我今年十八岁了，从汉口到这儿的。”如兰觉得年龄太大了，还在高中一年级里混，那有些不好意思，所以她在眸珠一转的时候，就编出了这两句谎话。

陆寿卿待再要问时，已经到了高中一的教室。里面是王教授在教数学，他见教务主任带着一个姑娘进来，便停止了讲解，向两人怔了怔。陆寿卿向他低低地道：“这是盖校长的亲戚，你给她在这儿排个座位。”说着，又向如兰道：“这是王先生。”于是他便匆匆地自回教务室里去了。

王先生望了望如兰，又向讲台下的座位望了望。只见女生一排上，盖云仙的旁边还有个空位子，遂向如兰说道：“你到那只位子去坐下吧！”

如兰点了点头，便向云仙那边走过去，两人的视线都集中在一处，这就瞧上了一个正着。各人心中都在暗想，倒仿佛是我的影子。因此不免微微地一笑，有些惺惺相惜的意思。

“请问您叫什么名儿？”王教授在如兰坐定以后，他在讲桌上翻开点名册，握了自来水笔，向她问着，当然是要把她的姓名补填到点名册里去的意思。

如兰听了很小心地站起，说道：“我叫花如兰。”谁知说了这句话后，就有人接着道：“倒是个怪漂亮的姓名。”接着，一般男生们都哄然笑起来。如兰当然很不好意思，红晕了两颊，坐下身子，羞得垂下了粉脸。

“这句话谁说的？”王先生见如兰娇羞的样子，他心里有些恼怒。因为直接地固然和如兰开玩笑，间接的不是轻视着我吗？所以他抬起了头，两道凶锐的目光，只管在几个男生中有名的坏蛋脸上像电光似的扫射。

但是谁也没有回答，笑声也归至于消失。王教授似乎尚有余怒，向众人很严肃地道：“你们的年龄不小了，还能像小学那里那么胡闹吗？一个新生到来，你们更应该显得规矩些才是，怎么胡言乱语道的？岂不是给人家第一天就是个恶印象吗？”

室中空气依然显得死过去了一样，王教授自说自话的觉得无聊，遂也不再多说，只向云仙道：“盖云仙，你把书本子和她合着看吧！”

云仙听了，遂把数学书移到一半到如兰的面前。如兰俏眼儿向她瞟了一下，含笑点了点头说道：“多谢你！”云仙也嫣然娇笑道：“别客气。”

两人虽然是这样说着话，可是各人的心中却在暗暗地细想。云仙在如兰走进教室的时候，她当然是先瞥见。一颗芳心，先觉得奇怪，这个女子如何酷肖着我呢？难道她就是救我哥哥的那个花如兰吗？因为前天晚上哥哥告诉我，援救哥哥的姑娘叫花如兰，她的脸儿和我仿佛是个影子呢！现在那个姑娘的脸儿，还不是和我一模一样的吗？及至王先生问她姓名，她告诉出“花如兰”三个字来的时候，云仙这才肯定地相信，那花如兰就是我哥哥的情人。虽然很想问她一个详细，无奈上课时间，不便说话，所以她是只好静静地忍耐着。

如兰见云仙这样地像自己，心里也很奇怪，同时又非常的喜欢。不料王教授忽然向她喊出“盖云仙”三个字来，一颗芳心，这就暗想，那夜雨龙不是曾经对我说，他有个妹妹叫盖云仙吗？原是和雨龙一同在中华中学读书的。这样想来，那个姑娘准定是雨龙的妹子无疑了。想不到他的妹子，和我竟像是脱了一个胎子，那不是叫人感到有趣吗？如兰这样想，秋波时常会掠到云仙的粉脸上去。不料云仙既然和她有同样的感觉，自然也把明眸脉脉地瞟过来，四目相接，大家都忍不住又嫣然地笑起来。

好不容易下了课，云仙再也忍熬不住了，望着如兰低低地问道：“你……是不是救过盖雨龙性命的？”

如兰听她这样问，那是明显极了。这一撩眼皮，也含笑道：“那么你大概就是雨龙的妹妹了。”

“不错！你怎么知道？是不是哥哥告诉你的？兰姐！那夜哥哥冒昧奔上你的车子，承蒙姐姐热心相救，那真是叫我感激呢！”云仙听她这么说，可见是真的了，心里一欢喜，情不自禁握了她的纤手，很亲热地说着。

如兰听她这样亲热地呼自己姐姐，一颗芳心，也是喜之不胜。遂微红了两颊，笑道：“妹妹！你别说那些感激的话，见义勇为，那原是我们年轻人应尽的责任。况且你哥哥又是个有为的青年，我救了他，心中也很快慰呢！”

云仙听她这么说，可见她是多么地看重哥哥。换句话说，她是多么地倾心着哥哥。俏眼儿神秘地逗了她一瞥，忍不住抿嘴笑起来。如兰见她笑得突兀，这就觉得她至少是含有些神秘的意思。因为是心虚的缘故，所以她的两颊一阵热臊，更红得像国色天香牡丹花那么可爱了。

但是不到一分钟后，云仙却又深深地叹了一口气。粉脸上笼罩着一层忧郁的愁容，表示非常感伤的神气。如兰当然很奇怪，颦蹙了柳眉，凝眸望着她，低低地问道："云妹！你怎么又叹气了？难道有什么不如意的心事吗？"

云仙眼皮有些红润，凑过嘴儿去，附着她的耳朵低低地告诉道："兰姐！你大概还没有知道吧！督军衙门里已知道我哥哥是国民党一份子，所以将有不利于哥哥的行动来捉获。哥哥得此消息，他便决定抛家出走。昨夜是我送他出门的，可怜哥哥也不是一向吃惯苦的人，他昨晚也不知道在什么地方呢？"云仙说到这里，在她脆弱的心灵里不免激起手足之情。几乎欲盈盈泪下的样子。

如兰听了她这几句话，倒忍不住要笑起来。但她竭力又镇静了态度，正欲告诉她你不必伤心，你哥哥昨夜是睡在我家里的。不料这时几个男同学都来向两人取笑道："哦哟！亲热得来，盖云仙如今是遇到爱人了。"

两人听他们这样说，大家脸儿越发显得娇红起来。云仙恨恨地啐他们一口，笑骂道："你们胡说些什么？都要烂舌根的。"不料同学们却不以为云仙的骂是自己的耻辱，反而更加地大笑起来。两人被他们笑得不好意思，正在没法的当儿，幸喜上课的钟又敲起来，于是同学们才各自归座位上去。

放午学的时候，云仙原是半膳生。她要在学校里吃好饭再回家去的。她因为不忍和如兰就匆匆地分开了，所以拉了她的手，笑道：“兰姐！你走读的？还是住读的？怎么直到现在才上学校来呢？假使走读的，你今天也不妨在这儿吃了饭回去，因为这儿校长是我的大伯父，所以我拉你吃餐饭，那是没有关系的。”

云仙这几句话听到如兰的耳中，这才恍然了。暗想，原来他们果然是一家人，这样说来，雨龙和季常不是伯伯和侄儿的关系吗？那真该死了，我竟被他们伯侄两人所爱上呢！想到这里，全身一阵热臊，两颊又绯红起来。但态度还是显得非常的镇静，哦了一声，说道：“原来盖季常博士就是你的伯父吗？那你真服气，将来读书就再不会发生问题的了。”

云仙也认为她说的这句话是实在的，遂点头笑道：“只要你也喜欢读书，那么将来升大学的事，你也不用担忧，反正我们是一家人的了。”

“一家人怎么说？是不是你真愿意跟我结为姐妹吗？”如兰听她说得好俏皮，虽然是满心的甜蜜，却也万分的羞涩，秋波掠了她一眼，故意给她这么解释着。

“不！因为你也许是我未来的嫂子。……”云仙很快地说完了这句话，身子就向前奔逃了几步，回过头来，望着她憨然地娇笑。

果然如兰臊得急了，扬了手儿，做个要打的姿势，笑嗔道：“妹妹！你和我开玩笑，我可不依你的。”

云仙却又走上来，拉了如兰的手。低低地笑道：“姐姐！我并没有和你开玩笑，真的，哥哥那夜从你家里回来，他告诉我，说姐姐待他真好，他心里除了感激之外，实在已深深地爱上了姐姐哩！但姐姐的心中，不知也和哥哥同样地爱着他吗?”

“我不知道。”如兰连耳根子也透现了玫瑰的色彩，忸怩了腰肢儿，故意摇了摇头。忽然她又向云仙含笑问道：“云妹！你愿意和你哥哥在今天谈一次话吗？假使你愿意的话，我倒可以给你想个办法。”

云仙是个聪敏的姑娘，她听如兰这样说，在经过一分钟沉吟之后，她乌圆的眸珠转了转，这就理会过来了。望着如兰的粉颊，惊喜地笑问道：“姐姐！你这话我明白了，哥哥昨晚是不是宿在你的家里呀?”

如兰想不到云仙像鬼灵精似的，竟一猜便着。红晕了两颊，掀着酒涡儿，也嗤地笑起来，说道：“你既然猜着了，那么你就跟我一同回到家里去吧！因为你哥哥前夜淋了一场大雨，昨晚身子有些不舒服哩!”

云仙想不到果然是的，一颗芳心真是又喜又忧，喜的哥哥是没有在外面受冻冷的苦楚，忧的是好好儿怎么会病起来？这就拉了如兰的手，一面向校门外跑，一面很着急地问道：“姐姐！你知道我哥哥的病到底要不要紧啦?”

“我早晨到学校里来，你哥哥还熟睡着，我摸他的额角，并没有一些儿热度，想来此刻已经好了呢!”如兰羞答答地告诉着。

“这样说来，在昨天晚上，兰姐服侍哥哥一定很辛苦了。还没有做我的嫂子，却已尽了做嫂子的义务，那不是叫我心中感激吗?”云仙在心中放下一块大石头之后，她又和如兰说起笑话来。

如兰嗯了一声，却伸手恨恨地打了她一下。云仙瞧着，益发吃吃地笑起来了。

两人走出校门，跳上一辆人力车，叫他拉到西车站路去。云仙是坐在如兰的身怀里，她在想昨夜两人的情景，她心跳得厉害，两颊更发烧得红晕。望着如兰又笑道：“兰姐！哥哥昨夜和你一张床上睡的吗?”

如兰听她这么问，索性厚了脸皮，伸手到她颊上去划了划，笑道：“你问得出？难为情吗?”

云仙所以这样问，原也忘了羞涩，现在竟被她这么一说，便把脸儿躲到她的脖子后去，又嗤嗤地笑了。一回，她又侧过红晕的粉脸，凝眸含颦地瞅住了如兰，很不解似的问道：“兰姐！我觉得很奇怪，哥哥昨夜既有些不舒服，你早晨怎么倒放心来学校读书呢？虽然读书也是一件要紧的事，但你又不是一直就在读了，反正是开课来的，不是随便哪一天都行吗?”

“云妹！你不知道，这其中当然是有个原因。因为约好在今天伴我上学校的，怎么可以失信呢?”如兰听她这样问，遂悄悄地告诉着。

“谁和你约好的?”云仙听了有些不明白，忍不住又追问下去。

如兰在这样的情势之下，觉得还是直接地告诉了她好，不过在其中她又不得不加些谎话进去。向云仙低低地道：“云妹！我老实地告诉你，你道谁介绍我到这儿读书的？原来就是你的大伯父哩!”

“我的大伯父?他和兰姐怎么样认识的?”云仙听了这话，心头感到意外的惊讶，便忍不住急急地追问。

“我爸在日的时候，和你大伯是好朋友，那时我还只有十二岁，你大伯原很疼爱我的。后来爸爸死了，我跟舅爸过活去，你大伯也就不常见面了。直到最近，再和你大伯又遇见了，他老人家倒还认识我，问我近况怎么样?我说舅爸舅妈得了时疫症，都已殁了，如今我只有一个人生活着。你大伯想着故友之情，所以愿意帮助我继续读书。在当初我原不知道盖季常就是你们的大伯，今天他既然来伴我了。你想，我怎么能推却说改天再上学校去呢?”

如兰这几句谎说得实情实理的，云仙当然很相信，不免哦哦了两声，表示恍然的意思。但她忽然又叮嘱如兰道:“兰姐!在这里我不得不叮嘱你一声，哥哥的出走，伯父是大为愤怒的。因为军部里向大伯要人，大伯是非常的焦急。不过大伯决没有性命的危险，因为他是教育界中有名的人物，军部里决不敢过分奈何他的，但是大伯有钱，这次无非又要花费些冤枉钱罢了。你是爱我哥哥的人，当然你不会加害哥哥，所以在大伯面前，千万别告诉哥哥是住在你的家里。不然，哥哥的生命不是又要发生危险了吗?”

“云妹!真把我当作傻子看待了。就是我傻，也决不至于傻到这个地步的。你放心，我救你哥哥还来不及，怎么肯害你哥哥吗?”如兰听云仙这样叮嘱，便含了微笑，秋波向她瞅了一眼，低声儿地安慰着她。云仙也觉得自己太多虑了，偎着如兰的粉脸儿，不禁噗哧的一声笑起来。

两人到了家，匆匆地按了铃。玲弟出来开门，如兰指着云仙，向她说道："这位是盖少爷的妹妹盖小姐！玲弟！盖少爷此刻可完全好了吗？"

玲弟见盖小姐的脸儿，和自己小姐竟差不多的，心里暗暗奇怪。一面向云仙叫声盖小姐，一面关上门儿进内，并且说道："小姐！盖少爷他早已被一个姓杨的朋友叫去了。"

"什么？被姓杨的朋友叫去了？到什么地方去？他身上不是还有着病吗？"如兰听了这话，芳心吃了一惊，一面拉了云仙向楼上走，一面急急地追问。

"盖少爷的病倒没有了，我虽然也阻止他。但瞧他们的神情，好像非常慌张，盖少爷连皮箱也拿走了，不过他有张字条给小姐着。"玲弟一面告诉，一面身子也跟着向楼上走。

云仙一颗芳心是在暗暗地思忖，这个姓杨的朋友是谁？想来总是革命军的同志。忽然她猛可记得了，就哦了一声，说道："这姓杨的莫非就是梦花吗？"

"云妹！你认识姓杨的吗？"如兰回眸瞟她一眼，很急促地问。

"我们且先瞧了他的字条再说，也许我认识这个姓杨的。"云仙说时，两人已跨进房内。玲弟慌忙在梳妆台抽屉里取出一张字条，交给如兰。如兰遂和云仙一同瞧道：

兰姐如握：昨夜冷得全身发抖，我以为今天必定将发热患病矣！谁知天可怜的，今早醒来，却是精神爽朗，一些病儿都没有。这大半的原因，当然是姐姐的功劳。因为承蒙体肤相亲，偎我暖我，使我一颗心儿得到了深深的安慰，所以病魔是在无形中吓得逃跑了。姐姐的情义，天无其高，海无其深。既援救了我性命在先，又医治我病儿在后，此恩此德，不足言谢，弟唯有格外努力，创造事业，得能稍有寸进，拨云见日，那时才能安慰你那颗小小的心灵。刻因同志杨梦花君前来告诉，谓接有通知，嘱即日登程离京。弟闻兰姐为吾外出购物，致不克待姐回家面辞一切。好在你我之心，已合二为一。各人言语，均已尽知。他日铲除军阀归来，当再与吾姐握手言欢耳！行色匆匆，书不尽言，言不尽意，诸希鉴查，心照不宣。

弟盖雨龙临别寄语即日

两人瞧完这封信，见后面尚有一行小字，写着道："阅后请将该信焚毁是幸。"云仙说道："果然是梦花哩！他怎么知道哥哥是住在这儿呢?"

如兰道："昨夜雨龙是曾经到团部里去过了，梦花既是他的同志，想来就是在那时候告诉他的了。"如兰说着，便在烟缸上划了一根火柴，将那张字条烧去了，一面又自言自语地说道："昨夜我问你哥哥有没有什么消息？他还说不知道呢！谁料到命令下来就这样快速？那么这个杨梦花不知也和他一块儿走的吗?”

“我想即是他来通知哥哥的，当然两人是一同走的了。唉!”云仙听她这样说着，遂也低低地说。但说到末了，却是微微地叹了一口气。在云仙所以叹气的原因，当然是为了自己和梦花只有一次的相会，今后也不知何年何月方才再可以和他相聚，所以她心头未免感到有些儿悲哀。

如兰瞧她含颦的意态，若有无限抑郁的样子。遂回身拉了云仙的手，一同到沙发上去坐下，说道:“云妹！你怎么难过？雨龙和梦花虽然离开了北京，但他们的前程是光明伟大的，我们应该替他们欢喜才是呢!”

“兰姐！你这话说得是，我当然也和你有同样的意思。不过我觉得太不凑巧，梦花下午难道不好来吗？否则，我们四个人不是还可以聚一回儿吗?”云仙听如兰这样说，虽然是频频地点着头，但她内心还有说不出的哀怨。

不料如兰听了，却噗哧的一声笑出来，说道:“你别说孩子话了，上峰有命令下来，梦花怎么料得到呢？云妹！你老实地跟我说，梦花是不是你的爱人?”

云仙本来内心是无限的哀怨，今被如兰这样一问，脸儿就绯红起来，内心不免又充满了无限的羞涩。垂下了粉脸儿，却是默不作声。如兰见她这样娇羞万状的意态，哪里还有个不明白的道理吗？遂伸手抬起她的粉颊儿，笑道:“云妹！你别怕羞，在姐姐的面前，难道还老不出脸儿来吗?”

云仙这才嫣然笑道:“别说姐姐吧！就说嫂子的面前，岂不爽快?”如兰听了，芳心又喜又羞，啐了她一口，把手儿伸到她的胁下去胳肢。云仙怕肉痒，弯了腰肢，只好连声的求饶。

如兰因为实在爱听她说的嫂子两字，所以抱住云仙的身子，在她粉颊儿上啧啧地吻了两个香，笑道："你这妮子，真叫人又恨又爱呢!"

云仙嗤嗤地笑道："嫂子！你抱错了，这是你的姑娘，不是哥哥呀！况且我也没有冷得发抖呢!"

如兰听她这样说，猛可想起信中说的几句"偎我暖我"的话，这就连耳根子都羞得绯红了。恨恨地啐她一口，伸手去拧云仙的脸颊，笑骂道："你这淘气的东西，倒是过目不忘的，我可拧你的嘴。"

云仙一面格格地笑，一面把手去握了她的手，连声地叫道："好姐姐！你饶我这一遭儿吧！下次我再也不敢取笑你了。"

如兰秋波逗给她一个娇嗔，笑道："说得怪可怜的，倒叫我心肠又软了起来。"

云仙这才正了身子，纤手掠着蓬松的云发，望着如兰苹果那么的娇靥，忍不住又嗤嗤地笑。就在这时，玲弟把午饭开上来。如兰于是携了她的手，一同在桌旁坐下，两人开始吃饭了。

饭后，云仙和如兰又闲谈了一回，方才告别回家。云仙到了家，只见大伯愁眉苦脸地从母亲房内走出来，遂叫了一声。季常见了云仙，便忙说道："你哥哥难道竟就一去没有音讯了吗？唉！军部里已经来了好多次的电话，你想，那叫我有什么办法呢?"

云仙听了，也不免愕住了一回。颦蹙了眉间，低低地说道：“我想他们也未必真的要追究哥哥的人，恐怕赵处长在转钱的念头，大伯肯牺牲一些，便什么事都没有的了。”

季常听了，方欲回答一句什么。忽见阿青急急走过来报告道：“大爷！赵处长已派乌副官来迎接大爷到军部里去了。”

季常一听这话，知道事情再也挨不下去，丑媳妇总免不了要见公婆的面，倒还不如大大方方地去见他好吗？于是他便丢了云仙，匆匆走出大厅来。只见乌副官带了八名卫兵，等候在大厅上。他见了季常，便上前鞠了一躬，说道：“盖大爷！咱们处长等候得心焦了，所以叫小的特地前来相接，请大驾此刻马上就去一次吧！”

“小弟原早想来了，却被俗物缠住了身，这时方得脱空，正欲乘车前来。不料有劳尊驾往返，实使小弟不安之至。”季常一面还礼，一面连忙笑嘻嘻地辩解着。

“哪里话？哪里话？盖大爷太客气了，那么咱们这时就一块儿走吧！”乌副官哈哈地笑了一阵，把手摆了摆，意思是请季常到院子里上车去。

季常在这个情形之下，遂也不得不硬起头皮，和乌副官一同跳上车厢。呜呜地响了两声喇叭，那汽车便开到军部里去。

到了军部，乌副官把季常带入处长室。赵处长见了季常，依然笑容可掬地走上来，和季常握了一阵手，笑道：“盖老哥！你躲在家里不出来，那可不是个道理呀！”

季常听他直接地说自己躲避，心里当然说不出的羞惭，两颊不免涨得绯红，连忙说道："小弟倒并不是故意躲避，委实有些儿俗物未完。今累处长久等，实在非常抱歉！"

赵处长哈哈地笑了一阵，携了他手，一同在沙发上坐下，说道："自家兄弟，何必客套哪！"说着，在旁边茶几上的烟罐子里抽了一根雪茄，略欠身子，递了过去，又笑道："抽烟！"乌副官早已上来擦火，季常见他以礼相待，方才把那颗动荡不安的心，稍会显得镇静了一些。

"盖老哥！怎么啦？令侄少爷没有一块儿来吗？其实他不用害怕，我说可以饶恕他，难道还有反悔的吗？"两人静静地吸了一口雪茄，赵处长喷去了他口中的烟，方才开始他的谈话。

"赵老兄！你不要提这个小畜生了，我为了他真气破了肚子。昨晚我回到家里，正欲喊他来好好儿地教训一顿。不料这小畜生留了两封信，却是畏罪先逃走了。我心中这一急，真非同小可，虽着人四处去找，却是没有下落。所以小弟在兄台面前，实在无颜再有说话的余地。幸亏兄台义薄云天，已经饶恕了他，我想这不长进的小畜生，早晚总没有好的结果，还是随他去吧！至于赵老兄那一种情义对待小弟，小弟并非木石，当然深深地表示感激。……"季常听他这样问，遂故作愤愤的神色，把这事向他低低告诉了一遍。说到末了两句，他当然又含了满面笑容，竭力拿话去甜蜜他的心。

赵处长当初以为雨龙心中害怕，不敢前来，所以叫大伯来恳个情。如今听雨龙业已逃走，心里这就大喜。但他还是竭力忍住着，听季常后面到底说些什么话来。假使他自己识趣，那也就罢了。赵处长是这样的存心，不料季常只说感激两字，下面并没有什么意思表示了。他心里就老大不喜欢，猛可计上心来。遂突然站起身子，把脚一顿，作声喝道："来！把他扣留起来！"

随了赵处长这两句话，乌副官把手一挥，早有两名卫兵，握了手枪，走到季常的身旁来。季常冷不防被他这么一来，直吓得脸无人色，口里那截雪茄也掉落到地下去，站起身子，向赵处长说道："兄台何苦翻脸无情？有话不是可以商量的吗？"

赵处长背了左手，笑了一笑，说道："盖老兄！你倒不要怨小弟翻脸无情，你应该明白这一件事情的重大。照孙将军的意思，令侄固然生命难保，即老兄的地位也很危险了。如今咱念老兄情分上，所以竭力说情，孙将军才肯答应叫令侄悔过，并且叫令侄在军部里任了职位，这岂不是一件美妙的事情吗？不料你老兄也太不明白，竟放走了令侄，可见你也完全倾向于乱党的，这事情若给孙将军知道，不是连我都犯了军法了吗？所以这件事情咱可担不了责任，只好委屈了你老兄，暂时押起来，回头你自己向孙将军去陈说吧！"赵处长说了这两句话，把手一挥，那两个卫兵也就不再迟延地押着季常走了。

季常是从来也没有经过这种被人扣留的事情过，所以他的魂灵已经半个吓出了躯壳。暗想，糟了，糟了，我竟想不到会丧在雨龙的身上，雨龙既不是我的儿子，为什么我要代他受这个罪？这难道是冥冥中的报应吗？想到这里，暗自叫了两声惭愧，也只好一步挨一步地走到拘留所里去了。

拘留所比监狱稍为清洁些，里面是阴沉沉的。季常一脚步入，就闻到一阵恶浊的闷气。他心里非常的难受，想不到以自己的地位，竟走到这种地方来受罪，这不是令人太痛心了吗？不过想着回头儿见了孙将军，万一他发起怒来，定了一个死罪，这可怎么好？我死虽然不要紧，但丢下那么一个美丽的花如兰，叫我死了又怎么能够瞑目呢？觉得自己是万万死不得，还是和赵处长商量商量，也许有个挽救的余地。季常想定主意，遂对一个卫兵道："兄弟！很对不起！给我请乌副官来谈几句话可好？"

卫兵因为季常不是普通的罪犯，所以答应出去。到了处长室，见乌副官和处长正在交头接耳地说着话。遂行了一个军礼，说道："禀处长！盖顾问欲请乌副官谈几句话，希请定夺。"

赵处长听了，哈哈笑道："果然不出我之所料，老乌！他对你说的话，你只管答应下来是了。"乌副官点了点头，便含笑和卫兵一同走到拘留所里去了。

到了拘留所，季常忙向乌副官深深鞠了一个躬，笑道："老兄！小弟请你做个传话，这件事情总要赵处长想想办法才是。他说我放走雨龙，那是冤枉的，我恨不得生啖其肉呢！怎么还肯放走这个小畜生吗？"

"盖大爷！你有所不知，军法是最不能徇情的。昨天赵处长那一番美意对待你，实在已经是大大的情分。谁知令侄少爷却逃走了？这一走不免是害苦了你，因为你们是伯侄，当然谁也相信是你故意叫他逃走的。这事若给孙将军知道，只怕你有立刻枪决的可能呢。因为那事件实在是太重大了。”乌副官听他这样说，遂含了微微的奸笑，向他讨好式似的说着。

“当然我也明白这事情关系太大了，不过在赵处长手里也许还有办法。如今我的意思，只要把我能够卸脱罪名，无论什么条件，我都愿意接受的。”季常搓了搓手，赔了一脸苦笑，向乌副官央求着。

“我知道赵处长的脾气，他这人是很慷慨仗义的。他什么事情都肯帮人家的忙，根本谈不到酬谢的话。这你老和赵处长交了这么许多日子的朋友，当然也明白的。他有可以帮助你的地方，他还会不尽力吗？刚才他听令侄逃走了，他生怕自己犯了军法，所以急糊涂了。假使你老愿意帮助一些儿国家经济的话，赵处长在孙将军的面前，也许还有商量的余地。但你老不知愿不愿意这样干呢？”乌副官听他这样说，遂也趁此把自己的意思吐露了一些。

“承蒙老兄替小弟设想，哪里还有个不愿意吗？况且国家缺乏经济，我身为国民一份子，也理所应该捐助一些，但不知需要多少数目？不过事先我得声明，我的现金实在不多，因为我的产业，都是些地皮呀！”季常当然也明白他们的目的总是为了金钱，所以便一口答应了他。但又生恐他们说的数目太大，故而又这么地向他声明着。

“上次开军事会议，讨论财政问题，听孙将军说，似乎还缺乏二十万银根。假使你老可以给孙将军凑满这个数目，恐怕他还会十分感激着你老哩！”乌副官听他慨然答应，遂也假作不甚肯定地说着。

季常一听要二十万元，那可吃了一惊。暗想，这真比绑匪还凶恶哩！遂皱起了眉毛，摇了摇头，说道："二十万的数目实在太大，不瞒老兄说，我实在负担不起。假使十万元钱，小弟也许可以尽力凑足。不知老兄能否转达赵处长，请他在孙将军面前说我的苦衷吗？"

"你老既情愿捐助十万元钱给国家，这也是你的一些爱国之心，我当然可以给你向赵处长去说，大概半个小时之后，我再来给你一个回话吧！"乌副官点了点头，便含笑退出拘留所里去了。

季常对于十万元钱虽然肉疼，但是要想活命，那又有什么办法？心中暗想，只要过了这个难关，我什么事情都不干，带了花如兰到海外做寓公去，岂非人生的快事吗？所以他的心里是非常焦急，最好乌副官立刻来给他一个回话。但事情往往出乎意料之外，乌副官走后，却是一去不回。直待天色黑了，还不见乌副官到来。季常暗想，事情莫非发生变故了吗？假使孙将军一定要把我枪毙的话，那不是我前生作过孽了吗？想到这里，心痛如割，几乎都要哭起来，遂对旁边卫兵说道："对不起！老兄！请你和赵处长去说，我情愿捐助二十万了，请他快些恢复我的自由吧！"

卫兵听了，心里好笑，遂匆匆地自去。约摸一刻钟后，只见乌副官满面春风地走来了，笑道："盖大爷！对不起！对不起！累你好等。因为孙将军和姨太太在玩骨牌，所以赵处长不敢把这事说上去。谁知你老却答应了二十万。齐巧孙将军玩好骨牌，赵处长把你的意思说了上去，孙将军大大的欢喜，说你老如此慷慨仗义，爱国的精神，堪为做人模范。所以立刻恕你无罪，对于令侄的事，永不追究。盖大爷！我得知了这个消息，不是代你老喜欢煞人吗？”

季常听他这么说，一时又深深懊悔不该太以性急，这十万元钱岂不是白白地丢送了吗？也许孙将军听得有十万元钱，也能够打倒了呢！季常心中懊悔万分，但表面上却不敢显露出来。还向乌副官连连抱拳，表示谢谢的意思。

季常第二次走进处长室的时候，只见室中已亮了通明的灯光。写字台上摆了两客精美的西餐，赵处长反绑了两手，在室中一圈一圈地踱步。

“哦！盖老兄！非常抱歉，但是这也怪不了我。好在如今已没有事情了，你快打个电话去，吩咐家中人把支票簿拿了来，你老兄就这么写上了二十万，不是很便当的一回事情吗？”赵处长抬头一见季常，立刻又堆下了笑容，走上来握了一阵手，很得意地说着。说到后来，却忍不住又哈哈地笑了一阵。

季常听了他那种破铜锣似的笑声，心头感到十分的害怕，因此也只好报之以苦笑。遂走到电话机旁，打电话给阿青，叫他把写字台抽屉里的支票簿和图章坐车拿到军部来。

“盖老兄！请坐！请坐！孙将军因为尚有应酬，所以失陪。嘱小弟款待老兄，其实咱与老兄情同手足，当然是应该要喝个痛快了。”赵处长见他打好电话，遂请他在写字台旁坐下，举起了高脚玻璃杯中盛着的白兰地酒，向他笑哈哈地说着。

季常心中虽然难受，但也不得不应酬着他。握起杯子，和他碰了一碰，便说声多谢，凑向嘴边，一饮而干。这餐饭菜当然是精美极顶，山珍海错，无奇不有。季常想到这餐晚饭是花了二十万元的代价，所以他也毫不客气地放开肚子，吃了一个饱。

不多一回，阿青拿了支票簿和图章来了。季常遂亲笔写了一张二十万元的支票，并盖了章，交到赵处长的手里。赵处长含笑接过，又说了几句赞美的话。季常是说不出的苦，自然也只好敷衍了几句，他便很早地带着阿青回家里去了。

季常既到了家里，却是越想越气，越气越恨。猛可握起桌上的茶杯，要想掷到地上去。但当他举起手来的时候，忽然又有个感觉。何苦来？把自己家里的东西糟蹋？于是他又放下茶杯，懒懒地倒向沙发上去，忍不住长叹了一声。谁知正在这时候，忽见云仙眼泪鼻涕地走进来，见了季常，便哇的一声哭起来。这把季常倒又大吃了一惊，连忙站起身子，问她怎么了？怎么了？

八、廉耻忘贪享裙带福

仲良那夜被季常大骂了一顿，心中非常的气愤。兼之又被三姨太那么地用话一激，于是他便决心预备去找事情做了。人家说，一个抽大烟的人，他的志气根本是没有的了。像仲良那种自小就是公子哥儿的人物，及至成年，更做了几年捞钱的官。吃惯用惯玩惯，唯一的本领就是“三惯”。你想，叫仲良如何还有发奋的精神、前进的思想呢？所以这次他到外面去找事情，不免又闹出一件卑劣的大笑话来。

事情是这样的，第二天下午吃过饭，他想起从前一个好朋友来。这人名叫杨如仁，他在北京城里开了七八爿典当，家里实在有几个钱。同时听得近年来，他又任了好几家银行经理襄理的职位，身份在银钱业中确实是很高的。虽然我和他有好多年没有走动了，不过凭着我俩过去的友谊而说，也许叫他在银行里排个位置，还是可能的事情。

仲良想定主意，心里十分喜欢，以为自己一有了职业，大哥就不敢小觑我了。遂把这意思向三姨太悄悄地告诉，三姨太不听犹可，听到了这话以后，就恨恨地白了他一眼，埋怨他道：“既然你有这样阔绰的好朋友在着，那你为什么不去走动走动？成天地躲在家里抽烟，难道叫事情还来找你吗？像你这样勤吃懒做的人，真也天下少有的。大姨和二姨苦得丝袜都没有穿了，她们说二爷再这样下去，她们是要跟人走了。倒是我劝她们忍耐些，二爷也不是池中物，将来总有飞黄腾达的日子，况且二爷也并不是没有得意过的人。所以我劝二爷总要挣一口气，那么才是呢！”

在三姨的意思，是先激怒了他，然后再拿好话去说回来，这样不是使仲良可以努力地做一个人了吗？但事情是出乎意料之外的，仲良不但不恼怒，而且反而笑起来，说道：“反正你们都没有生育过，要跟别人走也由你们去罢！我穷了是没法来拉住你们的。记得过去我在做科长的时候，见大姨和二姨的丝袜她们是只穿一次新的，洗过了就不要穿，不是给下人们穿，就是丢了。这样不爱惜东西，现在苦得丝袜破了没钱买，这也是一个眼前报。倒是你和她们又不同些，现在你穿的用的，还不是以前所积蓄的吗？”

三姨太听他这样说，简直是一个没气死人般的，一时又好气又好笑。不过他说的大姨二姨的行为，倒并没有过甚其辞。不但丝袜如此，就是衣服等东西也如此，这原因她们是堂子里出身的，自小吃惯穿惯。比不得自己小家碧玉的身份，虽然失身给仲良，后来纳为小星，我一进门，仿佛步入天堂，自然是称心满意的了。三姨太心里这样想，表面上却显出了满面的娇嗔，啐他一口，说道：“你这人难道甘心情愿地戴绿头巾吗？”

“她们要给我戴，那又有什么办法？一个人到穷了的时候，什么话儿都说不得响亮。只要你有良心，肯跟我到底也就是了。”仲良见她薄怒含嗔的意态，自有一种妩媚的风韵。不过在这时仲良的心中，是一些儿也感不到可爱。他觉得自己家里尽有这许多娇妻美妾，然而好看的女人，是需要金钱去养活她们。没有了金钱，虽有娇妻美妾也是没有什么乐趣的。他到此方才懊悔以前不该太以荒唐，荒唐的结果，却是这样难堪的滋味。他说完了这几句话，心里有些黯然，深深地叹了一口气，不觉颓然地倒向沙发上去了。

三姨太见他这样心灰意懒的神气，一时倒也懊悔不该拿这些话去刺激他，使他心头感到无限的难堪。想起过去仲良阔绰的时候，黄金万镒为用。对待自己，也曾经有过一度恩爱缠绵的时候，所以她倒又不忍心起来。遂挨近到他的身旁坐下来，纤手搭在他的肩儿上，含了娇媚的笑容说道：“我和你说着玩儿的，你就难过得这分样儿了。大姨二姨也绝不至于到丝袜也没有穿的地步，而且她们也没有要跟人走的意思，我是激发你要努力做个人呀！你竟当真了吗？”

“我倒不是为了你这句话感到难过，实在因为自己少壮不努力，至今老大徒伤悲了。我也很想努力做一个人，不过现在环境比不得从前。我做科长的时候，来拜望我的人儿，真可谓门庭若市。现在一片凄凉，犹若三尺荒冢，思想起来，能不令人感伤吗？”仲良回眸过去望了她一眼，摇了摇头，大有凄然泪下的神气。

三姨太是体会不出仲良心有刀割般的难受，伸手拍了他一下，笑道：“你只不过三十八岁的年纪，也算不得老呢！俗语说得好，大丈夫能曲能伸，得意时别笑，失意时也别哭，只要有奋斗的精神，总会有成功地一天。譬如像大少爷的努力革命，情愿抛家出走，你们都恨他入骨，其实我倒赞成他，因为他的精神可爱，你瞧广东在革命管理下是多么的有条不紊。势力一天一天地膨胀，说不定不久就会打到这儿来。孙将军拔脚一走，整个北京城还不是革命军所有的吗？那时候大少爷得意扬眉，你也可以做老太爷的了。”

“好了，好了，你快别再提起这个小畜生了。我真不稀罕做什么老太爷，不要累我去吃枪毙已经是上上大吉了。”仲良听她这样说，便连连地摇手，叹了一口气，心里还有说不出来的恼恨。

三姨太噗哧地一笑，俏眼儿斜乜了他一下，说道：“那么你要瞧姓杨的朋友去？也该走的了。时候两点钟敲过，迟去了说不定人家已出去了。”

仲良被她这么一提，方才记得了。遂站起身子，说道：“不错，有钱的人就会忙起来。人家要和他有十分钟谈话的时间也很难，这在我过去也是那种样子。记得有一个人，从前他要和我接洽一件事，跑了十五天，方才接见了。其实这种断命架子，有什么搭出来呢？唉!”仲良现在想起来，他有些悔悟，很感叹的样子。

“那是没有办法的事情，得意的朋友，谁不喜欢搭架子，表示自己的身份与你辈是不同的了。所以你此刻去，衣服换一件，大衣穿了，总不要给人家瞧不起。”三姨太听他这样说，便站起身子来，向他叮嘱着。

“不过我和杨如仁的友谊不同，我今天去找他，他绝不会因我服饰陈旧些而表示轻视的。这样暖和的天气，大衣怎么能穿得上？我就这样子去也不要紧，那怕什么？”仲良却不以为然，在衣钩上取下一顶呢帽，戴在头上，就匆匆地走出房外去了。

仲良走出大厅的时候，原想借大哥的自备汽车坐一坐，但转念一想，有些犯不着跟他去说，因为昨夜给我的气太深刻一些了。所以他匆匆出了大门，坐上了街车，拉到杨如仁的公馆里去。

车子在一家大铁门前停下，仲良付去车资，就走到门口去按电铃。不多一回，就有人在监狱那么一个小圆洞的窗门里望出半个头来问道：“找谁?”仲良递过一张名片，说道：“找你们的老爷，有事谈话。”

门役是个杨家多年的老管家，他接过这张名片一瞧，心中还记得那个盖仲良是我家大爷自小的好朋友。虽然多年不走动了，但到底与别个朋友不同。所以他慌忙开了铁门，迎接门内，笑着招呼道：“原来是盖大爷，快请里面坐，我家大爷还没有出去哩!”

“你不是杨寿吗？哟！苍老得多了。”仲良跨步进内，向那门役一瞧，依稀的尚有些认识，遂向他望了一眼，也笑着说。

“近十年不见了吧！盖大爷也没有像前时那么丰姿了，这就无怪我要苍老了。”杨寿关上了铁门，一面说着话，一面已引导仲良向里面走。

两人走到大厅前的时候，只见石级下停着一辆簇新的汽车。从大厅里走出一个三十六七年纪的男子，身穿笔挺的西服，外披雪花呢的夹大衣，手里拿了一根司的克，嘴里却衔着雪茄。一副白胖的脸儿，鼻子上还架着茶绿的晶镜。后面还跟随着两名保镖，神气活现，正是杨如仁。

“杨老弟！好久不见，好久不见！”仲良抢上两步，走到如仁的面前，把头上的呢帽取下，含笑地招呼着。

“你是谁？我怎么不认得你？”杨如仁正欲跳上汽车去，忽然见了仲良，便向他身子上上下下打量了一回。只见他穿了一件半新旧灰哔叽的长袍，脚下一双维也纳的鞋子，脸儿瘦削，牙齿微黄，那种狼狈的样子。他来找我，还有个好事情吗？所以他立刻皱起了眉毛，把右手拿下嘴里衔着的雪茄，索性装了一个不认识。

仲良想不到人心真的会有这样的势利，因为自己自落娘胎以来，从没有被人这样地奚落过，所以他在万分羞惭之余，又感到十分的可叹，不该随随便便地就来见那种有钱的朋友。因此他呆望着如仁，却愕住了一回。

杨寿是过分的忠厚了，他以为大爷和盖大爷十年不见，也许真的有些忘记了，遂在旁插嘴说道：“大爷！他是盖仲良大爷啊！你记不起了吗？”

杨如仁被杨寿这么地一说，倒也局促起来。微红了脸儿，有些不知如何是好的样子。仲良这就冷笑了一声，说道：“大概贤弟如今的身份不同了，所以不认得我了。你忘记过去我把皮袍子脱下典当了来接济你的一回事情了吧！是的，那当然忘了，因为现在北京城里所有的典当是已经属于贤弟的了。……”

如仁被仲良这样讥讽之下，他的良心感到极度的不安，两颊更涨得绯红。幸而他转变得快，立刻堆上了笑容，伸过手去，和仲良紧紧握了一阵手，说道："哦！哦！是盖老兄！真的，有十年不见了。我倒常常记挂着你，你为什么不时常来走走呢？听说你自从退出政治舞台以后，一向住在家里，享着清福，倒还是你自在哩！我们快到里面去坐，好朋友久别重逢，真是难得！难得！"说着，携了仲良的手，便一同进会客室内去了。

在仲良的意思，是预备把他痛骂一顿，然后愤愤地离去。可是再也料不到如仁的脸儿却有好几副，在一度装作不认识之后，此刻却竭力又表示亲热起来。一时把他满肚皮的气愤也就慢慢地平了下来，可是心中却还在回味他说的几句话，至少也是包含了些嘲笑的意思，遂说道："时运不济，以致坐守在家，几个患难之交都也生疏了，更何论其他呢？不像老兄正当得意之时，所接交者都是社会闻人，哪儿还会想起我们这些的穷朋友吗？"

两人说着话，已在室中沙发上坐下了。如仁当然也明白仲良这话是含有些儿作用的，便一味地愈加显出亲切的样子，递过一支雪茄烟去，还亲自给他擦了火柴，笑道："这倒不能怪我忘记了你们，因为我的事情实在太多，原想到你府上来望望，但无论如何也抽不出空来。只是你应该也常来走走，那么才不至于会生疏。如今你也不来，我也不去，这样一直到现在竟有十年的工夫，所以也难怪我一时里记不起来了。从前你的脸儿似乎还要白胖一些，如今真有些改了样子了。"如仁把右腿搁在左膝上，还不住地抖动着。左手放在沙发臂膀上，右手拿了雪茄，凑在嘴边微微地吸。两眼望着仲良瘦削的两颊，笑嘻嘻地说着。这坐的姿势，是相当的悠闲。

“我想那倒并不是我的脸儿改了样子，也许是老弟的眼镜换了一副了。”仲良听他这样说，喷了一口烟，忍不住哈哈地笑起来。

如仁也是个聪明的朋友，他见仲良这个神情，并听了这两句话，也觉得这回的讽刺是太厉害一些了。脸儿顿时更红晕得像喷过了血，吱吱唔唔地说不出一句话。正在局促的时候，幸亏仆人送上两杯柠檬茶来。如仁遂又搭讪着道：“老兄请喝茶，你大哥现在不是很有地位吗?”

“是的，大哥在教育界中的地位可说是位有名的人物。只不过他的脾气迂腐而且古怪，所以我们性情也合不大来，因为他是个书呆子一样。”仲良见他两颊血红的样子，当然也知道他是感到我说的话很厉害。遂也不过分的使他难堪，仍旧好好儿地和他说话。

“你大哥的脾气，倒确实很怪癖的，难道直到现在还没有娶过夫人吗?”如仁握了玻璃杯子，微微地喝了一口柠檬茶。想着季常这位道学先生，他不禁笑出声音来。

“可不是?我想他也许是不会再娶的了。尊夫人身子想来一定很好，除了梦花这个孩子外，下面想必又添了好多个令郎了吧?”仲良一面回答，一面又向他含笑问着。

“老兄你不要说起了，我近年来的遭遇，真也不幸到了极点。内子是在去年过世了，除了梦花这孩子外，是没有再生育过。真也奇怪，昨天梦花给我一封信，说他要到外埠去一次，不久就可回来。我接到这封信，真弄得莫名其妙。你想，我这几天心境也够恶劣的了。”如仁听他问起自己的妻子来，遂放下玻璃杯，皱起了眉头，深深地叹了一口气，表示非常失意的样子。

“哦！尊夫人已经是过世的了，唉！真可惜，我却一些儿也不知道呢？至于梦花的突然出走，我倒又想起这个小畜生来，莫非他们是一只袜统里的吗？”仲良听他妻子已经死了。因为从前时常见面，她的性情很好，容貌又美，所以颇为感叹。同时想着梦花这一回事，竟和雨龙仿佛，因此他又忍不住嚷起来。

“怎么啦？你的雨龙难道也出走了吗？”如仁听他这样说，心里也非常的奇怪，望着他的脸儿发怔。

“雨龙竟加入了革命军，我想令郎也靠不住。”仲良也把柠檬茶放下了，低低地说。

“哦！有这么一回事，那真岂有此理？”假使梦花果然也在干那种不法的事情，我倒希望他不要回来了，免得累苦了我。如仁突然得知了这个消息，心里非常地痛恨，因为他怕梦花害了他的生命和财产。

“尊夫人既然过世了，令郎又出走了，那么你老弟平日的生活不是太寂寞了一些了吗？”仲良吸了一口雪茄，低低地又向他搭讪着。

“虽然寂寞，但是也没有办法。好在我的应酬多，身子总是在外面宴会上厮混，所以也毫不觉得自己的孤独了。只不过晚上回来的时候，使我常常会想起她……”如仁觉得仲良这几句话至少有些关怀我的意思，遂也含笑回答着。

但说到末了的时候，他心里才感到有些悲哀。

“我想老弟还只三十六岁的年纪，讨个续弦，那是免不了的事情。”仲良把雪茄烟的灰，用手指在烟缸上掸了掸，仍是显得非常关心地说。

“不过像我那样地位而说，娶续弦也不是一件容易的事情。又要识字，又要容貌美，又要性情好，还要比较有身份一些人家的姑娘。你想，这不是太困难了吗？”如仁听他这样说，摇了摇头，一面派着说，一面已是笑起来。

“老弟假使有意思续弦的话，我倒有一个姑娘在着，样样合着你的心意，不知你喜欢吗？”仲良沉吟了一回，忽然灵机一转，他有了一个主意，便望着如仁嘻嘻地笑。

在如仁当初的心里，以为仲良今日到来，不是借钱，定是求职。所以他是感到非常的讨厌，要故意地装作不认识。现在见仲良对于借钱求职的事情绝对不提起，七搭八搭地说了一回空话，竟要给自己做起媒来。因为自从妻子死后，如仁确实感到十分的苦闷，为的是没有好姑娘。如今听仲良有这么一个十全十美的姑娘在着，心里倒又喜欢起来。拉开了嘴儿，先来了一个哈哈，笑道：“那么今日老兄到来，莫非是专诚地来给我做媒的吗？不知是谁家的姑娘？你倒先说出她的爸爸叫什么名字！但现在社交公开，男女一律平等，我想最好先约个地方彼此瞧一瞧，那么我就觉得有把握了。”

“说起她的爸爸，在从前倒也是很有地位的。他曾经在财政厅里做过科长的。她的祖父更了不得，是前任的财政总长。只可惜死了已经好多年。现在家境虽然中落，但她的大伯还有一千多万的家产，所以她的身份倒不在老弟之下的。”仲良笑了一笑，很俏皮地诉说着。

如仁听了，不住地点头。但点到后来，忽然转念一想，觉得这话不对，那不是在说他自己的身世吗？这就皱了眉毛儿，怔怔地望着他脸颊问道：“老兄！你说的到底是哪一家？别这么含糊呀？”

“不瞒老弟说，这位姑娘就是小女云仙。”仲良听他这样问，忍不住噗哧地笑起来。

“什么？是你老弟的令嫒？……”如仁两颊一阵一阵地红起来，顿了一顿，忙又说道：“你别给我开什么玩笑了。”说着，瞅他一眼，连他自己也不禁笑了。

“正经的话，谁和你开玩笑？难道你不喜欢我的云仙吗？”仲良听他这么说，遂停止了笑，表示很认真的神气。

“云仙我瞧见的时候还只有四五岁，矮得桌子也撩不着，你还不是在和我开玩笑吗？”如仁两颊热辣辣的，有些儿感到局促。

“老弟说话就未免有些好笑，难道云仙老是矮得连桌子也撩不着吗？要知道已过去十多年了，现在也许比你个子儿还高哩！”仲良咳嗽了一声，望着他又笑着说。

如仁听了这几句话，心头儿倒是怦然一动。暗想，这孩子算起来也有十六岁了。四五岁的时候就长得非常可爱，一个苹果的脸儿，淡淡的眉毛，两只滴溜乌圆的小眼睛，显露出灵活聪敏的样子。记得我曾经欲收她做过干女儿，后来却没有实行。现在当然是长得如花如玉一般地可爱了，一时心里未免荡漾了一下。但表面上兀是摇了摇头，笑道：

“云仙做我的女儿尚有余，那怎么可以？你别开我这么大的玩笑了。”

“年龄虽然差得多些，不过老弟得意之人，满面红光，看起来实在很嫩，我倒以为不成问题。至于云仙的容貌，比她娘还要美丽一些，这个你尽可以放心。只不过她的爸爸现在坐守在家，你老弟若不喜欢，一定是嫌我这个丈人没有地位，对不对？”仲良见他只管推托，一时也不好意思起来，把两颊涨得血喷猪头那么的红。便厚着脸皮，索性向他问出了这几句话。

“那倒不是为了这个问题，老兄即使拥有千万家产的话，做女婿的也不能拿你丝毫。但我和云仙的年龄实在相差太远，就是我心里欢喜她，恐怕云仙的心中也未必会爱上我呢？”如仁听他直接地问，觉得倒也爽快。因此就老着脸皮，向仲良笑嘻嘻地解释着所以推托的原因。

仲良听他这样说，方才知道他并不是不欢喜云仙，实在是怕云仙不肯爱上他，故而他心中有些委决不下。遂很肯定地说道：“老弟！你不用忧愁，小女儿的婚事当热由家长做主，只要我拣中了你，云仙是绝无异言的。假使你要亲自瞧一瞧的话，明天星期日，我们在新雅茶室里碰面好不好？”

如仁听了，暗想，一个十六岁小姑娘给我做妻子，而且又是艳若西子，这不是叫我喜欢煞人吗？遂点头笑道：“既承老兄如此见爱，敢不遵命。但时间在上午？还是在下午呢？”

“我想下午两点钟好不好？坐在那边正好吃些儿点心。”

仲良见他答应，心中大喜，遂沉吟了一回，伸出两个指头来说。

“那么准定这样，明天下午两点钟在新雅茶室等着你们。此刻我尚有些儿公务，不能久陪了。”如仁说着话，把搁在左膝上的右脚放到地下，身子已是站起来。仲良因为事情已经接洽停妥，遂也站起，说道：“我也回家了，老弟明天别失约。”

“我是不会失约的，只要你们别忘记是了。老兄！坐我车子送你回去罢！”如仁含了满面笑容说。两人身子已走到大厅外来。仲良见他对待自己已变得这样客气了，心中暗想，女人的魔力究竟比金钱更伟大一些。遂点了点头，嘴角旁不免显露了得意的笑容。两个保镖早已拉开车厢，给如仁仲良跳上，一面自己也跳了上去，汽车便向前开出去。保镖心头是在奇怪着，大爷不是说认不得他吗？怎么此刻却和他这样熟悉了？但是他们哪里晓得仲良用的美人计，把个自私自利的杨如仁也会迷倒了呢！

仲良回到家里的时候，内心真有说不出的得意。暗自细想，难得他的妻子会死了，所以我才有这个机会说上去。假使我没有说出做媒的事情来，也许他不会对待我这样的客气。这一方面固然显见他的势利，而一方面也可见女人的魔力的伟大。这件事只要云仙答应了，是没有不成功的道理。这小子既做了我的女婿，他还敢不给我弄个位置吗？起码是个银行里的秘书，不然也是个钱庄上的经理，那么我不是可以慢慢地发达起来了吗？想到这里，未免得意忘形，竟是自个儿地笑起来。

三姨太正在房中做活针，见仲良一路笑进房中来，遂忙站起说道："你事情找成功了吗？这样的高兴。但是家里可又出了乱子哩！"

仲良听了这话，把笑容立刻收起了，忙问道："怎么啦？你快告诉我，到底又出了什么乱子了？"

"下午军部里来了好多个电话，要大哥马上就去谈话。大哥因为雨龙既已出走，自己在赵处长面前就没了交代，所以迟迟地不敢前去。谁知军部里竟派乌副官亲自用汽车来接，表面上是很客气，实际上仿佛像绑票一样的。你想，这件事不知如何解决？那不是出了乱子吗？"三姨太一面告诉着，一面给他倒上了一杯茶。

仲良听了这个事，方才把脸色转和平了一些。拉了三姨的手，一同在沙发上坐下，笑道："你别大惊小怪地吓人，我道是出了什么乱子？这件事情大哥总有解决的办法，怕什么？如今我有一件天大喜欢的事情告诉你，说不定你们将来又可以享福了。"

三姨被他这么一说，遂把大哥喊到军部里去恐怖的心理消失了，芳心中是滋长了新的希望。微侧了粉颊儿，扳住他的肩头，急急问道："到底是件什么事情？快告诉了我，也好叫我大家心里喜欢。"

仲良遂把到如仁家里去的经过，向她告诉一遍，并且笑着又道："你想，这件婚姻若成功了，不是我的造化吗？"

三姨太听了之后，却凝眸含颦地沉吟了一回，摇头说道："你这人转出来的念头未免太无耻了，一个大丈夫，怎么想靠女儿身上去发财呢？如仁已经三十六岁了，云仙还只十六岁，两人足足相差二十年，那怎么成功？再说云仙又不是随随便便的姑娘，她肯含糊地答应你吗？”

仲良再也想不到被三姨泼了一盆冷水，心里很不快乐。便瞪她一眼，说道：“你这人真岂有此理！如何说我无耻呢？难道做父亲给女儿许人家是无耻吗？那你简直是在放屁！”

“哦哟！我不过说句玩话罢了，你何必发这样大的脾气？女儿是你的，又不是我的，你喜欢这样就这样，我所以说这几句话是怕云仙不答应，只要征了云仙的同意，我也很快乐。你后此有了出路，难道我们还不喜欢吗？”三姨见他恼怒了，遂又不得不含了笑容，向他柔情蜜意地灌迷汤。

“女儿是我养的，我叫她长就长，叫她短就短，云仙敢不答应吗？其实我所以想出这个办法，也是为了你们，你真不知道如今人心的势利，找一件职业谈何容易？尤其是像我那么的身份，做小职员坍不了这个面子，而且所得薪水，也不够我吸几筒。做银行主任、钱庄经理，又没有这样机会。现在社会的吃饭问题，全靠势力和背景，如仁能做我的女婿的话，那我的职业当然是不用忧虑的了。”仲良听她这样说，方才把一脸怒容又消失了，拉了她的手儿，又絮絮地说，表示他内心有不得已的苦衷。

“好罢！那么你此刻和奶奶去商量商量，万一云仙不答应，就叫奶奶劝劝她，女孩儿家总爱听娘的话。”三姨太拍拍他的肩胛，含笑又这么地说。

仲良一听这话，颇为有理。遂点头答应，兴匆匆地到翠英房中去了。齐巧云仙从花如兰家里回来，也在母亲的房中。娘儿俩正在担心季常的到军部里去，不知吉凶如何？今见仲良回来了，向他说道："大哥被军部里喊去了，你知道吗？"

"知道的，没有什么大问题，无非榨他一些血罢了。"仲良却毫不在意地回答，他的眼里只望在云仙的脸上，笑嘻嘻地又说道："云仙下午怎的没上学校里去？"

"今天不是星期六吗？"云仙低低地回答，身子退到沙发上去坐下了，翻着报纸看。

仲良哦了一声，也笑起来，说道："是的，今天是星期六呢！云仙！我倒有一件事情跟你商量，不知你心里喜欢吗？"仲良说着话，身子也在沙发上坐下了，拿过一支雪茄，划了火柴，微微地吸了一口。

"爸有什么事情跟我商量？"云仙听父亲这样说，心头倒是怦怦地一跳，放下报纸，蹙了眉尖，明眸脉脉地凝望着仲良的脸儿，低低地问着。

"我想你的年纪也不小了，早做好一头婚事，我心里也少了一桩心事。"仲良喷了一口烟，很正经地说着。

云仙想不到父亲是在说自己的婚姻大事了，这就绯红了两颊，却又低下头来了。翠英早不待云仙回答，就先急急地问道："是谁家的孩子？谁来做媒的呢？"

"说起这件事情来，也正凑巧。今天我到杨如仁家里去望他，这个杨如仁从前你不是也知道的吗？"仲良笑了一笑，说到这里的时候，又向翠英这么地问了一句。

"杨如仁……"翠英念了一遍，觉得果然有些耳熟。凝眸想了一回，忽然记得了，说道："哦！就是他，从前常常到我家来玩的，现在差不多有十几年没走动了，你今天怎么倒又想着他去玩了。"

"一个人是想不到边的，杨如仁小的时候就没了爸妈，和我同学的时候，我是财政总长的儿子，他是没爹娘的孩子，谁料到现在，我反不及他多了。他在这十几年中是发了财，典当开设了近十爿，华东银行是他经理，华洋银行又是他襄理，嘿！真阔得了不得。仲良说到这里，故意又瞟了云仙一眼。但云仙把报纸掩着脸儿，却是默不作声。

翠英听了杨如仁现在这样有钱了，心里不免有些感触，微微地叹了一口气，说道："那么你和他也可说是患难之交，不是向他可以去求一个职业吗?"

"可不是我也有个意思才去望他的吗？谁知他的夫人已经过世了，现在还没有续弦。我想这是一个难得的好机会，所以便欲把云仙给他做填房去。……"

翠英不等他说完，心里就有股子气塞上来。微蹙了淡淡的柳眉，啐他一口，嗔道："你这人做事怎么越老越糊涂了？杨如仁是你的朋友呀！那怎么成？他今年几岁了?"

"年纪是还轻哩！只不过三十六岁。看他人儿的样子，最多不过二十七八岁，白白胖胖的实在很嫩面。你这人的思想就是不开通，我的朋友那要什么紧?"仲良听她也给自己碰了一个钉子，遂很不快乐地说着，同时还恨恨地白了她一眼。

"你倒说得出？三十六岁还算年纪轻吗？你一定忘记了自己女儿的年龄。那可不成，我不喜欢。"翠英见他拿眼睛白自己，便鼓着脸腮子，摇了摇头，秋波也恨恨地回白了他一眼。

仲良的主意已经拿定了，他听翠英在旁边一味地作梗，心里不大高兴。便向她喝道："你这话真不知趣？你不喜欢，难道叫你嫁过去吗？女儿是我养的，要你管什么屁事。我偏喜欢，看你怎么样？"仲良这几句话，是近乎有些蛮不讲理的。

"别放你的臭狗屁，女儿难道就不是我养的？我给你到外面去评评，女儿是我肚子里养出来的？还是你肚子里养出来的？娶媳妇由你做主，嫁女儿可没有你的分。你要胡闹地干，回头叫大哥来说一句话。"翠英倒并不因仲良发怒而让步，她恨恨地啐了他一声，神情比他更要凶恶一些。

仲良被翠英这么一说，他倒弄得无话可答。尤其听了末一句话，更有些感到辣手。这就绯红了两颊，怔住了一回子。忽然又笑起来，向云仙说道："这件事要云仙做主的，不是你做娘的嫁人，你是不用代为着急的。"

翠英冷笑了一声，说道："瞧你活了这一把年纪的人，说话还是那么的不知轻重，我嫁人了，你是不是有面子吗？"

仲良不理睬她，只管向云仙含笑说道："年龄虽然差得多一些，好在他有的是钱，有了钱那还怕什么？我已经答应了他，云仙当然能够顺从爸的意思。……是不是？"

这回云仙再也熬不住了，她猛可地放下报纸，涨红了两颊。气愤愤地说道："婚姻大事，爸怎么可以贸然地答应人家？再说我的年龄还小，吃了爸十六年的饭，难道爸就肉疼起来了吗?”云仙说完了这两句话，心中一阵辛酸，眼泪几乎滚了下来。但她兀是绷住了娇容，一骨碌转身，就走出房外去了。当她走到房门口的时候，皮鞋脚后跟在地板上咽咽地走得特别的响亮一些，表示她内心这一分儿的恼恨。

仲良被女儿这一顿抢白，望着她后影不禁愕住了一回。翠英却忍不住暗暗地痛快，抿了嘴儿几乎笑出声音来，说道:“你不是要云仙自己做主吗? 现在你可听到了没有?”

仲良一肚子的气正在没处发泄，今听翠英这样说，遂回头啐她一口，骂道:“全是你说的好话，所以云仙才会这样子对付我，这件事我不管，只向你算账!”

“笑话，和我算什么账? 只要云仙肯答应，我什么都不管。……”翠英听他这么说，噗的一声又笑起来。

仲良见她高兴，更恨得什么似的，白了她一眼，说道:“你现在可不用说这些风凉话了。……翠英! 你真也不明白，有钱的人，三十六岁不算大，因为他吃的好，补的好，身子决不会比二十来岁小伙子差的，那你可以放心。这头婚事若成功了，我的职业问题完全可以解决。就是下面这许多孩子，也有了靠山。翠英! 你应该去劝劝女儿才是呀!”仲良说到这里，已从沙发上站起来，挨近床边坐下，望着翠英低声儿央求着。

“我如何好意思去劝她。你有本领，你去劝她好了。你应该明白，终身大事并不是儿戏的，再说你也要顾全你自己的面子。”翠英见他被财迷住了心，遂正了脸色，很认真地劝慰与他。

“你这话也不对，女儿并不是给人家做小星去，给人家做填房，那有什么失面子的吗？”仲良听她这样说，摇了摇头，向她反问着，接着又道：“其实如仁那么一个有钱的女婿，还不是我们的光荣吗？我是正经地替女儿做事，决不会有害自己亲生的女儿，你也应该想得明白的。现在我已和如仁说定，明天下午二时大家都到新雅茶室会面。他也很新派的，要先交个朋友，然后再谈婚事，那办法倒也很好。我想你明天也一同去瞧瞧，反正你和如仁也认识的。”

翠英被仲良这样一说，心里也就转变了主意。暗想，做填房不是做小老婆，真的，这倒要分得清楚一些，遂问道：“那么他有几个孩子呢？”

“只有一个孩子，那是非常清爽的。而且这孩子现在也出走了，大概和雨龙是一样的。翠英！你应该拿好话去劝劝她，反正也不是立刻就订婚的，明天去瞧一次也不要紧，譬如去玩玩，瞧得不中意，这事情不是可以作罢的吗？”仲良听她这样问，知道她也有些动了心，遂又絮絮地催着她去劝云仙。

“也好，我给你去劝一回。不过云仙这妮子也是个脾气古怪的，不答应我可不负责任。”翠英站起身子，秋波逗了他一瞥，便含笑走到云仙的房中去了。

到了云仙的房中，只见云仙躺在床上呜呜咽咽地哭泣。翠英遂走到床边坐下，伸手拍着她的腰肢儿，笑道：“好啦！好啦！你别孩子气了，哭做什么？有话不是可以说的吗？”

云仙见了母亲，便从床上坐起，倒入翠英的怀里，娇嗔着道："不！不！不！总而言之，我不情愿出嫁。"

翠英听她一连的说了三个不字，倒忍不住笑起来。抚着她一头乌黑的长发，低低地道："你且别哭呀！女孩儿总有出阁的一天，你怎么说不情愿出嫁呢？"

云仙听母亲的口吻，是转变了风向。这就愈加伤心，眼泪滚滚地掉了下来，说道："你要我嫁给一个三十六的男子，那我情愿一辈子也不出嫁的。"

"你别焦急，你别急呀！事情还没有谈定呢！那杨如仁听说思想很新，愿意和你先交一个朋友，彼此若性情相合的话，再谈婚事。你爸和他已经约定明天下午两时在新雅茶室会面，反正大家没有说定之前，你就不妨去玩玩。明天我和爸都伴着你去，所以你就去一次吧！"翠英听她这样坚决的神气，遂含了笑容，一面拍着她的肩胛，一面拿手帕给她拭眼泪。

"谁高兴和他做朋友？我打定主意说不去，就不去的。……"云仙见母亲也帮着父亲来做说客，心里很不快乐，噘了嘴儿，恨恨地说。

不料云仙话还未完，仲良也一脚跨进房中来，铁青了面孔，哼了一声，冷笑道："天下哪有这么倔强的女孩子，爸妈的话敢不听，这还当了得！你要如不去的话，你就给我滚！"

云仙冷不防父亲也会走进房中来，同时听他这样的喝骂着，觉得生长了十六年，还是第一次。心中悲酸万分，因此抽抽噎噎地愈加哭得伤心。翠英忙向仲良说道："你进来做什么？那么我管不了这个账，你就和女儿来硬拼吧！"

说着，站起身子，恨恨地白了他一眼，向门口就走。

仲良急得把她拉住了，赔了笑脸，低声地道："我出去，我出去，你恼什么？"说着，便悄悄地先溜到房外去了。

翠英笑了一笑，方才又到床边，向云仙说道："孩子！你爸的脾气，你也是知道的，过分地和他拗执，那也不是一个道理。我想明天你去只管去，待谈到婚姻问题的时候，再拒绝就是了。"

云仙不作答，只管抽抽噎噎地哭。翠英没了办法，遂把她抱在怀里，偎着她海棠着雨般的粉脸儿，笑道："何苦来？哭得这样的伤心。眼睛哭肿了，明天给人家见了怪不好意思的。对于杨如仁这个人，听听年龄是三十六岁，不过人儿怎么样，还不知道呢？无论什么事总要镇静态度，你不用先发急的。"

云仙偎在翠英的怀里，仍旧不回答什么。虽然是不哭了，但眼泪依然扑簌簌地落了下来。良久，方才说道："母亲倒也说得好，假使当初外祖给你配个差二十岁数的丈夫，你心中的感觉怎么样？"

这一句话倒是把翠英问住了，愕住了一回子，笑道："不过我嫁给你的爸爸，也并没有感到如何的幸福。像如仁这样有身份的男子，他会没有一个小老婆，对于这一点我表示欢喜，因为他到底不是个贪色之徒。像你爸爸就不足取，得意的时候，就弄了这么三个小老婆。假使他再要得意几年的话，小老婆更不晓得要娶多少呢？所以我猜想如仁这个人，一定用情很专一，年纪虽大些，总强似一个有野心的年轻丈夫了。”

翠英这两句话当然是有感而说的，因为自己在过去虽然有个这么年轻的丈夫，但是他十天倒有八九天不在自己房中的，这样还不如天天有个年老的丈夫陪伴好得多了吗？云仙听母亲这样说，细细地回味一下，觉得嫁着一个像爸爸那么的丈夫，真也是终身倒霉的了。遂点了点头，手背揉擦了一下眼皮，说道：“也好，明天瞧一次去，那我总可以答应的。但愿他见了我心中就感到讨厌，那是谢天谢地的了。”

翠英听女儿这样说，倒忍不住又笑起来。心中暗想，像你那么的姑娘，谁要是见了感到讨厌，那这人也就是瞎眼了。但表面上却说道：“对啦！你这句话说得有道理，什么事情总要随机应变的，好在他目前只喜欢做个朋友，做个朋友那要什么紧？云仙！你别孩子气的哭了，哭得娘怪难受的。”翠英说到这里，抱着她娇躯又亲热了一回，云仙方才破涕为笑起来。

吃完饭的时候，云仙依然装作若无其事般的吃饭。但季常到军部里去还没有回来，翠英心中是急得什么似的，打了几个电话去，偏偏不肯接听。正在焦急的当儿，阿青来告诉说大爷已来电话，叫他立刻送支票簿子去。众人听了这话，其中的奥妙早已明白，虽然肉疼着又要牺牲了一大笔款子，不过大哥就可以回来，这到底是放下了一块重重的大石。

云仙只吃了一小盅饭，就回到房中，坐在沙发上，手托香腮，不免又忖了一回心事。左思右想，觉得这件事情总有些不妥当。不是自己说那种话，像自己那么的脸儿，要说丑陋两字总不会有的了。如仁明天见了我，他如何会感到讨厌呢？换句话说，他不讨厌，他心里当然是很喜欢。既喜欢了，还会不谈到婚姻问题上去吗？云仙想到这里，心中又深深懊悔刚才不该答应了母亲，我明天准定还是不去的好。

不过父亲是蛮不讲理的，他见我一味的倔强，也许真的会把我赶出的。可怜我是个十六岁的姑娘，在北京城里既无亲又无邻，若负气一走了后，叫我到什么地方去过活好呢？唉！女子总不是人做的。……于是她又想起了梦花，虽然此生中也不过仅仅见了一次的面，但她脑海里是刻画着永远不会忘记的印象。我嫁了别人，我怎能对得他住。而且我怎么肯放弃一个年轻的貌美的丈夫，竟情愿嫁给一个中年的男子吗？不能！不能！我无论如何不能牺牲我终身的幸福。云仙在肚子里这样暗暗地自语，她的精神又振奋起来。她想在这专制家庭的势力下反抗，努力来挣扎自己的光明前途，于是她决心预备和梦花去商量，希望他能援救自己一下，做个自由的人。但她忽然又感到自己是太糊涂一些了，梦花的家是住在什么地方呀？这我当时没有问他。而且从哥哥留给如兰那封信中看来，显然梦花和哥哥是一同离开北京城的，我到哪儿去找他？我到哪儿去找他？云仙在一度兴奋之后，她又颓然地感到无限的痛苦，眼泪忍不住又滚湿了衣襟。

爸爸是被黄金迷糊了心，他想奉承一个有钱的朋友，竟想得出拿女儿来做开路先锋，去扩展他的职业上的成就。那我的终身幸福，不是给他白白地在丢送吗？母亲虽然是同情我的，但她究竟是听从爸爸的话，所以才会改变方针地拿这些话来劝我顺从。唉！他们简直不当我是一个人，他们不是把我当作一件物件看待吗？拿我这件东西，去交换爸爸一个职业，唉！太可耻了！太可耻了！云仙连说了两声，她那颗心灵中是激起了无限的愤怒和悲哀。她觉得自己太孤单了，竟没有一个人肯给我说句正义的话吗？不！不！还有我亲爱的大伯哩！大伯是个思想最正确的人，他听到这个消息，他心里一定会引起反感，因为在过去他生平最恨的是老夫少妻的实行。那么他对我的情形，不是会加以反对吗？好在爸爸最怕的就是大伯，只要大伯肯给我做个保护人，哼！瞧爸爸对我敢怎么样？云仙忽然想到这里，她又觉得在绝路之中得到新生的希望，一颗芳心不免又欢喜起来，收束了眼泪，遂匆匆地奔到季常住的小洋楼里去了。

这时候季常正从军部里回来，心中是气愤得什么似的，他想掷几只茶杯出一出心头的怨气。但他的涵养工夫究竟胜人一倍，结果，把手中那只要掷到地上去的杯子还是轻轻地放到桌子上。将肚子里一股气全从口中叹出来，懒懒地倒向沙发上去。谁知这当儿云仙便眼泪鼻涕地哭进来，季常突然瞧见此景，心头更加大吃一惊，急问什么事情？什么事情？

云仙本来的意思，她原不想哭的。但当她跨步进房的时候，不知怎的，只觉一股子辛酸冲上鼻端，所以她情不自禁地会哭起来。不过大伯虽然是问得这样的急促，这叫自己一个女孩儿家羞人答答的怎么好意思告诉出来呢？因此掩着脸儿，还是呜呜咽咽地哭泣着。

季常瞧了翠英的哭，已经会感到难受。何况是翠英的女儿云仙，她那种哭的意态，更会把季常那一股子愤怒抛到东海大洋去了。遂慌忙站起身子去拉了她的纤手，蹙起了眉尖，凝眸她海棠花那么娇靥的脸颊，低低地问道："云仙！你怎么啦？谁和你闹了嘴？快告诉我，大伯准定会给你出气的。"

云仙别转了粉脸儿，还是哭泣着。这把季常真的焦急起来，把她手儿连连摇撼了一阵，说道："你说呀！你说呀！到底为了什么事？好歹不是该给我知道一个详细吗？你再要哭泣，我这儿就站不下去了。"

云仙听大伯这样说，因此收束了泪痕，方才抬起红晕的娇容，秋波偷偷地瞟他一眼，要想告诉却又说不出口来。季常望着云仙欲语还停的神情，心里好生奇怪，遂又追问道："是不是你爸骂了你？他为什么要骂你？"

"不！爸要给我许人家。……"云仙再也忍不住地说出了这一句话，但既说出了口，她又感到万分不好意思，两颊上飞过了一阵红，立刻回转脸儿去。

季常听了这句话，方才明白过来。见了她娇羞万状的意态，不禁为之失声笑起来。遂把她拉到长沙发上一同坐下，望了她一眼，笑道："我道是为了什么事？原来爸要给你许配人家，你太孩子气了，这也值得这样伤心的吗？哪一个女孩儿家不出阁的？你难道愿意一辈子不嫁人吗？……"

云仙听大伯这样说，一颗芳心不免暗暗有些儿怨恨。觉得大伯这人也好生糊涂的，我所以不愿意许配人家，当然有个原因。怎么可以问我一辈子不嫁人的话呢？但仔细一想，在未说明原因之前，这倒也怪不了大伯。遂索性厚了脸皮，摇了摇头，意欲告诉爸给我配的丈夫已经是三十六岁的人了，但始终鼓不起这个勇气。

季常见她摇了摇头，并不作答。觉得她的意态中仿佛有说不出的隐痛，在经过一分钟的沉思之后，他似乎有些理会过来了，遂忙又问道："你爸给你配的对方姓什么叫什么？现在在哪儿读书，还在办事了？今年几岁？你全都知道吗？"

"他叫杨如仁，今年已经三十六岁的人了。……"云仙说到这里，不知怎的终感到伤心？她的眼泪又从眼角旁淌下来。

单听了这后面一句话，季常这才恍然悟到云仙所以伤心的原因了。他暗自念了一声杨如仁，觉得有些儿耳熟，仿佛在哪里曾经碰见过一次面。沉吟了半晌，猛可想起去年冬季社会闻人朱兰光请客的宴会上，我和他坐在隔壁，所以彼此曾经谈过几句话的，遂皱了两道稀疏的眉毛，又问道："杨如仁他难道没有妻子吗？"

"妻子去年死了，爸想奉承有钱的朋友，所以不管女儿的死活，竟将我终身幸福活活地丢送。大伯！你也该知道我今年还只有几岁，那你就明白我和杨如仁是否是一对美满的配偶？"云仙到此地步，再也管不得羞涩两字，遂向季常絮絮地说出了这几句话。

季常于是肚子里就盘算起来，杨如仁今年三十六岁，云仙十六岁，足足相差了二十岁，这……这怎么能够结成夫妇？唉！仲良这浑蛋做事糊涂，简直是岂有此理。正欲给云仙打抱不平，安慰她放心的当儿，突然他的脑海里立刻又浮上了一个感觉。我今年不是已经四十二岁了吗？那么如兰还只有二十岁呢！两相比较，竟和云仙如仁更差了两年。我既阻止了别人家老夫少妻的进行，对于如兰的爱，我不是也要放弃了吗？哎哟！这就为难了。如兰是我生命中最爱的一个人，而且她亦有爱我的意思，这叫我怎么能够舍得放弃吧？

季常这时心中的为难，真仿佛有两只鹿用了角儿在格斗，他实在有些委决不下怎样是好？我若同情了云仙，那么凭良心说，我似乎也不应该去爱上如兰。若舍不得如兰的话，那么我是只好硬着心肠不同情云仙了。季常在这样进退维谷之间，内心实在很痛苦。但私欲究竟占有了他整个的心灵，他想着如兰花一般儿的容貌，柳一般儿的腰肢，太够人魂消了，我不能放弃她，我无论怎么一定要跟她达到夫妻的目的。

季常既然在这样感觉之下，他的思想完全转变了，抚摸着云仙的手儿，微微地笑道："我明白你的意思了，你是不是嫌他的年龄太大一些吗？不过如仁这人我倒也瞧见过，生得四方脸儿，白白胖胖，虽然三十开外的年纪，却只有二十来岁好看。说话很温和，性情也很慷慨，一个姑娘的嫁人，就是嫁一个人，只要对方人儿好，那就不错的了。不过你所不满意的，就是这个年龄问题。我想……唔！……唔！……一个做丈夫的人，年龄确实最好要大一些。因为女子有生育的事情，自然容易衰老。假使和丈夫年龄相差无几的话，待妻子一衰老，做丈夫的难免要娶小老婆了。云仙！你千万别伤心，什么事情都是一个缘，你爸既然给你许配杨如仁，这当然也是一个缘。所以我的意思，你考虑一下，就不妨答应了吧！"

云仙做梦也想不到大伯今天会有这一番的见解，一时望着他倒愣住了一回子。在她心头是感到万分的失望，使她几乎又要哭出声音来。但她犹竭力镇静了态度熬住着，心中暗想，我来向大伯哭诉的本意，原是叫他向父亲去说句公正话，把这件婚事作罢！谁料到他还劝我答应了父亲，奇怪！奇怪！大伯的思想为什么转变得这样快？难道我和杨如仁在前世真的结过了怨仇，所以今生要来还这个债吗？云仙想到这里，她也不愿再和大伯说那些恳求的话，就站起身子，点了点头。向季常请了晚安，就匆匆地自管回房中去了。

在季常当然不明白云仙内心是这样的隐痛，他以为云仙听了自己的话，一定很以为然的，所以季常也非常高兴。本来还要去向仲良骂一顿，为了你的儿子，又损失了我二十万的家产。但他心里有了甜蜜的感觉，脑海里有了如兰的芳容，他不愿再去多这一件气恼的事，也就脱衣就寝，预备明天到如兰家里吃午饭去。但他怎知道可怜的云仙却躺在被窝里，整整地哭泣了一夜。

云仙暗暗地哭了一夜，同时也想了一夜心事。直到次日早晨四五点钟的时候，方才朦胧地闭了一回眼。醒来的时候，已经近午的了。她匆匆地披衣起身，对镜梳洗完毕。忽然她有了一个主意，我何不向花如兰去商量商量？假使她肯帮助我的话，我就住到她的家里去，从此脱离家庭也不要紧，反正爸爸昨天是曾经骂我滚出去的。云仙打定主意，遂披了一件大衣，也不吃早点，就匆匆走出大门，坐车到如兰家里去了。

到了如兰的家，伸手按了电铃。好一回儿，却不见有人答应。云仙心中好生奇怪，暗想，莫非如兰出去了吗？但玲弟总在家里的，难道都不在家，这也太不凑巧了。云仙两眼望着铁栅门内的树木和花卉，正在呆然出神的当儿。忽见落地玻璃窗开处，玲弟两颊绯红地走出来。俏眼儿掠到云仙身上的时候，方才含了笑容，叫道："哦！是盖小姐吗？我们小姐已经出去了。"说着话时，玲弟已把门儿开了。

"你小姐到哪儿去了？"云仙听到这句话时，心里当然又感到失望。一面跨步进内，一面颦蹙了柳眉低低地问。

"唔！……她是买东西去的。……"玲弟支吾了一回，才告诉出来。两人已到了会客室，不料会客室内却站着一个人，云仙定睛见是阿青，这就咦了一声，问道："你怎么也在这儿？"

阿青被小姐这样一问，红了脸儿，有些不知所对。玲弟究竟是很灵活的姑娘，一撩眼皮就笑道："盖小姐！你怎么认识阿青哥？他是我姨妈的儿子呀！"

"二小姐！是的，玲弟是我的表妹。你和这儿花小姐是朋友吗？我来的时候花小姐就出去了。"阿青这才醒过来似的叫了一声二小姐，镇静了脸部的表情，含笑着说。

云仙这才知道他们是姨表兄妹，遂点了点头，忙又问道："那么花小姐午饭可回家来吃的吗？"

"也许不回来吃了，听说她还要去瞧望一个朋友。……盖小姐有什么要紧的事情吗？你告诉我，我可以给你转向小姐说的。……”玲弟一面倒上一杯茶，一面低低地回答。

云仙因为阿青在旁边，这事情当然说不出口。况且告诉了玲弟，也是不中用的事，遂摇头说道：“也没有什么大事，反正我们明儿学校里总得见面的。好罢！我走了。”说着，身子已向院子里走了。

“盖小姐午饭在这儿用了吧！”玲弟一面口里这样说，一面身子已是跟着出来。

“不！我还有些别的事。……”云仙身子走出了大门，向玲弟含笑点了点头。

春天的风是含了温和的成分，吹着大地上的一切，都感到它的可爱。嫩绿的树枝条在向它微笑点头，活泼的小鸟儿在向它婉转轻歌。暖和和的春阳，慈爱地吮吸着宇宙间的生物，仿佛在灌溉他们生命的滋长。春是一个媚人的季节，尤其是万物之灵的人，因了春的降临，使他和她都会爆发出内心火样的热情，轻松而愉快！但是失意的云仙，从如兰家中走出，踏在归家的路上。低了头儿，望着地上自己瘦削的身影，她感到悲哀。春风虽然是柔软的，春阳虽然是暖和的。但云仙全身的感觉，是无限的凄凉。她默然地想：“春天不是我的，乃是别人家的春天。”唉！她深长地叹了一口气，眼角旁展现了晶莹莹的一颗泪儿。

九、失意女双双伴白发

诸位！你道花如兰真的买东西去了吗？这当然是玲弟说的谎话。早晨九点钟敲过，如兰便急忙披衣起床，好好儿对镜梳洗了一回。心里暗想，季常昨天对我说，他今天再来望我，想来他早晨就会来的。因为这老头儿既如此倾心于我，他的内心还不是急得像电流一般的快速吗？如兰的猜想是不会错的，就在这个当儿，玲弟笑盈盈地走上来，悄声儿说道："小姐！盖大爷一清早就来了。"

"唔！你就请他到楼上来坐吧！"如兰听了，乌圆眸珠转了转，因为是不出自己所料，所以抿着嘴儿嫣然地笑起来。

玲弟点了点头，遂又匆匆地走到楼下会客室里，向季常说道："盖大爷！小姐请你到楼上去坐。"

"请我到楼上去坐吗？……"季常坐在沙发上正抽吸着雪茄，听玲弟这样说。他似乎感到了意外的惊喜，连忙站起身子，满脸含了得意的笑容，把手中小半截的雪茄烟丢到几旁痰盂中去。

"是啊！小姐刚才起来，盖大爷只管自己上楼去吧！"玲弟觉得他这句话反问得有趣，露齿笑了笑，秋波逗给他一个神秘的媚眼，一骨碌转身，她便奔到厨下去了。

季常一颗心儿是不住地荡漾，但是也感到非常的紧张。因为自己到底是个男子，陌陌生生地要到一个姑娘的闺房里去，这究竟有些难为情。所以他待在会客室里，倒是出了一回子神。但转念一想，自己也老实得太可怜了。既然如兰自己叫我上楼去坐，那难道还有什么犹疑的吗？况且她家里真的没有第三个人，她肯这样亲热地对待我，真显明她的心中确实是爱我呢！季常想到这里，一颗心灵，甜蜜无比，于是鼓足勇气，他便轻轻地走到楼上去了。

在走到楼上的时候，他那颗心儿愈跳跃得厉害。同时两颊也会有些发烧，他奇怪着自己在千万学生前演讲也没有感到过这样的局促，为什么今天就这样胆怯起来？那真是一件神秘的事。谁知这当儿，红呢绣花的暖幔掀处，如兰已经含笑迎出来，招呼着叫道："盖先生！你怎么呆站在门口？不进来干吗？"

季常对于如兰的出来，那是出乎意料的。今被她这么一问，两颊就愈加绯红起来，笑了一笑说道："不！我在打量这房子的式样。花小姐！您早！我又来吵扰你了。"随了这几句话，他的身子已跨进卧室中去了。

"盖先生怎么说吵扰两字？那不是太显生疏了吗？你请坐，我是不会十分招待的。"如兰回眸脉脉地瞟他一眼，把纤手儿拢了拢，向他娇媚地笑。

季常于是在沙发上坐下了，向她身上打量了一下。只见她身上穿的是件苹绿条子花呢的旗袍，袖子短短的，露着两条白胖可爱的臂膀，真够令人意销的。她的头发是洗过后涂上了一层香油，所以乌油滑丝的长长地披散在脑后，非常的美丽。腰肢儿瘦小，胸部又隆然凸起，曲线的美妙，更是无以复加。这样美丽的一个姑娘肯爱上我，那不是我前生修来的艳福吗？

季常两眼只管在她身上打滚，他自己一些儿也不觉得，可是如兰倒被他瞧得不好意思起来了。脸儿本来是涂上了一层胭脂，此刻就更红晕得好看。她把腰肢儿一扭，就在季常坐的隔壁那只沙发上坐下，笑道："盖先生！你怎么老望着我？你难道不认得我吗？"如兰说到这里，又深恐季常羞涩，她故意又嗤嗤地笑起来。

季常在她坐下的时候，鼻子里就闻到一阵浓郁的幽香，是令人心神欲醉的。季常已经有些神魂飘荡，这时兼之被她这么的一问，那就更弄得六神无主，绯红了两颊，也不知如何对答才好。如兰见他失魂落魄的神情，遂停止了笑，正经地又道："盖先生！你这样热心地爱护我，我心里实在感激着呢！"

"花小姐！你怎么又说这些话来了？因为我觉得你是个可以造就的人才，所以我愿意热诚地帮助你爱护你，只要你不辜负我一片待你的真心也就罢了。"季常这才向她低低地说，说到末了一句，他感到有些难为情，因为这句话里面至少是包含了一些神秘的作用。

如兰虽然是很明白，但也假作含糊地频频地点了一下头，忽然又笑道："盖先生！你大衣脱一脱，瞧我这人可糊涂？你来了大半天，烟也不递一支，茶也不倒一杯，那不是叫客人生气吗？"如兰说着，站起身子，忙着又倒茶递烟。

季常一面脱了大衣，一面连说："花小姐别客气，我们还能说是客人吗?"如兰拿了一盒自来火，给他燃烟，笑道："说起来总是客人，你请坐。"

季常见她那种意态实在太可爱，遂望着她又笑道："花小姐的性情真温柔到了极顶，处处地方都令人感到可亲。所以我今后有了花小姐那么一个知音，我就觉得时常快乐，再也不会有烦恼的时候了。"

如兰听他说"知音"两字，不禁噗哧地一笑，说道："这也是盖先生说得我过分的好，我觉得惭愧!"

季常听了，便急起来道："花小姐！我说的全是真话，你的性情，你的容貌，一切一切都生得好。"如兰嗤嗤地笑着，身子在对面那架书橱旁的沙发旁坐下来。

季常于是也坐下了，握着茶杯，喝了一口。因为没有什么话可以说，大家就静默了一回。偶然季常的视线掠到如兰的两脚上，她是穿了一双月白绣红花缎子的平底鞋，配着那咖啡色绝薄的丝袜，远远地看，仿佛是赤着脚一样。季常心里想，单拿这双脚儿来说吧！也太够令人感到可爱了。想不到这么一个美人儿，不久将做我心爱的妻子，啊！太幸福！太幸福！季常点着脑袋儿，他几乎有些如醉如痴的神气。

"盖先生！你前儿说我很像你的侄女儿，当初我还以为你骗我，和我开玩笑。昨天我在学校里的时候，见到了盖云仙，我才知道这话是真的哩!"如兰觉得室中空气太沉寂一些，遂微抬起粉脸儿，秋波脉脉地瞟过来，向季常笑盈盈地搭讪着。

季常听了，哦了一声，笑道：“是的，云仙也在高中一年级，你和她招呼过吗？”

如兰一撩眼皮，掀起了酒涡儿笑道：“怎的没有招呼？而且我和她坐在一排的案桌上呢！云仙这人也真好，她和我虽然第一次见面，但我们就非常地亲热哩！”

“那么她可知道你是我介绍到校中去读书吗？”季常听她这样说，有些担着心虚，皱了眉毛儿，向她急急地追问。

“我告诉她的，她知道。”如兰含笑回答。

季常有些脸红，咽了一口唾沫，说道：“你怎么告诉她？她知道我们是什么关系呢？”

如兰见他很有些发愁的样子，遂含笑走过来，在他身旁坐下了，低低地道：“我说你和爸是好朋友，因为爸死了，所以你可怜我无依的孤女，非常的疼爱我，时常照顾我的一切，这次到学校里来读书就是你介绍的。云仙听了，她很相信我这个话。”

“你为什么说我是你爸的朋友？”季常因为听她说彼此差了一层辈分，心里觉得假使我要爱上她，不是被人家要指摘吗？所以他感到有些儿不快。

“咦！假使不说是我爸的朋友，那么说什么呢？因为这……”如兰说到这里，红晕了两颊，明眸脉脉含情地凝望着他脸儿，妩媚地笑了一笑，却显出娇羞不胜的样子。

季常听她说不下去，同时见了这个神情，他也觉得除了说是她爸爸朋友之外，一个女孩儿家确实很不好意思再说出第二种关系的话来。因此倒又谅解了她，望着她的娇靥，正欲说几句柔情蜜意的话，不料玲弟已端上两杯热气腾腾的牛奶来了。

“盖大爷！您喝牛奶。”玲弟把盘子里两杯牛奶放到百灵桌上去，又装了一盆子威士忌饼干。回眸望着季常笑了笑，轻柔地招呼着。

“早点我在家里已经吃过了。”季常搓着两手，觉得在一个姑娘房中就那么喝起牛奶来，真有些不好意思，他还是客气地笑着说。

“牛奶是杯流汁的东西，那可吃不饱的。就是在家已经用过，这儿陪着我再吃些儿也不要紧，你老真喜欢闹着客气的。”如兰听他这样说，便拉了他的手儿站起来，秋波似嗔非嗔地还逗给他一个妩媚的娇笑。

如兰这句“陪着我”三个字，听到季常的耳里，真可说是甜蜜到了极点。同时他再也想不到如兰会用纤纤的玉手来拉自己，他心中这一快乐，几乎心花儿也朵朵地开起来。遂含了满面春风得意的笑容，跟她一同到桌旁去坐下了。

玲弟站在旁边，瞧着小姐这样亲热地对待与他。一时想起小姐周旋于他们伯侄两人之间，手段可说是圆活极了。不过她倒有些替小姐为难，将来究竟嫁给哪个好呢？照小姐对我说的意思，她和盖少爷已订了嫁娶之盟，所以那夜才跟他同衾共枕拥抱而睡的。那么小姐的一颗芳心既然已经献给了盖少爷，何苦再去捉弄盖大爷呢？盖大爷今日拉开了嘴儿笑，怕明儿就得掩着脸哭呢！想到这里，忍不住好笑，遂又悄悄地退到楼下去了。

玲弟到了楼下，忽听铁栅门外有人拿嘴儿吹了一声长啸。心里奇怪，遂步到院子里去一瞧。只见外面站着一个身穿蓝布长衫的男子，正是季常的仆役阿青。一时又惊又喜，遂步了下去，想他低低地问道："你做什么来呀？"

阿青被她这么一问，倒是问住了，愕然了一回子，忙笑道："玲弟！那夜在银宫剧院内和你认识后，我时时刻刻没有忘记过你，但总抽不出空来拜望你，今天好容易大爷去访朋友了，所以我才来向你请安的。……"阿青说到这里，满脸堆了笑，弯着腰肢儿连连地作揖。

玲弟听他说话的态度和举动的表现，真活像是个舞台上的丑角儿，这就秋波白了他一眼，噗哧地笑起来了。遂悄悄地开了门，让他走到里面，又把门儿掩上了，回眸望他五官端整的脸儿，高大个子的身材，芳心不知有了个什么感觉？她的粉脸儿就绯红得热剌剌的，故作娇嗔似的说道："你真好大胆子！陌陌生生的怎么就可以到这儿来？若给我小姐知道了，那还当了得吗？"

阿青听她这样说，不禁吓了一跳，连忙弯腰又道："是！是！不过我心里因为太爱你了，若不来望你一次，我一定要茶饭不思地生起病来。所以我为了爱你，什么危险都不管。玲弟！你……你……应该原谅我的。"阿青说到末了，带有些求她哀怜的口吻。

玲弟听他这样说，两颊愈加玫瑰花儿似的娇艳起来，又恨又爱地啐他一口，低低地说道："你这人简直是浑蛋，怎么能够向一个女孩儿家说这些话？你知道我心中也同样地爱上你吗？"

“是的，是的，承蒙妹妹也同样地爱上我，我是感动心头，永世不忘。死了后待来生就是做了犬马，也得给你看门当坐骑的。……”阿青听错了话，作揖打躬地兀是赔着涎皮嬉脸的笑。

玲弟见他这个样儿，也不知他真的听错了？还故意装作听错了？一时直羞得连耳根子也通红起来，啐他一口，笑骂道：“你再涎脸，我可喊了。你的大爷就在我小姐的楼上，他若见了你，你的饭碗当心打碎了。”

“什么？我家大爷在你小姐楼上吗？……”阿青听她这样说，觉得这是可能的事，心中一急，就翻身去拉铁门，就要奔逃出去的模样。

不料玲弟却将他一把抓住了，阿青回过头来，急得两眼定住了，说道：“玲弟！你饶了我，就放我走罢！”

“你这小胆鬼！竟吓得这个模样儿。既来之，则安之，你快跟我到厨下去坐回儿吧！”玲弟心里真是又好气又好笑，在她当初的意思，撒痴撒娇的也无非和他开个玩笑而已。其实她那一颗处女寂寞的芳心里，自从见了阿青后，也早已爱上了他。那天早晨见了小姐和盖少爷交头而眠的神情，使她更想起了阿青。今日阿青居然翩然来临，在她真是有说不出的欢喜。谁知他听了大爷在这儿的话，吓得匆匆地又想逃了。一时怎肯放他，遂向他又笑盈盈地娇嗔着，同时把他的身子已拉到厨房里去了。

阿青对于玲弟这一下举动。心里是早已明白她也深深地爱上了我。她所以这样薄怒娇嗔的神气，一定是女孩儿家假惺惺作态。他心中这一快乐，不免乐而忘形。所以到了厨房的时候，他竟不问三七二十一地猛可抱住了玲弟的脖子，凑上嘴去，在她红润润的小嘴儿上紧紧地吻了一个嘴。

阿青这举动是突如其来的，玲弟当然是出乎意料之外。今被他紧紧地抱住，自己竟失却了挣扎的勇气。柔顺得像头驯服的羔羊似的，小嘴儿尽让他啧啧地吮吻。但她全身已起了异样变化，神智几乎有麻醉起来。

这一次长久的吮吻，阿青当然是感到十分的满足和甜蜜。但是当两人离开嘴儿的时候，突然之间，玲弟撩上手来，啪地一记，竟量了阿青一下耳刮子。阿青对于玲弟这冷不防的举动，当然和玲弟同样地感到意料之外，一时捧着脸儿倒是怔住了。

玲弟既打着了他，忽然绯红了两颊，又娇媚地笑起来，说道："这滋味甜蜜吗?"

阿青暗想，这妮子倒刁得厉害，遂点头笑道："很甜蜜的，亲一个嘴儿，出一记耳光的代价，也是合算的事，我倒希望再来一次交易。"

"呸！你这小鬼再胡闹，是不是又想讨打。"玲弟见他还说甜蜜的，一面忍不住笑，一面走上前去，扬着手儿，向他又要做个打的姿势。

阿青见了，不但不逃，反而迎了上来。把他挺大的手儿，握住了玲弟的纤手儿，说道："妹妹！你心肠太狠了，刚才你既情愿被我吻得那么久，你实在不该再量我耳光了。"

"谁情愿？还不是被你硬抱住了没有挣扎的气力吗?"

玲弟两颊一阵一阵地红起来，秋波恨恨地逗给他一个白眼。

然而这白眼是妩媚的，阿青的心里是只有荡漾的分儿，望着她四月里蔷薇那么可爱的娇靥，噗哧地笑道：“那么你的嘴儿为什么不偏过去？可见你也喜欢我们亲个嘴呢！”

“小鬼！你再信着嘴儿胡说，我不撕破了你这张贫嘴。你紧紧地合住着，叫我有方法偏过去吗？……”玲弟听他这么说，心中愈加难为情起来。骂他一声小鬼，恨恨地要想抽回手儿打他。但阿青气力偏这么大，玲弟被他握住着竟一些儿动弹不得。一时心中又急又恨，又爱又羞，说到末了的时候，更羞得无地自容，因此只好骂着嘴儿嗤嗤地笑起来。

阿青见她这样娇憨的意态，当然也是愈瞧愈爱，正欲抱住了她亲个嘴。不料玲弟早已想到了这一着，一骨碌转身，便逃到门外去，回身又笑道：“你给我坐着，不许动，也不许响，我到楼上给你大爷和小姐拧手巾去。”

玲弟说着，便匆匆地到了楼上。还未跨进卧房的时候，先偷偷从暖幔的空缝里望将进去。只见两人仍是坐在百灵桌旁，情意绵绵的。盖大爷拿了小姐纤手儿，正放到鼻子里去闻香。玲弟瞧此情景，几乎噗哧的一声笑起来。暗想，盖大爷是个海外留学生，所以他都带着欧化的举动。这就想到这断命阿青的吻自己嘴，一定也是从盖大爷那儿学来的。因为两人正在享受着温柔的滋味，自己的人不便去撞散他们，况且自己下面也有个爱人在着呢！所以玲弟又匆匆地走到楼下去了。

季常怎么有胆量吻她的手呢？而且如兰怎么也会甘心

情愿呢？说也可怜，原来是为了金钱的万能呀！两人在喝完牛奶之后，如兰遂亲自去拿过一条手巾，给他擦嘴。季常吻到这条手巾之后，他竟舍不得再拿开来。这为什么？手巾里那股子浓郁的香味，太够醉人了。如兰瞧了却奇怪起来，瞟他一眼，笑道："盖先生！怎么啦？牙齿痛吗？"

"不！没有……"季常这就慌了，连忙抿了抿嘴，把手巾放下了。望着她微微地一笑，两颊有些儿像喝过了酒。如兰没有说什么，把手巾拿了，又去面汤台前拧了一把，自己也擦过了嘴，遂到季常对面坐下。伸手划了一根火柴，季常衔了雪茄忙凑过头来吸着了。含笑说了一声多谢，两人凝望了一眼，却是静默了一回子。

"花小姐！你前儿不是说读了书后，生活就发生问题了吗？"季常吸了一口烟后，低低地说。望了如兰一眼，十二分恳诚地接着又道："我想你是不用担忧的，你的午饭只管在学校里吃，我一切都向教务主任关照过。至于家庭中的开销，这儿我先给你一千元钱，你拿着只管用。要添什么衣服大衣鞋子等的东西，你只要向我说一声，我马上就可以伴你去买的。……"季常说到这里，声音特别地放低，语气也显得真挚，他从袋内已摸出一叠厚厚的钞票来，放到如兰的面前去。

说句伤心的话，如兰所以这样亲热地对待他，也就是为了看在这些花花绿绿纸儿的脸上。哪一个姑娘不爱年轻貌美的男子？在如兰心中当然也不会例外。不过如兰很穷，她仅有的是空场面。在她的本意，原想勾引一个有钱的富翁，来给予她物质上的享受。因为她已是个失意的薄命人，今生也不想再有光明的前途。谁知她偏又会在暴风雨中遇到了雨龙，她见了雨龙，一缕情丝，便紧紧地缚住了他。虽然她是不敢爱上他，而曾经向他赤裸裸地表白自己是个已经死了丈夫的妇人了。然而爱情是不受任何一切的约束，雨龙被她的情被她的色完全感动了，所以情愿不管一切地爱上了她。如兰在这样安慰之下，她的眼前又浮现了光明的前途。她将珍爱自己的青春，来报答雨龙真挚的痴情。然而她在经济困迫之下，又不得不接近季常的亲热。所以她此刻见季常送过一千元钱来，心里自然感到十二分的欢喜。不过她表面上绝对显出大方的态度，乌圆眸珠转了转，很低声地说道："盖先生！你这样真心地爱护我，我也说不出什么感激的话，我只觉得有些儿惭愧哩！"

"花小姐！你何必说那些话呢？我赤裸裸地敢说一句话，我的一切，也就是你的，只要你不讨厌我也就是了。"季常听她这样说，遂伸手把她慢慢握住了。两眼望着如兰玫瑰花那么红晕的脸颊，显出非常恳诚的样子。

如兰是个聪敏的姑娘，当然明白他这几句话中是包含了求爱的意思，遂嫣然地笑道："盖先生！你这话我真不明白，你的一切怎么可以说是我的？"如兰问了这句话，故意颦蹙了眉尖，显出孩子那么多神情，她有些儿不解。

"花小姐！这个你不明白吗？……哎！你仔细想一想，也许能够明白我的意思，因为你是个很聪敏的姑娘呀！"季常脸儿有些发烧，抚摸着她的纤手，忍不住呵呵地笑起来。

"真的，我不明白，盖先生！你得告诉我一个原因。……"如兰摇了摇头，秋波滴溜地一转，逗给他一个娇笑。

“因为我非常地爱你，我是一个没有妻儿的人，我爱谁，我就可以把所有的一切送给谁，那你现在可知道了没有?”季常有些情不自禁，把喉咙口里要说而又不好意思说出来的话，终于向如兰吐露了那么两句。但既说出了口，他的两颊又感到一阵暖烘烘的在发烧。

“盖先生！我真的很奇怪，你为什么直到现在还不想娶一个太太呢?”如兰听他竟公然地说出“我非常爱你”五个字来，这就决定他真的是爱到了我极点。遂微微地一笑，故意拿这话儿又去撩拨他。

“在当初是为了事业的奋斗，而忽略了恋爱的滋味。如今虽有娶一个妻子的意思，但又拣不到适当的人才。假使像花小姐那么人品，我就是终身交个朋友，也是心满意足的。”季常想不到她会这样地问，觉得这是一个绝好的机会，遂满面含笑地说了上去。同时两眼凝望着她的娇靥，似乎等待她一个圆满的答复。

如兰的两颊，一阵一阵地在发热，她想季常求爱的手段太快速一些了，因此她感到季常痴得可怜，同时亦痴得可笑。秋波脉脉含情地逗了他一瞥淘气的目光，也忍不住絮絮地笑。

季常见她并不回答什么，虽然感到有些失望，但她笑的神情是非常的甜蜜，从这一些看来，虽然如兰未始不想回答我一句亲热的话，只是怕着难为情罢了。季常在这样感觉之下，他是忘记了一切的孟浪，情感在他内心冲得过分得厉害，使他的举止有些失了常。忽然把如兰白胖的纤手拉过来，低下头去，竟用鼻子在她手背上闻了一个香。

如兰的感觉是很毛燥的，她心头开始有些儿憎厌。虽然她想立刻把手缩回来，但她的视线是发现了桌子上那一叠钞票。于是她憎厌的波纹，在她心坎儿上慢慢地又平静下来。眼帘下映出雨龙俊美的脸蛋，她有股子辛酸冲到鼻管里来，含了一眶子的泪，掀起酒涡儿，还是显现了妩媚而带有凄凉的苦笑。

当季常闻毕抬起头来的时候，如兰早已缩回了手。羞涩地瞟他一眼，却是低垂了粉脸。季常明白这是如兰喜悦中带有羞涩的表示，我这一闻下去，她竟没有嗔怪我的成分，这就是我俩有结合的希望了。心里高兴得了不得，见时钟已近十一时了，遂乘机又提议道："花小姐！今天我请你到外面馆子里吃饭去，不知你肯赏光吗？假使答应的话，那么我们此刻就可以走了。"

"盖先生既有兴趣，我当然奉陪啦！"如兰这才抬起粉颊儿，望着他嫣然地一笑，已是站起身子来。

"多谢多谢！那么花小姐把钞票藏过了。"季常也站起身子来，脸上的笑容更使他额间皱纹增加了一些，如兰秋波逗给他一个媚眼，且不先去拿钞票，把季常大衣取来，提了衣领，向他点了点头，意思是要给他穿上了。季常两手合在一起，拱了一拱，表示不敢当，伸手去拿。如兰遂也不和他客气，回身拿了钞票，自到梳妆台抽屉里去藏好了。

如兰藏好钞票回身过来的时候，见季常已披上了大衣，他笑着道："花小姐！你要不换衣服？我到楼下去坐一回好了。”

“不用，你只管坐着是了。”如兰含笑说着，身子已走到房门口去，向楼下高喊了两声玲弟。只听一阵蹬蹬的上扶梯的声音，玲弟很慌张的神情走上来，笑道：“小姐！喊我有什么事?”

“为什么老在楼下? 难道厨房里有什么情人等着你不成?”如兰瞅她一眼，噘了噘小嘴，这意态有些儿嗔恨。

如兰所以这样说，原是怪她为什么不上楼来的意思。谁料到她这一句话无意的，却是说到玲弟的心眼儿里去。一时芳心的跳跃，真仿佛小鹿般的乱撞。两颊的红晕，也直透过了耳根子。但理智明白地告诉她，阿青在厨房里，小姐是决不会知道的，你不用担着心虚。因此她又竭力镇静了态度，俏眼儿睃她一下，笑道：“我不上楼来，这是我的识趣，小姐怎么反而来怨恨我呢? 假使我在这么……的时候撞进来，那算什么意思呢?”

如兰见她说到这么的时候，把自己当手，拿到嘴儿上去吻了一下。弯着腰肢儿，却是笑得花枝那么地乱抖起来。如兰这才知道玲弟在门口是曾经偷窥过的，不免红了脸儿，笑着啐她一口，说道：“我和盖先生到外面吃饭去，你给我那双高跟鞋去拿出来。”

两人说着话，身子已到房中。玲弟在鞋箱里取出一双红鹿皮镶银花的高跟皮鞋，回头向如兰说道：“小姐！这双好不好?”如兰点头说好。玲弟遂拿到沙发前放下，如兰俯着身子换去了绣花鞋，玲弟又拿上大衣，给她穿好了。于是三个人一同步到楼下去。

在楼下会客室中，季常戴了呢帽，拿了司的克。玲弟送两人出了大门的时候，她心花儿乐得朵朵的开了，急匆匆地奔进厨房里去，不料阿青也笑嘻嘻地走出，两人就冷不防地撞了一下。玲弟的脚齐巧候进在他的脚底下，这一痛几乎要哭出声音来。

“小鬼！你性急什么？”阿青慌忙把她扶起来，玲弟回眸白了他一眼，向他恨恨地骂了一句，不禁也破涕为笑了。

“我该死！我该死！竟把妹妹踏痛得眼泪也痛出了。妹妹！大爷和小姐都出去了吗？”阿青见她眼角旁淌着泪，可见这一下真的踏得不轻。遂一面连连埋怨自己，一面又向她低低地探问着。

“盖大爷和小姐到外面去吃饭了。”玲弟抬上手去，揉擦了一下眼皮，低低地回答。阿青听了这话，心里也是乐得不知所云。猛可抱住玲弟的身子，竟和她又亲了一个长吻。玲弟内心火样的热情已被他撩拨得不能抑制下去，所以她是需要阿青这样的热吻。两人互相地紧搂抱着，舔吻着。他们已忘记了一切，所以云仙在门外揿了许久时候的电铃，他们还如梦初醒一般地觉着呢！

云仙从家里赶到如兰的家，心里还充满了新生的希望。从如兰家回到自己家的时候，她内心是充满了无限悲哀的情绪。她想哭，但是大街上她又不敢哭。她感到自己的身子仿佛天空中一片浮云那么地没着落，渺小得可怜。确实，她感到人生是太乏味了。含着一眶子辛酸的热泪，带着一颗已受创伤的芳心，懒懒地踏上家门，跨入卧室的当儿。只见父亲从里面急匆匆地走出，一见了云仙，如获珍宝，忙叫道："唉！云仙！你是到哪儿去上一回子的？我找了大半天，真把我心也要急得跳到口腔外面来了。快吃饭去，快吃饭去！"

"那又何必急得这个样儿？难道我会逃走了不成？"云仙听父亲这样说，心中真有说不出的怨恨。蹙起了眉峰，鼓着了两腮，冷笑了一声，低低地说。虽然悲哀在她内心像江潮似的奔腾，但她在这个糊涂的父亲面前，始终不肯表示懦弱，她把辛酸的热泪都向肚子里咽下去。

吃过午饭，大家都在上房里闲坐。大姨、二姨、三姨望着云仙都嗤嗤地笑。云仙却坐在沙发上故作不理会，自管翻着报纸看。壁上的钟当的一声，已敲一点半了。仲良见云仙还是安闲地坐着瞧报纸，不想漱洗，心中急得了不得，遂把眼儿向翠英瞟了一眼，同时还把嘴儿努了一努。

翠英把手中的烟卷丢向痰盂里去，站起身子，走到云仙的身旁，低声地问道："云仙！已经一点半了，你快些梳洗了吧！"

"忙什么？一点半不是很早吗？"云仙并不抬起头来，两眼依然望着报纸出神。她这回答的口吻，显然有些讨厌的样子。

"洗过脸，换上衣服，打扮起来不是差不多要两点了吗？你这姑娘那么倔强，做父母的给你做事，难道会错的吗？哼！真气煞人！"仲良听云仙这样回答，深表不满，皱了眉毛，大声地教训着。

"笑话，去就这么去是了，要打扮什么？我又不去迷人。"云仙倒是个挺强硬的性子，她并不因父亲的动怒而感到害怕，仍是冷笑着说。

云仙这话虽然是顶撞了父亲，可是却也理直气壮，仲良竟弄得没有话可以回答她。因为自己是个父亲的地位，被女儿这么碰钉子，他是感到大失面子，尤其在这许多人的面前。所以他在经过一度愕住了之后，不免恼羞成怒起来。把手在桌子上猛可地一拍，高声地怒骂道："放屁！你这是什么话？你吃饭的还是吃粪的？叫你梳洗梳洗，什么竟说去迷人的话来？这简直真是浑蛋！浑蛋！"

大姨、二姨、三姨见仲良大发脾气，恐怕事情弄僵，遂拉了云仙的手，做好做歹地把她拖到云仙自己卧房里去。云仙在跨进自己卧室的时候，把刚才那一股子倔强的勇气消失了。她感到孤独的空虚，她觉得无限的心痛，忍不住眼眶子里的热泪，大颗儿地滚了下来。

"云仙姑娘！你别想不明白，这是一件喜欢的事，怎么反而伤心起来？快别哭了，哭红了眼皮，回头给新姑爷窥见了，那算什么意思？说你这姑娘到底太孩子气了。"大姨见云仙落眼泪，遂半取笑半正经地安慰着她。这儿二姨早已端上面水，三姨帮她拧手巾，一个给她梳头，一个给她拿新衣服。大家一面笑，一面忙碌地做事。把个云仙弄得没了自主的能力，也只好一切都糊里糊涂地依顺了她们。

不多一回，翠英也走进房来。三姨讨好似的笑嘻嘻地说道："奶奶！你瞧二小姐在我们服侍之下，她是多么的听话，什么都依从我们的。"

"唔！那你们的本领确实不错。"翠英满脸含了笑，一面说，一面两眼只管望到云仙的身上去。因为云仙两颊没有涂过胭脂，遂走上去，说道："孩子！现在去无非大家瞧瞧，也并不是立刻就订婚了，你急什么呢？一个女孩儿家的脸上，总要有些红红的才是，胭脂总少不了的，你稍许搽一些儿吧！"

"妈！你别说那些不中听的话，我是向来不爱搽胭脂的。"云仙有些不耐烦似的神气，秋波恨恨地逗给她一个娇嗔。翠英笑了一笑，说道："你这孩子真也拗执，我也没法对付你。三姨本领既然这么大，你倒来劝劝她看。"

三姨可不是傻子，她见云仙那种嗔意的样子，显然她已经是恼怒得这一分样儿了，自己不能去讨没趣，遂笑道："现在学校里出来的女学生，都不喜欢搽胭脂的，我想不搽也得，反而大方呢！其实像二小姐那么容貌，淡妆浓抹总相宜的了。"

二姨却偷偷地走到云仙的身后，拿了一瓶法国喷气式的香水，凑在云仙的头上身上喷了一个够，笑道："不搽胭脂，就喷些香水，也很够醉人的了。"大家听了，都笑起来。正在这时，仲良嚷着进来道："怎么啦？已经二点一刻了，别叫人在那里老等呀！"

"好了，好了，别急啦！"三姨那么地嚷着，翠英拉了云仙的手，大家就一块儿走到外面去。

二姨见云仙低了头儿，真有些羞人答答的样子，便笑道："二小姐！你这个样子，倒真的好像是做新娘子去似的。"众人听了，忍不住又笑。

云仙红了两颊，心中暗想，这话倒是，我何必耿耿在心，岂不太无意思了吗？于是她决定回头见了如仁，一定也得显出大方洒脱的态度，决不可让他笑我是个没见世面的女孩儿。心里想着，大家已到大厅。院子里阿贵把汽车早已侍候，这原是翠英向季常借用的。所以季常到如兰家中去，自己反而没有坐。大姨、二姨、三姨送仲良、翠英、云仙跳上车厢，方才各自回到房里去。

汽车到了新雅茶室，仲良吩咐阿贵自管开回家里去。因为今天是星期日，所以营业格外好一些。

仲良用足了目光，向四周不住地打量。只见靠西那边一张桌子旁站着一个西服男子，正在含笑向自己招手。定睛望了过去，可不是杨如仁吗？于是向翠英一招手，便先笑嘻嘻地走了上去。和如仁握了一阵手，说声："对不起！叫你等候好多时光了吧！"

杨如仁嘴里虽然连说没有没有，但他的两眼却只管从茶绿的玻璃片子里溜到云仙的脸儿上去。仲良这就把手拢了拢，向大家介绍道："这位就是杨如仁先生，这是我的内子，这是我小女。杨先生和我内子从前也时常见面的，如今不知道你们彼此还认识吗？"

"怎么不认得？盖嫂子倒还是这个模样儿，没有变老，但盖小姐可长得不认识了，我见到的时候，还只有这么儿高哩！"杨如仁向翠英微微地笑，当他脸儿转向云仙的时候，还把手儿伸着桌子边做了样，脸上浮着得意的笑容。

"我是老得多了，十年不见，杨先生真的还像从前一样，而且两颊比从前更丰腴了一些了。我的云仙那是例外的，俗话说，黄毛丫头十八变，要如在马路上遇见了，还能认识吗？"翠英也是善于谈吐的人，她向如仁一面打量，一面也笑嘻嘻地回答。

如仁听她这样说，得意非凡，不禁呵呵地笑了一阵。一面拉开椅子，一面请大家坐下。仲良见如仁这样高兴的神情，知道他见了云仙这妮子一定很满意的，一时也欢喜万分，大家坐了下来。侍者上来问泡什么茶？如仁望了云仙一眼，笑道："盖小姐喝什么茶？"

云仙一撩眼皮，低低地道："菊花也好。"

"三壶全菊花好了。"仲良向侍者说着，侍者于是退了下去。一回，送上茶来。如仁连忙先握了一壶，给云仙杯子上斟满了一杯。云仙略欠了身子，说声劳驾，她便别转粉脸儿去。如仁待给仲良翠英斟时，他们早已自己斟上了。

彼此握了茶杯，在嘴儿旁微微地呷着。大家都不说话，默默地坐了一回子。如仁在这当儿自不免向云仙打量了一回，只见她身穿一件紫红条子花呢的旗袍，衣襟上别着一枚钻针，外披一件雪花呢的夹大衣，式样很新式的，露着雪白的颈项，会令人感到不可思议的神秘。她的头发是拖得长长的，覆着那一个白净的鹅蛋脸儿，虽然是没有浓施脂粉，但自有那一股子秀丽之气。眉毛儿并不十分的细，可是弯弯的很长，在下面那一双剪水秋波，真是盈盈欲活。因为睫梢毛特长的缘故，更有一种西洋化的美丽。鼻子是挺直的，对准下面那张小嘴儿，红得令人感到有些想入非非。如仁瞧到这里，觉得确实可称为倾国倾城四个字了。一时满心眼儿上全都坎满了甜蜜，他嘴角旁自然地会挂了一丝欣慰的笑意。

"今天气候倒很暖和，盖小姐怎不脱了大衣？"如仁觉得空气太沉寂了，遂含笑又向云仙搭讪着。云仙也感到热烘烘的，于是和翠英一同脱了大衣，甩在沙发椅的背儿上。如仁又说道：“你们喜欢吃什么点心？”

“早哩！我们午饭还只有在喉咙口呢！杨先生！你的府上可曾搬过了没有？”翠英一面回答，一面笑着问他。在翠英所说的意思中，都包含了说他从前是很贫穷的成分。但如仁此刻的心儿，完全已注意到云仙的身上，对于翠英的话儿，根本不理会有什么作用的，遂笑道：“舍间是在监察厅隔壁那座松林别墅里，有空请嫂子和盖小姐一块儿来玩玩。”

“一定的，改天来拜望你。”翠英抿着嘴儿笑了笑，接着又道：“光阴真快极了，一转眼间，就有十年了。我记得杨先生十年前，在我家是可算最熟的客人了。后来不知怎的？竟生疏了。”

如仁听她这样问，一时倒也难以回答。暗想，我总不能说因为我后来发了财所以不来了。于是他干咳了一声，向仲良埋怨似的说道：“全是他不好，听说他曾经到上海去住过几年的吗？”如仁这两句话也没有什么充分的理由，不过他是竭力要辩解所以生疏的原因来。

仲良当然是不敢去驳回他，因为在仲良这时的心理，觉得如仁放出来的屁也是喷香的，那更何况是他说出来的话呢？遂点头笑道：“自从退出政治舞台后，原有到上海去的意思，从来却没有实行。”

云仙坐在旁边，默默地一些儿也不作声，她见爸妈和他只管你一句我一句地聊天。在他们只顾谈话的时候，她的俏眼儿也不免向如仁偷望了一回。只见如仁的西服确实笔挺的，一些儿皱痕也没有。衬衫的领子，仿佛还没有落过水，大概是新的，那条领带也真漂亮，红与蓝相隔的斜条花纹，而且还杂有几点稀疏银星的小花点，以服饰而说，真所谓是个翩翩者流。于是她的视线由服饰而转移到他的脸部上去，果然是个四方的脸，白胖得多。然而头发已很稀少，虽然梳着西发，但也薄得可怜。因为他是戴着一副茶绿晶片的眼镜，对于他两眼的真相如何却无从探测，不过照云仙的猜想，这人一定是非常势利的。再细窥他的脸孔，虽然很是白胖，但这并不是实在的胖，稍许带有些儿虚浮的样子，显然他也是个烟鬼。在这大时代的巨轮正在急进之时，叫我忍辱偷生地去嫁给这么一个没落分子，那倒还不如死了干净吗？云仙想到这里，心中真有说不出的愤怒，她想立刻就离座逃出这沉闷的气氛底环境下，但是她又觉得这在人情之范围内决没有那么的举动，所以她忍耐了这一颗痛苦的心，还是默默地静坐着。

如仁所以和仲良夫妇谈着话，其最大的希望就是引逗云仙也开口来加入谈话。但是理想与事实相反，云仙却呆呆地自管自地出神。这给予如仁当然是非常的失望，不过他明白一个女孩儿家的心理，既然知道这次是为了自己婚姻问题而来的，就是平日非常健谈的，到此境况之下，她也要装出幽秀的样子。这一方面固然是讨对方的好，而另一方面实在还是为了羞涩占有她整个处女脆弱的心灵，自不免显出羞人答答的样子来。如仁想着，笑了一笑，忽见身穿绿衣白背心的茶花们，端着各式的点心盘子，慢慢地挨桌地走过来。如仁遂招了一下手，向她们取了好几盆点心，拿着筷子，向云仙等点了点各盆的点心，含笑说了一声别客气！随意地吃。他先挟了一个烧肉水饺，往嘴里送进去。

随了如仁这两句话，仲良和翠英遂也握筷吃了。云仙本待不吃，但转念一想，为什么不吃？难道说怕他吗？于是她也挟了一个鸡肉包子，凑在樱口里，微微地露出雪白的牙齿，咬了一口。

如仁在吃点心的时候，也是有一搭没一搭地说着话。他很想直接地向云仙谈几句话，然而云仙的脸儿总向左右地望，好像竭力在避掉自己的神气，所以使如仁竟鼓不起这个勇气。于是他心里开始就起了一个疑问，难道云仙讨厌我吗？这也许不会的，既然讨厌我，那么她今天又何必来？从这一点想，当然她是怕着难为情，因为她究竟是一个十六岁的姑娘呀！

一回，他又暗想，也许她因为爸妈在前，所以使她受了拘束而说不出一句话，那也说不定的。我何不叫仲良夫妇先回去呢？如仁在这样感觉之下，他便凑过嘴儿去，附着仲良的耳朵低低地说了一阵。仲良含了满面的笑容，却是在连连地点着脑袋儿。翠英不知他们闹的什么把戏，遂望了仲良一眼，仲良却报之以微笑。

在吃完了这几盆点心之后，仲良把翠英的衣角扯了扯，站起身子，说道："我们还要到亲戚家里去一次，云仙只管和杨先生多坐一回好了。"

如仁听了，便很快地接着道："那么我回头用汽车送盖小姐回来罢！”

翠英是个聪敏的人，她这才明白两人附耳说的就是这么一回事。遂也披上大衣，向云仙望了一眼，在她的意思，当然是看女儿到底有什么表示。但云仙也是个刁恶的姑娘，暗想，也好，你痴心梦想，我也就戏弄你一下，所以她的态度是非常镇静，并不因爸妈的离去，而感到丝毫的慌张。和如仁一同站起身子，目送爸妈走出了新雅茶室。

“盖小姐！您请坐！”如仁直待仲良夫妇没了影儿，方才回身向云仙含笑搭讪着。云仙点了点头，两人便坐了下来。如仁拿了茶壶，又给她杯中斟满了，说道：“盖小姐！您现在什么地方在读书？听说非常的用功。”

“在中华中学，也不见得，我的资质是很迟钝的。”云仙一撩眼皮，微微地笑。

“太客气，太客气！”如仁虽然嘻嘻地笑，心里可就想，果然不出我之所料，是个挺会说话的姑娘，遂接着又道：“十年前我常到您府上来，那时你只不过五六岁罢！就生得娇小可爱，记得你缠着我老叫我抱着买糖去的。”

“真的吗？这些事我就压根儿忘记了。”云仙听他这样说，白嫩的两颊，自然地会涂上了一圆圈青春的红晕。乌圆眸珠转了转，向他逗了一个倾人的娇笑。

如仁被云仙那种可人的表情所吸住了，他有些神往，两眼只管盯住云仙的脸上，脑海里一幕一幕地浮起了甜蜜的幻象。他想对云仙明白地说出彼此婚嫁的话，但他总感到十分的难为情。于是他沉吟了一回，倒给他想出一个主意来，向云仙又笑道：“我们再叫些点心来吃吧！”

“不！不用了，我已经很饱，杨先生别客气罢！”云仙摇了摇头，婉和地说。

“盖小姐真饱了，我就不同你客气，坐在这儿太无聊，我想跟盖小姐到六国舞厅去听一回音乐，不知你肯答应我吗?”杨如仁遂含笑趁此说了上去。

“杨先生有兴趣的话，当然奉陪啦!”云仙很大方地说，态度是相当的洒脱。如仁听了，心中大喜，遂叫侍役开了账单，付去了钱。一面忙走到云仙旁边，拿大衣给她穿上了。云仙说声劳驾，便也不和他客气。如仁给她披上大衣后，侍役已提了如仁的大衣，要服侍他穿上。如仁这回架子可不小，真是一副大老板的样子。侍役弯着腰儿，送两人出了大门。

坐了自备汽车，到了六国舞厅。两人踏进门儿，就听到一阵靡靡之音，触入耳鼓。侍者弯腰招待他们到沙发椅上去坐下，把两人大衣都放到衣帽间里去。又来泡了两杯柠檬茶，如仁划了火柴，吸着雪茄，喷了一口，把身子挨近了一些云仙的娇躯，一阵浓郁的香气，扑入鼻管，心里有些陶醉。因为舞厅中黑暗，如仁觉得假使说几句男女私情的话，也比较不大难为情。谁知正在欲语还停的当儿，云仙的眼帘下，忽然瞥见了两个人，而另一个人也正望见了云仙，于是站起身子，不禁咦咦地叫起来。

十、有情人对对成眷属

杨如仁正欲向云仙说几句甜情蜜意的话，去撩拨她一颗处女富有青春之火的芳心。不料云仙却站起身子来，和人家去打招呼了。一时好生不悦，遂抬头望了过去。因了这一望，顿觉稀罕得了不得。你道为什么？原来如仁瞥见云仙和一个姑娘握着手，而这个姑娘的容貌，竟和云仙差不多的。若不是两人一个穿红的一个穿绿的旗袍，几乎要分不清谁是云仙了。如仁方在猜想那姑娘到底是不是云仙的姐妹？忽然瞥见他们后面也有一个自己熟悉的人，于是也站起身子，走了过去，含笑招呼道："哈啰！陶轧脱盖！巧极！巧极！你怎么也有兴趣到这里来玩呀？"

季常突然见云仙和如兰握住了手，心里也正在感到非常的奇怪。此刻忽又见了如仁走来招呼，他才恍然大悟了，遂微笑道："你们不是在新雅茶室里吗？仲良呢？"

"老二和他的夫人先回去了，所以我和盖小姐到这儿来听一回音乐，你怎么知道这样详细？"杨如仁听他这样问，口里虽然回答，但脸部上却显出惊讶的神色。

"你们做的事情，我怎么会不知道？昨夜老二女人向我来告诉，我就觉得很赞成。"季常笑嘻嘻地回答，握着如仁的手，还连连地摇撼了一阵。

杨如仁当然是非常的感激，因为他自和云仙见了面后，心中是一万分的欢喜，恨不得立刻就订一个婚。今听季常这样帮忙，他才放下了一块大石，遂也笑道："请介绍这位小姐是……"

云仙不待季常回答，就一摆手儿笑道："这位花如兰小姐，是我的同学，也是伯父朋友的女儿，他们的关系，正像我和杨先生一样。兰姐！这位是我爸的好朋友杨如仁先生……"云仙这妮子是很厉害的，显然从她这几句介绍的话中，可以见到她用意的深刻。

如仁和季常听了，心里稍许有些儿感觉到，两人脸颊儿都有些发烧，然而表面上还是竭力镇静了态度，含笑地一一地点了点头。最后，云仙笑道："我们就合在一块儿坐吧！"说着，便拉了如兰的手，已走到沙发旁去。

于是侍役把如兰和季常的大衣都又拿到衣帽间里去，并也泡上两杯柠檬茶，季常因为自己和如兰的行踪被云仙发现了，他的心中是感到十分的局促。如兰的心中呢？当然也同样地感到不好意思。只有云仙的心中，这才明白了大伯所以昨夜会转变思想劝我答应婚事的原因了。暗想，素抱独身主义观念的大伯，原来他见了如兰也思起凡来了。那么他的帮助如兰求学，这一片恋爱的热情，也就完全是虚伪的烟幕了。唉！真是两个不知廉耻的东西！为了个人的欲望，而竟忍心糟蹋人家年轻姑娘的终身，这就可见社会上一般面戴仁义而心存卑鄙的先生们了。但如兰怎么肯答应大伯的爱呢？年龄固然差了一半余，而且她不是深深地爱上我的哥哥了吗？

云仙想到这里，非常的奇怪，意欲向如兰问一个详细，齐巧音乐又起，这是一个好机会，于是拉了如兰的手，笑道："兰姐！我和你去舞一支吧！"如兰笑着点头，两人秋波向季常如仁的脸上一转，便姗姗地走到舞池里去了。

"想不到她们两人倒是很爱跳舞的。"如兰和云仙走后，如仁向季常望了一眼，微微地笑。

季常把身子移近了他一些，吸了一口烟，也悄声儿地说道："老弟！你见了我这个侄女儿，怎么样？还满意吗？"

"太满意了，不过我怕自己的人样儿，也许云仙心中未必满意，那倒是一个问题。"如仁笑了一笑，凑过嘴儿去低低地回答。待他有了这层忧愁之后，脸部的笑容才收没了一些。

"老弟放心！只要你中意，小女孩儿家的事情，那就好办。"季常摇晃了一下脑袋儿，表示自己很有权力可以使云仙答应这一头亲事。

"全仗老兄大力，小弟心中感激着你是了。"如仁听他这样说，知道季常虽然是大伯的地位，确实那般子侄见了大伯比父亲还要怕一些的，他有权力可以使云仙屈服的，如仁心里乐得什么似的。他这几年来后没有向人说过一句感激的话，今日为了女人的事，他终于破了几年来一副唯我独尊的例了。

"不过这头婚事做成功了后，我倒要你叫一声好听些儿呢！"季常见他这种欣喜的表情，遂也和他开起玩笑了。谁知如仁很正经地道："那当然！那当然！辈分在此，还用说得吗?”季常听了，忍不住笑出声音来。

“陶轩脱盖！你和这位花小姐的友谊也不错呀！我想这杯喜酒儿也早些给我们喝了吗?”如仁见他笑得很起劲，遂也悄悄地和他提起了如兰这个人。

“唔！确实！我们的感情很好，虽然我没有这个意思，但花小姐却很爱上我，所以倒叫我有些推却不了。……”季常喷了一口雪茄烟气，他心中是非常的得意。

“不过你们若成功了一对的话，我和你的辈分也就相仿佛了，因为她们不是同学吗?”如仁喝了一口柠檬茶，露着牙齿，也絮絮地笑。

“那倒不是从远算起的，我到底是云仙的大伯，所以你这个侄女婿的名分是始终逃不了的。”季常不以为然，摇头向他辩解着，两人都忍不住笑起来。

两人在座桌上谈得满心甜蜜，欢喜得几乎丑态毕露。谁知舞池里的云仙和如兰，鼓着小腮子，两人心中真有说不出的怨恨和悲哀哩!

原来云仙拉了如兰的手到舞池里，两人并不跳舞，相对地凝望了一回。云仙见如兰的娇靥，在绯色的氤红灯光笼映之下，更加的像海棠花那么的鲜艳。遂把无限哀怨的秋波，脉脉含情地逗了那一瞥，低声地道:“兰姐！我上午到你家里去过了。”

“哦！可是我没有在家，玲弟怎样告诉你?”如兰微蹙了眉峰，掀着小嘴儿，轻轻地说。

“她说兰姐买东西去，大概不回家来吃午饭，因为你还要去瞧一个朋友。兰姐！你去瞧的就是我大伯吗?”云仙说到后面，微微地笑，带有些轻蔑的意思。

如兰瞧出云仙的笑是非常的不自然，遂叹了一声，低低地道："不！玲弟骗了你的话，是你大伯自己来约我到外面吃饭去的。我怎么会去找他？……"在她末了的一句话中猜想，显然如兰心中有些儿讨厌季常的意思。

"那么玲弟为什么要骗我？"有些见她鼓着小腮子，似乎很有些委屈的样子。遂凝眸含颦地瞅住了她脸儿，低低地追问，她感到有些奇怪。

"我想大概玲弟因为你是季常的侄女儿，得知了我跟季常出去的消息，你一定会笑我的，所以她瞒住了。"如兰沉吟了一回，也轻声地回答。

云仙点了点头，一面和如兰沿着舞池慢慢地走，一面用猜疑的目光盯住了她，又问道："兰姐！你得老实地告诉我，我大伯对待你的情景，是不是有爱上你的意思？不用瞒我，你应该向我明白地说，因为我们虽非多年的知友，但也颇为情投意合的了。"

如兰被她这么一问，猛可想起早晨季常闻自己手的情景，她心中是感到非常的羞惭。两颊立刻浮上了玫瑰的色彩，迟疑了一回，方才频频地点了一下头。

"那么大伯难道不知道你和哥哥其中有这么一回事吗？"云仙见她娇羞万状的意思，暗想，果然不出我所料。遂微侧了粉脸，又低声地问。

"这个他哪儿知道呢？"如兰方才又抬起了头，明眸里含了羞涩的目光，向她红晕的娇靥迅速地逗了一瞥。

云仙呆住了一回，接着又道："大伯有爱上你的意思，那么兰姐是否有和他同样的意思呢?”

“云妹！你问我这个话，我就感到有些悲哀。唉！……”如兰当然明白云仙的用意何在，她知道云仙为她哥哥而着急。但她又何尝不为雨龙在感到伤心，她深深地叹了一口气，几乎有些盈盈泪下的神气。

“好！兰姐！你既然不忘记哥哥的情义，我就感到你的可敬和可爱。兰姐！我们需要坚强我们的意思，认清我们人生的目标，我们是不是为了物质上的享受而所以来做人的？不！不！我们不能在封建制度的恶势力下面屈服，我们更不能为金钱的魔力而出卖了自己的肉身和灵魂。姐姐！我们薄命的姑娘，需要团结起来，巩固我们的阵线，与这般社会的恶魔奋斗挣扎！我相信，我们的前途必有光明的展现！”云仙见如兰盈盈泪下的意态，她感觉到如兰的可怜，她一定和自己处在同一的地位，是的，她的一切，需要大伯的援助。大伯利用这一点，可以向孤独的女孩儿施用压力，来屈服人家面部欢喜而心头疼痛的姑娘。这是何等的残酷！她鼓着红红的两腮，便情不自禁地向如兰嚷出了这几句愤激的话。

“云妹！你这话不错，鼓励我不少的勇气，我当然也不会甘心屈服在这恶势力的巨爪下，不过我觉得你所以有这样激愤的话儿，当然你也是推己及人的意思。在我的猜想，你和杨先生又是怎么一回事呀？我既向你明白地告诉，你自然也得告诉我的。……”如兰是个心细如发的女子，她见云仙愤恨的神色，她知道决不是单为了我一个人如此的。所以她一面点了点头，一面又问着云仙。

“唉……”云仙在未告诉之前，深深地叹了一口气，接着又道：“我父亲真是个浑蛋，他不管女儿的终身幸福如何？竟欲把我配给这个杨如仁，他已经是三十六岁的人了。你想，长了我二十年，我如何能答应？”云仙说到这里，眼皮儿有些红润，她也感到深深的悲哀。

如兰听了，当然在她心头是激起了同情的悲哀。明眸含了无限哀怨的目光，在她粉脸上逗了那么一瞥，说道：“云妹！你别伤心，在这个四面荆棘的环境下，我们唯一的办法，是只有沉着应付，看机会到来，也就是我们见到光明的时候了。”

两个人正在互相慰藉，忽然音乐声停止了。于是两人携手归座，满脸还是含着倾人的娇笑。如仁先笑道：“花小姐和盖小姐真像一对姐妹，你们在舞池里唧唧喁喁说得好亲热呀！”

云仙和如兰抿嘴嫣然地一笑，逗给他一个媚眼儿，却是并不作答。这是季常和如仁实在很想向两人求舞。但是到底还老不出脸皮，觉得非常的不好意思。过去了几支音乐，如仁实在有些忍熬不住，遂向季常丢了一个颜色。季常也许是懂得他的意思，遂和如仁一齐站起，向如兰云仙鞠了一躬。两人在这情势之下，当然是不得不向两人应酬了一次。

云仙和如仁的一对，跳舞的人也是个名义。如仁望着她娇艳的两颊，心里真有说不出的爱处，遂低声地搭讪道：“盖小姐！花小姐和你大伯的感情非常的好，他们可称谓是师生恋爱了，倒也文明。”

“其实我大伯和花小姐一同玩还是第一次，究竟感情怎么样？我倒没有知道，大伯和你怎样说呢？”云仙笑了一笑，低低地问他。

“你大伯说他自己倒没有这个意思，但花小姐很爱你的大伯……”如仁很老实地说。

不料云仙却噗哧地笑了，如仁奇怪道：“你笑什么？”云仙顿了一顿，眼珠儿一转，笑道：“我说大伯在交桃花运，别人家姑娘就会爱上他。”

如仁也许在女人家的面前就会糊涂一些的，所以他却理会不到云仙这两句话是包含了讽刺的成分，反而笑道：“一个人要交起鸿运来，那是意想不到的。譬如拿我说，昨天你父亲来瞧我，突然要把盖小姐嫁给我做填房，这还不是意外的喜事吗？”

如仁说到这里，去望云仙脸部的表情，只见她垂下脸儿。大有不胜娇羞之意，遂放低了喉咙又接下去道：“盖小姐！现在社交公开，男女一律平等，尤其学校里出来的姑娘，思想更开通一些，所以我愿意和你直接地谈一谈。在我呢？见了盖小姐那么的人才，实在佩服得五体投地，当然是说不出怎样地爱你？不过在盖小姐的心中，是否也爱着我而愿意跟我做个终身伴侣呢？最好请你给我一个表示，那我的心中实在是感激不尽哩！”

云仙竭力在平静她那一颗摇荡得很剧烈的芳心，她把浓厚的情感让冷酷的理智慢慢地吹散开去。抬起曾经一度绯红而又褪成平常的脸颊，秋波掠在他的脸上，做个说话前的警报，然后微微地一笑，很婉和地说道：“对于这一件婚事，父亲并没有给我肯定的说妥。而且听杨先生很愿意先交个朋友，我对这点表示非常地赞成。因为由友谊而谈到恋爱，由恋爱而结成夫妇，这是一件很有意义的事。否则，彼此既不知性情如何，恐怕将来婚后难免有失望的事情，所以我愿意接受您这个意见。同时又因为我还未毕业，年龄又这么小，处处地方又脱不了孩子气，叫我立刻做起主妇来，我就感到有些害怕。我想再过了那么两三年，我们性情也熟悉了，再谈婚姻问题岂不是好吗？……”

如仁听她絮絮地说了那么一套婉转而包含有趣成分的话，一时也觉得这位姑娘实在还是脱不了孩子气。就是为了这样，如仁心头也更加增浓了爱她的心，大有非娶她为妻不可的样子，笑道：“你这话当然很有道理，不过你对于我是否有恶感的印象？假使有的，我将来始终还不是一个失望吗？”如仁这回说话的神情，带有些求她哀怜的成分。

“不！你别那么说，我感觉你是很好……”云仙雪白的牙齿，微咬着鲜红的嘴唇皮子。听他那么说，两颊又泛起青春的红霞，乌圆眸珠一转，逗给他一个倾人的甜笑。

如仁觉得她说这个好字的时候，那种可人的意态，实在叫人爱到了心头。他全身的感觉是轻松而愉悦，正欲说几句感激零涕的话，但无情的乐声又戛然而止了。云仙和他嫣然一笑，她便先羞涩地走上来了。

四人归座后的脸儿，都有红晕的色彩。尤其如仁和季常的嘴角旁，更有得意的笑容。待这次音乐又起的时候，云仙顽皮地拉了如兰又到舞池里去了。

“兰姐！大伯跟你说些什么话？”云仙和如兰在舞池四

周跳了一圈，偎在她软绵绵的怀里，低声地问。不料如兰却没有回答她，云仙奇怪，忙离开了她的怀里，视线接触到如兰的颊上，真像一朵四月里的蔷薇，遂又追问一句道："干吗？不回答我？"

如兰还是没有话说，两颊益发地红起来。嘴唇皮颤动了一下，仿佛有些胆怯。云仙愈加奇怪起来，偎着她的粉脸儿，柔和地道："兰姐！怎么啦？你告诉我，你别害怕，大伯跟你说什么话啦？"

"他……他向我求婚……"如兰有些口吃，话声带着颤抖的成分。

云仙听了，不禁噗哧的一声笑起来。秋波在她娇靥上逗了一瞥淘气的目光，笑道："那么你回答了他没有？"云仙这么问了一句，不料却遭了如兰一个恨恨的白眼。云仙猛可理会了，忙亲热地央求着道："好姐姐！你饶了我这一遭儿，我这话说错了。"说着，又嗤嗤地笑。一回，又说道："那么你怎么样回答他呢？"

"我说承蒙如此真心相爱，当然非常地感激。不过对于婚姻问题，似乎还太早一些儿。只要你不讨厌我，将来我总会报答你的情意的。……我就这么婉言谢绝了，他还欲说话，正巧音乐停止了，所以这话就此告一段落。"如兰附着她的耳朵，低低地告诉。谁知她话才完，音乐也停，于是两人又携手归座去。

这天四人从六国舞厅出来，到楼上六国饭店晚餐，笑语盈盈，各人心头都很快乐。如仁先送如兰回家，又送季常云仙到公馆，然后才自己回家里去。

季常和云仙走进上房里，只见仲良和翠英正在闲谈云仙和如仁不知上哪儿玩去了？忽见他们两人进来，便很奇怪地笑问道：“咦！大哥怎么和云仙在一块儿呢？”

季常笑了一笑，在沙发上坐下了，望了云仙一眼，说道：“云仙和如仁在六国舞厅里玩，齐巧和我碰见了，晚饭都在外面吃的。”

仲良和翠英听了这话，心里都感到惊异，不免都向云仙望了一眼。云仙却垂了粉颊儿，站在大橱前出神。仲良这就笑道：“可不是？杨如仁瞧来还很年轻吧！你这妮子！在爸那儿倔强，在杨先生面前，就跟他上舞场去了。……”说着，翠英等都也笑了。

云仙听了，却暗自冷笑了一声，想道：“我不是为了顾全你，哼！……”云仙没有想下去，一骨碌转身，就匆匆走到自己的卧房里去了。

“大哥！你瞧云仙和杨先生还表示亲热吗？”翠英待云仙走后，向季常低低地问。

季常得意得嘴儿也拉不拢来，嘻嘻地说道：“他们跳舞好多次舞哩！还能说不亲热吗？”

仲良听了这话，乐得把手一拍，笑道：“怪！怪！这妮子的脾气古怪，真作刁极了。她怎么又柔顺起来？大概她见杨先生的人儿生得真的不错，所以她真的愿意爱上他了吗？哈哈！真好！真好！……”仲良得意忘形，未免有些露出丑态来。

“昨夜二婶未到我那儿之前，云仙先来向我哭诉过，我着实好好儿地劝解她一番，也许还是我这一篇话在发生力量呢！”季常这两句话带有些讨好的成分。

“恐怕是的，因为这一般孩子，大都喜欢听大伯的话。今天大伯什么兴儿，怎的也会到舞厅里玩去？”翠英是一向会奉承季常的人，她点了点头，附和着说。同时她把俏眼儿向他斜乜了一下，又抿着嘴儿笑盈盈地问。

“我也和一个朋友去的。……”季常两颊红了红，微笑着回答。在他明白翠英必定要追问下去，所以把态度故意显得神秘一些。

果然，翠英觉得事情有些蹊跷，遂一撩眼皮，笑道：“朋友？什么朋友？女的吗？”

“唔，……”季常就那么响了一声，他已是笑起来。望了翠英一眼，有些胆怯的样子。

“说句真的话，大哥年龄还轻，实在很应该再娶一个嫂子。”仲良插嘴着说。

季常道：“就是姑娘难找得到好的。”

仲良笑道：“那么你这个女朋友怎么样呢？”

季常沉吟了一回，笑着站起来，说道：“现在还谈不到这些……”他移着脚步，已跨出房外去了。

“大哥！你走好！”仲良见季常回去了，便跟到房门口，这么地叮嘱了一句。当他回身转来的时候，不免有些手舞足蹈的样子，向翠英笑道：“你瞧着，明天我到如仁那儿去，他一定给我摆布好一个职位了。”说着，忽又转身，也匆匆地出房去了。

翠英知道他是到三姨那儿去的，虽然有些酸味，但她此刻思想很复杂，睡在床上，想着季常外面有个女朋友的事，她却半夜没有好好儿地睡去。

第二天仲良起来，漱洗完毕，三姨给他换了一件新的袍子，还穿上黑缎马褂，披上大衣，就坐车到杨如仁的松林别墅里去。

“盖大爷！你望我家大爷来的吗？大爷已上行里去了，他关照我，说盖大爷来的时候，请他上华东银行去是了。”仲良到了松林别墅，杨寿开门一见，便含笑着向仲良报告。

仲良听了这个话，细细地一想，那分明是个喜讯儿，一时乐得眉开眼笑，满面春风地点了点头。遂说声再见，跳上街车，叫他拉到华东银行里去。

到了华东银行，乘电梯直达四楼。就有门警上来问道：“找谁？”仲良取出一张名片，交给他手里，说道：“请你拿到经理室去，跟你们经理有事谈话。”

门警向仲良上下打量了一回，立刻堆满了笑容，说了两声是是。一面引导他到会客室里，含笑又说了一声请等回儿，他便匆匆地到经理室去了。约摸五分钟后，门警又匆匆来道：“请盖先生往经理室坐吧！”

仲良点头，遂步出了会客室。在到经理室门口的当儿，只见如仁正送一位大腹便便的男子走出室来。待那男子下了电梯，便回身握住仲良的手，笑道：“累你等候一回儿了吧！齐巧有一位朋友来接洽一件事。”说着，两人已跨进经理室去。如仁把手一摆，彼此遂在沙发坐下来。茶役倒上一杯茶，递过一支雪茄，划了火柴，遂悄悄地掩门出去。

仲良吸了一口烟，因为如仁没有提起昨天云仙的事，所以他也不敢谈及。两人只管吸着烟，室中的空气是非常的沉寂。忽然如仁哦了一声，这倒把仲良吃了一惊，忙侧脸儿去，望着他倒是愕住了。如仁把雪茄烟灰用手指掸了一下，很悠闲地问道："前儿你不是跟我说现在没事干吗？"

"是的，一向闲在家里，我真也有些厌烦了。老弟这儿不知有什么机会吗？"仲良觉得他自己会问上来，可见昨天云仙这妮子的魔力实在不小，他感到极度的得意，趁此也就含笑说了上去。

"老兄！你别那么说，以我俩过去的友谊而论，可说是个患难之交。今天你既然闲着无事，这倒并不是说有机会没机会的了。就是没有机会，我还不是仍旧要跟你想个办法吗？"凭如仁这两句话看来，确实是个有情有义的人，可以说得一句："真够得上朋友的！"

"这是承蒙老弟另眼相顾，真使我感激不尽了。"仲良拱了拱手，表示非常地感谢。不过他的心里却在想，假使没有云仙给你这么搂抱了跳几次舞，也许你戴了茶绿晶镜依然有些不认识我的吧！可是他嘴里是绝对没有说出来。

"自己朋友好像兄弟一样，毋用说那些感激的话。这儿出纳科主任调到天津分行任副经理去了，斯职尚乏其人，我的意思，你暂时去混混，看有好机会，我当然不肯给你受委屈的了。"其实在银行里任出纳科主任，职位已不算小。不过如仁在云仙的分上看起来，似乎给仲良是受一些委屈了。

仲良听他这样说，当然是感到意外的惊喜。他在怀疑云仙这妮子身上到底有些什么东西？怎的她能够把如仁的个性都会转变起来？唉！女人的魔力，不可思议！仲良只有惊叹的分儿。因为自己和如仁十年了甘苦与共的患难之交，还不及云仙和他只有一面之认识，那岂不是令人要感慨系之了吗？心里是这样的想，但表面上还是客气地笑道："老弟！你怎么说委屈的话？那不是客气得过分了吗？"

"那倒并不是客气，因为以你过去的身份说。做个小小的主任，未免有些大材小用了。不过好在是暂时的，往后我一定会跟你想法的。"

如仁这两句话未免近乎有些讽刺，听在仲良的耳里，两颊感到热辣辣的，连忙说道："好说，好说！老弟！昨天大哥你们也碰在一块儿吗？"仲良为了避免难为情起见，他是竭力把话儿扯了开去。

"可不是？真巧得很！你大哥还带了一个女朋友，名叫花如兰。这儿所奇怪的，如兰和云仙的脸儿，实在很相像，当初我还以为是你老三的女儿哩！"如仁虽非故意讥笑他，但话既一说出，当然难以收回。今见他把话锋掉转，遂也忙笑嘻嘻地告诉着。

"哦！真有这样的一回事情吗？那个花如兰不是也很年轻吗？"仲良听了这话，方知昨日大哥说的倒是真话。

"是的，看来和你大哥倒很亲热。"如仁点了点头，嘴角旁含了微微的笑。

"那么昨天你和云仙不知谈过什么话吗？这妮子年轻不懂事，假使有冲撞你的地方，请你还要别见笑才是。"仲良趁此低低问了一句，两眼却只管注意到他脸部的表情上去。

"云仙年纪轻轻，倒是个极懂事的女孩子。说也好笑，她说自己年纪尚小，若立刻要做一家的主妇，她感到有些害怕。并说愿意和我交个朋友，要由友谊而谈恋爱，再由恋爱而结成夫妇。你想，这不是有趣吗？”如仁听他这样说，遂把昨日云仙的话告诉了他。说到后来，却是哈哈地笑起来。

仲良见他意态，并没有不快的意思，心里当然很放心。遂又闲谈几句，起身告别。如仁嘱他明日到行视事，仲良点头答应，遂满心欢喜地到家中去了。

从此以后，云仙和如兰两人就在如仁和季常两人面前敷衍着，虽然笑容时常在她们娇面上显露，但内心却是含了辛酸的痛苦。在两人唯一的希望，是雨龙能够写封信儿来给如兰，也许因此可以知道梦花的消息。但她们抬了头儿早也等晚也等，等过了暮春，等过了酷暑，直到秋带来了萧瑟的意味，还是不见雨龙有只字寄来。她们望着满天的落叶，内心当然充满了无限的悲哀。同时瞧着近来报上的战事剧烈，虽然他们的军事节节胜利，但雨龙和梦花的平安与否？使她们感到极度的不安。终日的只有对天祈祷，但愿两人能够平安回来。不过茫茫苍天，除了几片灰白的云儿在飘浮外，它怎么又能够给她们一个确实的回答呢？

这是一个暮秋的季节，在北京的城里差不多已将大雪纷飞的了。早晨云仙起来，穿了皮旗袍，两手呵在小嘴儿上，还是叫着好冷。这时候忽见上房里张妈来喊道：“小姐！太太请你过去哩！”云仙不知道是什么事？遂匆匆到了母亲房中。只见翠英坐在火盆前烤火，她抬头向云仙望了一眼，笑容在她脸颊上活跃，说道：“懒丫头！十点快到了，还只有起来吗？”

云仙想不到母亲一本正经地把自己喊来，却就是这么骂了一句。遂鼓着小嘴儿，忸怩了一下腰肢，生气似的说道："妈不是有事情找我吗？我脸还不曾洗脸哩！早知道过来挨骂，谁高兴就急急地来。"说着，纤手揉擦了一下眼皮，然后按着小嘴儿上又打了一个呵欠。

"那么你在妈房中先洗了脸再说吧！"翠英听女儿这样说，忍不住也笑起来。

"爸到什么地方去了？"云仙一面走到面汤台前去，一面随口地问着。

"今日礼拜，他还到什么地方去？不是在二姨那儿躲懒吗？"翠英噘着嘴，这神情有些儿醋意。云仙却不理会，洗好了脸，也坐到火盆旁来。张妈端上一杯牛奶，云仙接在手里，一面烤火，一面微微地呷着。

"云仙！"云仙在喝下半杯牛奶的时候，忽听母亲这样喊了一声。这就抬起被火映红了的粉颊儿，回眸瞟了她一眼，问道："什么事？"

翠英微微地一笑，向她粉红色彩的娇靥逗了一瞥欣喜的目光，低低地道："你和如仁的友谊也有半年多了，因为你们平日走得很亲热，而且你也时常到他家里去。从这一点看你没有十分地憎恶他，也许对他也有个好感的印象。……"翠英说到这里，顿了一顿。

云仙也是垂下粉脸儿来，望着炭盆内融融的火光，出了一回子神。心中暗想，第一次我到他家里去，是他伴我去的，并非我自己情愿。但就在这一次到他家的短短两个小时的时间中，竟给我发现了他房中有着一张梦花的小照，在问过母亲之后，方知梦花就是他的儿子，啊！那我是多么的欣慰和高兴呀！从此以后，我为了想瞧瞧梦花那张浅笑含颦的小影，我的两脚就不由自主地会向他家中走。母亲虽然是女儿最亲爱的人，但她又怎么能够了解我内心的苦衷呢？云仙叹了一口气，她几乎把晶莹莹的眼泪要掉落玻璃杯子里去。

但翠英是只知道她怕着难为情，话声细微地又继续下去道："云仙！现在这个年头儿，兵荒马乱，你打我，我打你，也不知什么时候才会太平。如仁昨天对你爸发表了一些意思，说这样摇乱世界，女儿婚姻大事，早一日成功，也就早一日放下一桩心事。所以他预备这个月十五先订个婚，明年春天的时候结婚。我想他说的意思也很不错，反正你们感情很好，那么就不妨举行起来。云仙！你别怕羞啦！抬头跟妈说呀！"

云仙竭力熬住了心头的悲哀，抬起绯红的两颊，嘴角旁还是含了一缕凄凉的笑意，说道："妈！我想总得等我高中毕了业再说。……"她说到这里，喉间有些哽住，她再没有勇气说了下去。

"你这话也不错，但是先订个婚是没有关系的，结婚的日子，那倒可以和如仁商量商量，就是你自己不是也可以和他说的吗？云仙！你也该知道，你爸今日能够在华北银行任经理的职，还不是全靠如仁的提拔吗？……所以……"翠英用极温和的口吻，去感动她那颗处女脆弱的芳心。

但云仙有些反感，并不表示丝毫同情。不过她脸上依然含了惨淡的笑，接下去道："我知道，妈不用再说下去，所以拿我的身子，去报答他给予爸做经理的大恩。……”

“这……你算什么话？你和他不是很亲热吗？如仁说，你确实是很爱他的，为什么在妈的面老喜欢使性子？”翠英听她这样说，脸儿也变了颜色，明眸中稍许含了一些怒意。但是她又怕伤了女儿的心，立刻又堆下笑意来，轻柔地接着道：“孩子！在妈那儿是没有关系的，反正妈总是爱你的，唉！我养了你这么大！……”翠英知道女儿是怕软不怕硬的，所以她在叹了这口气后的话声有些儿颤抖的成分，眼皮也有些红起来。

果然，云仙默然不作声了。她很颓丧地站起身子，把手中尚剩有半杯牛奶的玻杯放到桌子上去。移着沉重的步伐，向房外慢慢地踱去。“云仙！云仙！怎么啦？答应吗？”

“我见了他自己再说吧！”云仙并不回转身子，就这么有气没力地回答了一句，她又回到自己的卧房里去。在卧房里出了一回子神，她忽然有了一个感觉，遂披上那件灰背大衣，匆匆地到如兰家里去了。

到了如兰的家，玲弟的眼皮儿红红的，仿佛颊上还沾着泪痕。云仙失惊地问道：“为什么伤心？你的小姐呢？”

玲弟听了，却又淌下泪来，说道：“小姐早晨起来漱洗完毕，吃过早点。我拿报纸给她瞧，谁知十分钟后，她不知瞧见了什么消息，竟跌倒地下晕厥了。我以为痰迷心窍，急急灌以开水，喊了一阵，方才悠悠醒转，只管哭泣，我问她什么事？她也不肯告诉。盖小姐！你快上去问她一个详细吧！”

云仙听了这个话，心头的跳跃，几乎要跳到口腔外面来了。遂三脚两步地奔到楼上，只见如兰躺在床上，真的悲悲切切地哭得悲伤非常。一时辛酸触鼻，泪水也夺眶而出。走到床边，急急问道："兰姐！兰姐！你怎么啦？你怎么啦?"

如兰回眸突然见云仙，便一骨碌翻身起来，猛可抱住了云仙的脖子，呜咽着泣道："云妹！想不到我俩竟有这样的命苦……"说着，便把桌子上的报纸拿过，交到云仙手里。云仙此刻还不知个中，心乱如麻，急把眼集中报纸上的标题上去。见几个大黑字道：

粤汉线展开血战

革命军死伤惨重

汉口八日电，国军一旅于七日夜袭击某处，被我军包围，发生猛烈战争。约三小时后，始全部肃清。计夺重炮八门，机枪四架，步枪一千三百枝。是役，闻国军团长盖雨龙、杨梦花等均伤重殒命云。

云仙瞧完这段消息，不禁心碎断肠，花容失色，哎哟一声，哟字还未说出，身子已仰天跌倒下去。幸亏如兰在她的后面，连忙把她抱住了。但云仙一时气闭，也晕厥过去。急得如兰一面哭，一面叫，一面又抱着她跳。玲弟见盖小姐也是这么的一套，遂忙用开水来给她灌下，约摸三分钟后，方才听得云仙哭出声音来。

云仙哭了一回，眼泪望着如兰海棠着雨般的脸庞，叹道："姐姐！我们难道就真的这样命苦吗?"如兰听了，把云仙身子抱住了，两人又呜呜咽咽地哭起来。

玲弟这时已明白盖少爷和杨少爷两人是为国牺牲了。杨少爷的人儿玲弟也瞧见过，真是个美少年，和盖少爷一样风流可爱。他们都是小姐的恋人，也是小姐未来的夫婿，谁知道他们的志愿还未成功目的，而身已成白骨沙砾。虽然为国捐躯，自古多少英雄，均亡于疆场之上，然为两位小姐设想，怎能不心碎肠断吗？所以玲弟见云仙如兰哭，她也陪着哭起来。

三人哭了一回，还是玲弟收束了泪痕，忙去拧了两把手巾，给她们擦眼泪，说道："两位小姐别哭了，人死不能更生，徒然悲伤，亦是无益。盖少爷杨少爷为国牺牲，其精神永远不死，而名垂史册，谁不敬仰呢？你们身子又都娇弱十分，所以还得保重自己要紧。"玲弟说着，泪也在眼角旁又展现了。

如兰云仙听她这样劝慰，遂拿手巾，各自拭去了泪痕。两人相对凝望，不免各自叹了一口气。想着貌艳于花，命薄如纸，两人又为之泪湿衣襟矣！

"兰姐！我告诉你一件事，如仁昨天对爸说，他要在十五那天和我先订个婚……"云仙在经过一度呆住以后，向如兰低低地说出了这两句话。不料如兰不等她说完，就点头淌泪说道："这事我在昨天已经知道了。"

"你怎么知道的？"云仙听她这样说，奇怪得发怔。

"昨天你大伯伴我瞧电影去，他说他和如仁商量停当，在十五那天，我们四人一同订个婚。因为现在兵荒马乱，时局很不太平，早些做好事，免得夜长梦多，万一战事起了变化，岂不心慌意乱了吗？我得知这消息，一时也没有给他确实的答复，今天原欲打电话喊你来商量这件事的应付办法，不料突然又给我得知了这个惨痛的消息，那叫我们不是太心痛了吗？……”

云仙这才恍然大悟，一时也弄得没了主意，除了哭泣之外，她觉得自己和如兰的前途完全是一片漆黑的大海了。良久，方才毅然的道：“兰姐！我觉得我们的遭遇是太惨痛了，人生的滋味也太苦涩了。我们这样年轻的人儿，确实受不了这么残忍的磨折。我想着哥哥和梦花光荣地死去，我不忍再糊涂下去，我将永远独身到老，来纪念他们光荣的牺牲。……”

“好！云妹你这话说得是，我将瞧你的样，永远不再嫁人了。”如兰一颗芳心，是被云仙这几句话激动得太厉害了。她想着和雨龙共枕同衾的一夜，柔情蜜意的温存，她也决心地说出了这两句话。

玲弟站在旁边，见两位小姐都要独身到老，心里忍不住又好笑起来。遂忙又絮絮地说道：“两位小姐虽然情义深重，我却以为不可。盖少爷和我家小姐，杨少爷和盖小姐，虽然情好至笃，但究竟无正式订个婚约。现在名正言顺的盖大爷和杨大爷都要和你们订婚，那么如何能够推却？况且死者已矣！你们只要心中纪念他就是了，何必一定要闹独身到老的话呢！假使他们问你们什么缘故？你们拿什么话去回答好呢！好在盖少爷是盖大爷的侄子，杨少爷又是杨大爷的儿子，将来你们嫁过去，就尽可以给他们纪念哩！”

如兰和云仙本来是打定主意拒绝他们的订婚，如今被玲弟这么的一说，芳心不免渐渐地活动起来。两人相互地望了一眼，忍不住嫣然笑了。玲弟见两人意态，似有转圜的余地，遂又笑道："本来是做下辈的媳妇，现在做了上辈的太太，到底还是一家人呀！假使碰到两位少爷的生日和忌日，那么要这么纪念就这么纪念，谁还敢说一句话呢？……"

如兰和云仙被她说得两颊绯红，恨恨地啐她一口。如兰又笑骂道："你乱七八糟的说些什么东西？快到街上去买些纸钱来吧！"玲弟噗哧地一笑，便一溜烟似的奔到楼下去了。

这时楼下院子里那棵高大的银杏树底下面，放着一张小小的方桌，上面摆着两副杯筷，七碗菜儿，那对烛儿因风的吹刮，使它先淌起泪来。一炉香烟，丝丝袅袅地飞向上空，盘绕在云仙和如兰的身子，她们在桌前是木然地站住着。

四周是静悄悄的，只有风吹动叶子儿发出了呜咽之声，怪凄切挺哀怨的，把宇宙间的一切都感到悲哀起来。如兰和云仙的身子是在抖动着，望着烛光的跳动，烛油的倾流，她们的粉颊儿已整个地被辛酸的泪水所占有了。

"雨龙！梦花！你们的英魂不远，当然知道今天我们俩的一番吊祭吧？……"两人不约而同地祝祷着，但已经声泪俱坠，不禁呜咽啜泣起来。

这时西风愈紧，树叶儿都在她们头顶上纷纷地飞舞。瑟瑟的声音，附和了凄切的哀音，更令人心碎断肠，而不忍卒听。玲弟含泪叫道："外面风大，我们烧纸钱了吧！"说着，蹲下身子，划了火柴，因了风势的紧猛，使纸钱也愈烧得快速。火光融融，烟冲向高空，一刹那间，早已变成纸灰了。风是不停地鼓舞，那纸灰也纷纷地飘飞而起。

如兰云仙回眸见烛火，也是在淌下它最后的一滴泪了。睹此情景，两人不禁又哭了起来。玲弟好容易地把两人身子拖进屋子里去，但寥寂的空气中，隐约地还流动了那一片悲切的哀声。

雨龙梦花的噩耗，死了云仙如兰的一条心。十五那一天的事情，是进行得很顺利的。虽然如兰云仙的芳心中还有些隐痛，但在众宾欢声中，她们的嘴角旁终究也显露了一条羞涩而带喜悦的笑意。

流光是不停的飞驰，时间是绝对没有感情作用的，它不快也不慢地一天一天过去。雨雪纷飞中带走了残秋的影子，春光明媚中又赶跑了寒冬的酷冷。一年容易，又是第二年百合花开的时候了。

季常坐在书房里那张写字台旁，望着那本停笔一年没有写下去的《恋爱与事业》的稿子，封面上已堆染着一层微薄的尘埃了。他笑了一笑，把目光移到窗外的院子里去，在暖和和的艳阳光芒笼罩下，那丛修竹依然是翠绿得可爱。百合花是灿烂的、娇媚的，她象征着如兰的花容月貌，更象征着我们新婚的来临。

季常内心是无限的甜蜜，但他想起这几月来的战事剧烈，未免有些儿焦急，因为听说国军已达汉口，不久也许会打到北京城里来。但愿先让我们结过婚，再发生战事吧！

季常皱了眉尖，暗暗地祈祷着。

婚期的那一天，北京城里的情势是相当的紧张，空气中仿佛密布了战云。但报纸上依然宣传国军业已溃败退出汉口了。季常和如仁从早晨起来，就担着心事。因为街上行人，都是脸色慌张，谣言纷纷，说孙将军已乘飞机离开北京了。两人虽然非常惊惶，但终究办理婚事要紧。

这次他们的结婚，早已商量好是同时举行的，所以证婚人也只请了一个华东银行的董事长赵树森。树森是个六十开外的老者，但精神充足，平日健步如飞。他在两年前和一个四十一岁的老处女，也在青年会结婚的。这次季常如仁双双请他做证婚人，他心中非常的高兴。所以在午后两点一敲，他就坐了自备汽车到青年会的大礼堂来。

赵树森到了青年会，季常如仁对于结婚的仪式早已预备舒齐。在他们是只希望渡过今天的难关，明儿天塌也不管他们的事了。单等证婚人一到，司仪员站在右首的礼堂上，放开喉咙高声地喊起来。

喊到新郎新娘入席的时候，那婚礼进行曲的音乐便悠扬而起。只见季常和如仁在前，他们身穿大礼服，手拿大礼帽，满面春风地一步一步向前走上去。后面跟着一对如花如玉的新娘，身披粉红色的纱礼服，那后面的纱拖得丈余长。背后一对小儿女拉着纱，也是一步一步地跟着走。在新娘的面前，还有一对小儿女提着花篮，一把一把地抛着鲜花。当音乐声停止的时候，两对新人已并排地站在一块儿了。来宾们一阵拍掌的声音，表示欢贺的意思。赵树森望着这两个新娘的脸儿，真个是我见犹怜。手儿抚着飘在胸前的长髯，不免啧啧称羡。

司仪员正欲高声再喊的时候，忽然一阵连珠炮似的枪声，震碎了这寂静的空气。有人在那先喊着道：“国军已抵北京城了，孙将军赵处长均已逃走了。”

这迅雷不及掩耳的突然来的警报，把整个大礼堂上站着的人们心儿搅乱了。大家心慌意乱，一时秩序大乱，赵树森老头儿也吓得全身发抖，连连叫道：“这……哪儿有怎样快？这……哪儿有怎样快?”

枪声不绝于耳，杂着呐喊的声音，更令人心惊胆碎。这时最难堪的是两对新人，站在礼堂上，也不知究竟怎么是好？来宾虽然害怕，却也不敢逃出去。因为外面枪弹如雨，想必在发生巷战了。

大家在经过约一小时惊慌之后，外面的枪声方才疏散了许多。赵树森到底有见识一些，向众来宾高声说道：“听说国军乃有纪律的兵队，想来各位府上也决无被抢劫的祸害，你们别害怕，心儿定一定，总要把这个婚礼宣告成功后，再做道理!”季常和如仁听了这话，心里着实的感激，但焦急的难受真仿佛有些像热锅上的蚂蚁一样了。

不料正在继续婚礼，忽然青年会大门外一阵嗒嗒的马蹄声音到众人的耳鼓。只听有人大叫道：“哎哟！大兵到这儿来了。”随了这句话，各人的心儿害怕得都要跳出口腔外面来。如兰和云仙虽然是新娘的地位，但到此时候，她们也顾不得了，回身方欲逃避。谁知俏眼儿掠到进来那两个军人的脸上，这就哎哟的一声，真是所谓不瞧犹可。她们已忘记了羞涩，忘记了惊惧。虽然脚下是穿着高跟的皮鞋，身上是披着结婚的礼服，但她们已不管一切地奔了上去。有些飞也似的，奔到那两个军人的面前，四个人合作了两对，竟是紧紧地抱住了。

大家瞧了这一幕的情景，都奇怪得以为这不是事实。因此都把手擦了擦眼睛，睁得大一些儿再仔细望过去。嘿！还不是紧紧地抱住着吗？众人都几乎目定口呆起来了。

“雨龙！唉！报上登着你不是受伤死了吗？”

“梦花！报上不是登着你伤重殒命了吗？唉！”

诸位你道这两个军人是谁？却是雨龙和梦花哩！原来他们在某处这一役果然受了重伤，但还没有死去。因为这报是孙将军的机关报，所以不管死活地发表出来。如今云仙和如兰瞧见了两人还好好儿活在世上，而且又胜利回来，这不是要惊喜欲狂了吗？当时她们抱住了两人，纤手抚着两人曾经被炮火灰砂洗击过的脸颊，不约而同地都问出了这两句话。哀怨的目光，逗了他们一瞥，似乎欲盈盈泪下的样子。

“云仙！别伤心！我明白你的苦衷，因为我已跟你哥哥先到过家。”

“如兰！我知道你的苦衷，因为玲弟是看守在家里，她已告诉了其中的一切。……”

雨龙和梦花望着两人花一般的脸儿，含了笑容，向她们柔声地安慰。如兰云仙这才明白他们所以知道我们在青年会结婚的原因了，想不到玲弟已把我们的苦衷向他们诉说了。芳心虽然很安慰，但想着这件事究竟如何解决，她们几乎急得要哭起来。

这时雨龙和梦花却推开两人，大踏步地走到季常和如仁的面前，一个喊大伯，一个喊爸爸！季常如仁弄得两颊绯红，一时不知所对。突然间在女客丛中走出一个徐娘半老的妇人来，她一把拉住雨龙的身子，叫了一声我的儿，她竟是淌下泪来。雨龙回头见是母亲，遂也猛可把她抱住了。大家瞧此情景，方知进来的两个军人竟是如仁的儿子和仲良的儿子，想不到新娘是他们父子伯侄的情人，一声忍不住哄堂笑起来。

赵树森还是木然地站在中间，他瞧了两个新娘奔上去抱住雨龙梦花的情景，他心中已经非常的明白了，遂连连地摇手，叫大家不要喧哗。他向雨龙梦花高声地问道："两位贤侄今日凯旋来归，可贺可贺！但你们和花小姐、盖小姐又是怎么一回事呀?"

"不瞒老伯说，花小姐和盖小姐实在是我们的未婚妻，不过外界并不知道，因为她们曾经救过我们的性命，我们是私订个盟约的。"雨龙、梦花听问，遂很恭敬地步了上去，从实地向树森告诉。

"哦！原来是这么一回事，……花小姐盖小姐请上来，你们既和两位少爷有约在先，怎么又答应了他们二位老人家了呢?"赵树森抚摸着飘飘长髯，他几乎要笑出声音来。

"唉!"如兰和云仙也姗姗地步了上去，两人未说话前，先叹了一口气。然后她们红晕了两颊，把不得已的苦衷，羞答答地诉说了一遍。说完了后，都很哀怨地垂下了头。

这时不但众宾明白了，就是季常和如仁也恍然大悟，原来他们是早有这么一段因缘在里面的，一时竟呆呆然不知如何是好了。

赵树森瞧了此刻站在前面的四个年轻美貌的男女，觉得才是一双两好、二对璧人，这就呵呵笑道："两位贤侄劳苦功高，创造了伟大的成绩。当然这两个如花如玉的爱妻，理应归还。好在他们尚未举行婚礼，他们究竟是你们的长辈呀！"

赵树森话还未完，众宾拍掌的声音，早已震天价响的了。如仁季常在此情势之下，真是弄得啼笑皆非。于是也只好忍痛割爱，含了满脸的苦笑，以结婚人的地位，立刻高升到主婚人的地位，他们站在赵树森的两旁，弯了弯腰，还表示谢意。就在此时，婚礼进行曲的音乐重新再奏起来。那时雨龙、如兰、梦花、云仙四个人的那颗小心灵儿里真是充满了无限的甜蜜，真非作者一支秃笔所能形容其万一。